# UNE FEMME

## HORS LIGNE

VERSAILLES. — IMPRIMERIE CERF, RUE DU PLESSIS, 59.

# UNE FEMME

# HORS LIGNE

PAR

## L.-M. GAGNEUR

## PARIS

### E. DENTU, ÉDITEUR

LIBRAIRE DE LA SOCIÉTÉ DES GENS DE LETTRES

PALAIS-ROYAL, 13 ET 17, GALERIE D'ORLÉANS

Et à la Librairie Centrale, boulevard des Italiens, 24.

—

1862

# UNE FEMME

## HORS LIGNE

## I

Le résultat le plus certain de l'établissement des chemins de fer sera le nivellement des mœurs, des usages, des modes et des idées, — comme du prix des denrées. Les départements ne seront désormais que la grande banlieue de Paris : plus de province, et partant plus de provinciaux, comme on disait. Il faut donc se hâter, si l'on veut esquisser le peu de types spéciaux que la province possédait naguère, et qui bientôt ne laisseront plus que de vagues souvenirs.

En 1840, Lons-le-Saulnier ressemblait encore à toutes les petites villes de province de huit à dix mille âmes. Là, comme partout ailleurs, mêmes préoccupations excessives des intérêts les plus infimes, même avidité du cancan, même aversion jalouse contre tout ce qui était grand, original, supérieur à un titre quelconque ; mêmes vanités mesquines, même oisiveté bavarde, même atmosphère d'ennui.

Aujourd'hui, bien qu'elle n'ait pas encore son chemin de fer, cette ville a déjà suivi l'impulsion générale. Il s'y est produit un mouvement progressif très-appréciable. D'abord les voyages à Paris sont plus fréquents qu'autrefois. Il n'est pas de jeunes mariés qui n'aillent passer dans la *capitale* le premier quartier de leur lune de miel. Les femmes y sont toutes élégantes, tandis que jadis l'élégance était l'exception. Il en est de même du luxe des ameublements, qui n'y est dépassé que par le luxe de la table. Ajoutons que, depuis quelques années, cette ville a une salle de spectacle et une bibliothèque. Elle honore ses grands hommes, ses gloires militaires du moins, en attendant les autres, et le goût des arts y fait de notables progrès. A l'entrée de la ville, on remarque sur une fontaine une statue sans voiles. Cette nudité allégorique faillit soulever contre un maire voltairien et courageux, toute une émeute de dévotes.

Maintenant les dévotes ne détournent même plus les yeux en passant.

Mais au moment où commence notre histoire, Lons-le-Saulnier était une ville essentiellement triste et maussade.

Ce qu'on appelle la *société* s'y composait alors, comme aujourd'hui, de propriétaires et de commerçants. Comme il y avait peu d'aristocratie nobiliaire, il s'était formé, parmi les familles les plus riches, une sorte d'aristocratie bourgeoise. Pour y être admis, il fallait avoir une certaine fortune et pouvoir compter parmi ses ancêtres au moins deux générations d'oisifs.

Au mois de janvier 1840, nous trouvons divers personnages de cette société d'élite réunis dans un salon de l'Abbaye. — L'Abbaye est une place régulièrement bâtie, plantée d'arbres, et qu'habitait exclusivement l'aristocratie dont nous parlons; c'était pour ainsi dire le faubourg Saint-Germain de Lons-le-Saulnier.

La décoration de ce salon révélait dans ses plus petits détails un esprit froid, systématique et mesquin.

A l'angle de la cheminée se tenait, dans une pose de Corinne, la divinité du lieu. Elle faisait les honneurs avec toute la grâce que lui permettaient ses cinquante ans et l'ensemble roide et anguleux de sa personne.

Toutefois, quelque vingt ans auparavant, mademoiselle Sécherelle avait eu, disait-on, une certaine réputation de beauté, et les deux petits journaux de l'endroit l'avaient alors appelée emphatiquement la muse du Jura.

Au moment où nous l'esquissons, elle n'écrivait plus en vers, mais elle était présidente de plusieurs congrégations, pour lesquelles elle improvisait, aux jours de solemnité, de prétentieux discours. En outre, elle tournait assez joliment la médisance, et ses bons mots, que l'on citait, étaient marqués au coin de la plus exquise malignité.

Qui sait par quelles déceptions de cœur et d'amour-propre en était arrivée là l'ex-muse du Jura? Dieu seul... et l'abbé Chamole peut-être.

Mademoiselle Sécherelle, par sa fortune, par sa famille, par la causticité redoutable de son esprit, exerçait une grande influence. Elle avait donc, malgré son âge, une véritable cour, composée ainsi qu'il suit :

Les fausses dévotes, une race affamée de médisance ;

Les mères qui avaient des filles à marier;

Les jeunes gens qui songeaient à s'établir ;

Les femmes un peu légères qui voulaient sauvegarder leur réputation; .

Quelques notables, quelques fonctionnaires ;

Enfin tous ceux qui aimaient à entendre ou à colporter des nouvelles.

Là, s'élaborait le cancan, se distillait la médisance, se formait l'opinion. C'était une cour suprême qui jugeait et condamnait en dernier ressort. Malheur à ceux qui refusaient de reconnaître ses arrêts ! Mademoiselle Sécherelle était impitoyable pour tout ce qui ne faisait point partie de sa société. Elle posait néanmoins en bonne personne, faisait taire parfois les commérages, et, l'instant d'après, lançait une de ces plaisanteries acérées qui frappent à vif, et dont on ne se relève point.

Le soir même où nous pénétrons dans ce cénacle, la société de mademoiselle Sécherelle semble agiter un sujet du plus haut intérêt. Les tables de jeu sont presque abandonnées, les broderies tombent des doigts, les méchants propos s'entre-croisent avec vivacité ; la petite prunelle grise de mademoiselle Sécherelle paraît flamboyer.

— Mais, monsieur, en êtes-vous bien sûr ? répétait madame Bonnet, une énorme dame, ridiculement vêtue qui portait sur son visage tous les signes de la niaiserie et d'un besoin effréné de commérage. C'est à ne plus permettre que ma fille la voie. Comment cette... demoiselle fume !

— La cigarette, j'en suis sûr, car j'ai fumé avec elle, répondit Ernest Richon, un jeune homme qui se dandinait avec fatuité. On assure même qu'en cachette elle s'adonne à la pipe.

— La pipe ! Ah !... s'écria avec horreur toute la pudibonde société.

— Est-elle aussi belle qu'on le dit ? demanda mademoiselle Sécherelle.

— Fort belle. Ne l'avez-vous pas encore vue ?

— Pas encore.

— Comment, elle ne vous a pas fait de visite ? se récria tout d'une voix l'assemblée.

— Non, répondit aigrement mademoiselle Sécherelle.

— De sa part, cela ne m'étonne pas, dit madame Bonnet; mais de la part de son père, c'est un manque de tact impardonnable.

— Je ne tiens pas du reste à sa visite; je ne crois pas que je la lui eusse rendue.

— Depuis deux mois à peine qu'elle est ici, reprit madame Bonnet, on a tant parlé d'elle, que je me dispenserais aussi de la voir, si ce n'était son père, ce brave colonel de Persange, un ami d'enfance de mon mari.

— En effet, insinua perfidement mademoiselle Sécherelle, tout le monde sait ce que M. Bonnet père doit aux Persange.

Madame Bonnet rougit, et M. Bonnet, qui jouait à l'écarté avec l'abbé Chamole, écarta dans son trouble le roi d'atout.

— Cependant, continua l'ex-muse du Jura, quand on a une fille comme la vôtre, madame, une vraie perle de grâce et de vertu, il me semble qu'on ne doit point l'exposer à de telles fréquentations.

En cet instant, Ernest Richon glissa adroitement un billet dans le panier à ouvrage de mademoiselle Bonnet, qui vit le mouvement, et détourna la tête pour faire semblant de n'avoir rien vu.

— Mais je vous assure, dit Ernest en relevant sa moustache, que mademoiselle de Persange, à part quelques petites excentricités, est une charmante personne, fort bien élevée. Elle monte à cheval à ravir; elle est aussi forte au billard qu'au piano. Au whist comme au piquet, elle perd vaillamment son argent. Hier, nous avons joué chez

son père ; elle a perdu trois cents francs sans sourciller.

—Mais c'est donc une dévergondée ! s'écria une vieille
dame qui jouait une vertueuse partie de bête ombrée à
un sou la fiche.

— Quant à son instruction, poursuivit le jeune fat,
elle est, je crois, universelle. Parlez-lui sport ou littérature, peinture ou musique, histoire ou voyages, chimie
ou philosophie, elle sait tout. Elle parle cinq ou six langues, voire même le latin ; elle a tout lu : Kant et Shel-
ling, Pierre Leroux et Fourier, César et Montecuculli,
Balzac et Eugène Sue, George Sand, etc.

— Quelle fille perdue ! s'écria une bigote qui, à ces
derniers noms, fut tentée de faire le signe de la croix.

— Vous ne dites pas, monsieur, fit observer d'un ton
hypocrite mademoiselle Bonnet, qu'elle peint admirablement et qu'elle a une voix ravissante.

—Taisez-vous, Herminie, dit impérieusement madame
Bonnet ; ne vous mêlez pas de faire l'éloge de mademoiselle de Persange ; on pourrait croire que vous partagez
ses idées monstrueuses.

— Vous ne dites pas non plus qu'elle fait les vers
comme Lamartine, ajouta à son tour un très jeune homme
d'une laideur grotesque, qui affectait des poses mélan-
coliques.

Tous les regards se dirigèrent vers Amédée Grasset.

— Ah ! elle fait des vers ! s'écria mademoiselle Sécherelle, qui sentit s'éveiller en elle une violente jalousie
d'auteur. Je voudrais bien voir ça.

— Je puis satisfaire votre curiosité, répondit le jeune
homme.

—Hé quoi ! vous avez de ses vers ? demandèrent malicieusement plusieurs jeunes femmes. Est-ce à vous, par hasard, qu'elle les a aóressés, monsieur Amédée? Voyons les vers! voyons les vers!

— Seulement, faites attention qu'il y a des jeunes personnes ici, s'écria madame Bonnet effarouchée.

— Elle ne me les a point adressés, répliqua Amédée, qui parut singulièrement heureux d'attirer l'attention générale. Ils étaient tombés de son carnet, comme elle passait à cheval dans un sentier où j'herborisais. Je les lui ai reportés; mais j'en avais pris une copie qu'elle m'a permis de garder, en m'invitant avec une grâce charmante à revenir la voir.

Mademoiselle Sécherelle, après avoir parcouru le papier que lui présentait Amédée Grasset, lut ces vers, de sa voix légèrement nasillarde, et les accentua de manière à exagérer ce qu'ils pouvaient avoir d'étrange pour ses auditeurs.

*Cœli enarrant gloriam Dei.*

I

Le jour s'éteint, la nuit tombe et répand ses voiles,
Au ciel monte la lune et brillent les étoiles.
Dans ce vallon désert, sur ces rocs nus, tout dort :
Nul mouvement, nul souffle : un silence de mort...
Mais recueillons nos sens, écoutons. O mystère !
Des profondeurs du sol j'entends un bruit sourdir,
Bruit étrange, d'abord faible comme un soupir,
Un murmure de vague, un battement d'artère :
Puis il s'étend, grandit sans cesse, éclate enfin
En lyriques accords, en large symphonie.
    Ce sont les ferments de la vie
Que la terre élabore, organise en son sein ;
C'est le souffle inconnu par lequel tout s'attire,
Se repousse, se meut, s'aime, vit et respire.
Vers l'atome j'entends l'atome graviter,
Le feu central, ce cœur du globe, palpiter ;
J'entends le grain germer, l'œuf éclore, la source
Se former goutte à goutte, et la terre, en sa course

Haletante, chercher les baisers du soleil.
Ce bruit s'accroît encor, dans les plaines profondes
De l'Ether il s'élance; et ces milliers de mondes
Composent un concert immense et sans pareil.
Quelle est cette musique ineffable, infinie?
C'est le saint hosannah qui s'élève en tout lieu;
C'est l'hymne universel chantant la loi de Dieu:
Amour, luxe, bonheur, essor libre, harmonie!

— Quel pathos! s'écrièrent quelques personnes.
La lecture continua néanmoins.

## II

Un soleil printanier teint de riches couleurs
Ces monts, ces verts coteaux, cette fertile plaine;
La brise nous apporte, avec sa tiède haleine,
Des bruits harmonieux, d'enivrantes senteurs...
Mais recueillons nos sens: les soupirs de la brise,
Les arbres murmurant d'une voix indécise,
Ce frisson animé qui court sous le gazon,
Cet oiseau qui fend l'air et jette à l'horizon
D'un cri vif et joyeux les notes fugitives,
Ce ruisseau qui chuchote en caressant ses rives,
Le grand ciel bleu, des fleurs le calice entr'ouvert,
Bruits, parfums et couleurs forment un doux concert.
Quelle est cette éloquente et fraîche symphonie?
C'est le saint hosannah qui s'élève en tout lieu,
C'est l'hymne universel chantant la loi de Dieu:
Amour, luxe, bonheur, essor libre, harmonie.

Des ricanements accueillirent cette deuxième strophe.
Mademoiselle Sécherelle poursuivit:

## III

Une épaisse atmosphère écrase la poitrine,
S'appesantit sur l'âme; à travers un brouillard
De miasmes, de gaz, un soleil gris, blafard,
Laisse à peine entrevoir sa figure chagrine;
Entre de sombres murs à peine un coin du ciel
S'offre aux regards de l'homme; un luxe artificiel,
Un luxe effréné heurte une horrible misère:
C'est une ville..... boule humaine, fourmilière

Entassée et confuse..... Ecoutons! Quels sanglots,
Quels blasphèmes, que's cris de haine et de démence!
Une joie insultante y mêle ses grelots.
C'est un bruit infernal, une mêlée immense.
En vain je cherche un homme en ce ramas humain,
L'homme, type achevé de beauté, d'harmonie.
— Pourquoi ce désaccord dans le concert divin!
O douleur! De l'Eden l'humanité bannie
Gémit, victime encor du mal originel.
Cueillons, cueillons les fruits de l'*arbre de science*;
Cherchons la loi de Dieu, le *royaume du Ciel*!
Le péché, le serpent, le mal, c'est l'ignorance.

— Ah! voilà une jolie manière d'interpréter les saintes
Écritures, dit l'abbé Chamole.

Mademoiselle Sécherelle acheva sa lecture.

IV

O merveilles des cieux, soleils, vastes flambeaux,
    Foyers de vie et de lumière;
Brise, fleur parfumée, oiseaux des bois, ruisseaux,
Admirable nature, ô splendeurs de la terre,
Célébrez l'hosannah à toute heure, en tout lieu.
Pour que l'humanité, sauvée et rajeunie,
Apprenne et réalise enfin la loi de Dieu:
Amour, luxe, bonheur, essor libre, harmonie.

— Eh bien! qu'en dites-vous? s'écria mademoiselle
Sécherelle, la voilà qui adresse des prières au soleil et
aux étoiles!

— Elle est peut-être païenne.

— Non, elle est panthéiste, ce qui est à peu près la
même chose, répondit mademoiselle Sécherelle avec
pédanterie.

L'ex-muse relisait alors avec attention les vers de
Gastonne, dans l'espoir d'y découvrir quelques fautes de
prosodie.

— Ah! ah! ah! s'écria-t-elle enfin en riant aux éclats.

1.

Quel barbarisme! *sourdir* au lieu de *sourdre*. Il est avec la rime des accommodements. Elle doit être de l'école romantique, car elle ne se pique guère de purisme.

— Comment! elle fait aussi des romans! demanda avec stupeur madame Bonnet, qui ne comprit pas bien l'expression *romantique*.

— Non, mesdames, dit avec importance Ernest Richon, mademoiselle de Persange me fait l'effet d'être tout simplement socialiste.

— Socialiste!

Ce mot fut répété par toutes les personnes de l'assemblée, depuis l'accent de la surprise jusqu'à celui de la terreur.

En cet instant on introduisit deux nouveaux personnages, la comtesse de Montarbey et son fils Octave.

— Ah! s'écria Ernest, voici Octave qui vous apprendra sur mademoiselle de Persange tout ce que vous désirez savoir, car il l'a connue à Paris.

— Allons, monsieur le comte, dit mademoiselle Séche-relle, exécutez-vous de bonne grâce; notre curiosité est vivement excitée.

— Ce qu'il nous importe surtout de connaître, à nous autres mères, reprit madame Bonnet, ce sont les antécédents de mademoiselle de Persange. Nous voudrions savoir si, malgré toutes ses *originalités*, elle est à fréquenter pour de jeunes filles.

— Rassurez-vous, madame, répondit M. de Montarbey avec une légère ironie, les antécédents de mademoiselle de Persange sont parfaitement honorables. C'est une jeune personne accomplie : aussi vertueuse que bonne, aussi instruite qu'élégante, une femme enfin tout à fait hors ligne ; et je ne sache pas pour une jeune fille de fréquentation meilleure. Vous appelez originalité, sans doute, le courage qu'elle met à s'affranchir de certains préjugés.

— Est-ce donc un préjugé d'aller à la messe ? glapit une voix acide.

— Je regarde, madame, comme un droit la liberté de conscience. Je ne me permettrai jamais de sonder les motifs qui peuvent empêcher mademoiselle Gastonne d'aller à la messe, pas plus que je ne me permettrais de chercher à connaître ceux qui vous y conduisent.

Il y eut un silence.

Mademoiselle Bonnet, qui jusqu'alors avait modestement baissé les yeux sur son ouvrage, les releva et les arrêta sur Octave, pendant que madame de Montarley adressait à son fils des signes de détresse au sujet des paroles téméraires qu'il venait de prononcer.

— Il paraît, dit avec importance une ménagère, que sa femme de chambre ne l'a pas encore vue tenir une aiguille. Elle se croirait déshonorée de s'occuper de lessive ou de cuisine. Mademoiselle se lève à dix ou onze heures, et se couche, Dieu sait quand !

— Voilà un ménage qui doit bien aller !

— Et la fortune aussi !

— Pauvre M. de Persange !

— Que l'homme destiné à devenir le mari d'une pareille femme est à plaindre ! ajouta en soupirant madame Bonnet.

— Ce n'est pas ainsi que vous avez élevé votre fille, n'est-ce pas, Madame ? dit la comtesse avec une grâce pleine d'intentions.

— A mon avis, se hâta d'interrompre le père d'Ernest, un vieil avocat à lunettes d'or, la vraie supériorité de la femme réside dans l'exercice de ces vertus d'intérieur ; aussi, n'en déplaise à M. de Montarbey, pour moi, le type

de la femme parfaite serait bien plutôt mademoiselle
Bonnet, par exemple, que mademoiselle de Persange.

Toute l'assemblée fit chorus.

La comtesse et le vieil avocat se regardèrent.

— Ce vieux richard convoiterait-il la petite Bonnet
pour son fils? pensa madame de Montarbey.

— Cette comtesse ruinée croit-elle par hasard, pensait
de son côté le vieux légiste, qu'il suffise de ses parche-
mins vermoulus pour faire épouser à son fils le million
des Bonnet?

—Monsieur Richon, répliqua hypocritement mademoiselle Bonnet en observant Octave, votre éloge me flatte
assurément ; et pourtant, je suis loin de partager votre
avis : les talents de mademoiselle de Persange me parais-
sent beaucoup plus enviables que les miens.

Sur un coup d'œil de sa mère, Montarbey se crut
obligé de balbutier un compliment banal, qu'Herminie
n'eut pas l'air d'écouter.

— Décidément, se dit-elle, il aime mademoiselle de
Persange et il ne pense pas à moi.

Cette injure faite à ses charmes et à son million, lui
causa une vive souffrance d'amour-propre.

. — Quelle est. M. Bonnet, la fortune des Persange?
demanda madame de Montarbey.

M. Bonnet était un gros homme à figure pleine et tri-
viale, tout bouffi de son importance et de sa richesse.

A la question qui lui était adressée, il interrompit sa
partie d'écarté, se renversa sur son fauteuil, frappa à
petits coups sur sa tabatière, huma lentement une
prise, fit tourner ses breloques, mit le pouce dans son
gousset, exécuta plusieurs mouvements grotesques des

lèvres, et, sentant tous les regards braqués sur lui, il répondit du ton solemnel de M. Prudhomme :

— Madame la comtesse, je l'estime, y compris la retraite du colonel, à vingt-cinq mille livres de rente.

Madame de Montarbey fit une moue dédaigneuse.

— La retraite du colonel doit suffire tout au plus, dit-elle, aux frais de toilette de sa fille.

— Quelle toilette, en effet ! s'écria madame Bonnet ; des robes à volants, des plumes, des bijoux, comme une jeune mariée !

— Au bal des pauvres, elle était plus décolletée que la préfète elle-même : c'était vraiment scandaleux chez une jeune personne, dit une dame fort maigre.

— C'est un scandale pardonnable quand on a de si belles épaules, répliqua ironiquement Amédée Grasset.

— On parle du luxe de ses appartements, reprit une dame guindée et tirée à quatre épingles ; mais vraiment tout y est du plus mauvais goût ! Quand je suis allée lui rendre ma visite, on m'a introduite dans ce que cette *duchesse* appelle son boudoir. Quel fouillis ! quel désordre ! un chevalet au milieu de la pièce, et sur ce chevalet un portrait de femme sans le moindre châle sur les épaules. Elle a osé me dire que c'était une Madeleine. C'était bien plutôt une Vénus, si ce n'était même son propre portrait. Puis des albums, des dessins, des bronzes, de la musique étalés sur tous les meubles ; enfin, vous ne sauriez imaginer quoi ? des armes en croix sur les murs ! et elle appelle cela, s'il m'en souvient bien, des... des... quelque chose comme des parapluies.

—'Des panoplies, voulez-vous dire, s'écria Ernest en riant aux éclats.

— Panoplies, soit ! Une femme qui se respecte n'est
pas obligée de savoir ces mots-là.

— Comment! est-ce qu'elle fait des armes ? demanda
mademoiselle Sécherelle.

— Elle est passée maître, répondit Ernest, et au pistolet elle atteint la mire à cinquante pas.

— Mais c'est donc un vrai grenadier!

— Fort gracieux, je vous assure.

Le reste de la soirée s'écoula en bavardages de ce
genre : on passa au crible tous les actes de mademoiselle
de Persange. Elle sortait seule, ou accompagnée de jeunes
gens ; elle écrivait, au dire du directeur des postes, dans
les cinq parties du monde ; elle préférait, immense grief !
la société des hommes à celle des femmes ; elle émettait
librement les opinions les plus avancées. Ses pratiques
mêmes de générosité furent prises en mauvaise part:
elle secourait des gens de rien sans faire passer ses au-
mônes par le canal de l'abbé Chamole et des dames pa-
tronesses. Bref, il se forma contre elle une ligue de toutes
les femmes de la société. On décréta qu'une telle conduite
était pour la ville une honte publique, et que, si mademoiselle de Persange ne changeait pas son genre de vie,
on ne lui rendrait pas ses visites.

Octave de Montarbey, assis devant une table d'écarté,
ne prenait plus depuis longtemps aucune part à la conversation, ne la désapprouvant que par son silence et par
quelques légers haussements d'épaules.

Les Bonnet et les Montarbey se retirèrent de bonne
heure, et ce fut à leur tour d'être sur la sellette.

— Avez-vous vu la drôle de grimace qu'a faite madame
de Montarbey, quand M. Bonnet lui a dit le chiffre de la
fortune des Persange?

— Avez-vous observé également, dit une autre dame, combien madame de Montarbey, si fière et si entichée de sa noblesse, a été gracieuse et prévenante pour cette grosse mère Bonnet ?

— S'agirait-il d'un mariage ? demanda le père d'Ernest visiblement intrigué.

— Mon Dieu ! oui, d'après ce que j'ai pu voir, répondit mademoiselle Sécherelle.

Les cartes s'abattirent sur les tables, les aiguilles s'arrêtèrent, et l'on eût entendu voler une mouche.

— Il s'agit, continua Mademoiselle Sécherelle, que M. de Montarbey est fort épris de Mademoiselle de Persange, et que sa mère ne la trouve pas assez riche. A fortune égale, elle préférerait assurément la Persange ; peu lui importerait que la demoiselle fût un peu légère ; mais elle est fort tentée par le million d'Herminie Bonnet, car elle s'ennuie horriblement en province : elle brûle de retourner à Paris ; et, pour y reparaître comme autrefois, la modeste fortune des Persange ne lui suffirait pas.

— Elle a de l'ambition pour son fils ; elle veut en faire un ambassadeur, dit Ernest.

— Et comme, pour suivre la carrière diplomatique, il faut de la fortune, ajouta le père Richon...

— Les croyez-vous donc tout à fait ruinés ? interrompit mademoiselle Sécherelle.

— Il leur reste encore la terre de l'Etoile ; mais elle est fort grevée. Pendant cette dernière année que monsieur Octave vient de passer à Paris, il a dissipé d'assez jolies sommes.

— Son père avait été pair de France ; il fallait bien tenir son rang.

— Et il le tenait bien, je vous assure ! affirma Ernest.

— Sait-on comment les Bonnet envisageraient ce mariage ? demanda le vieil avocat.

— Mon Dieu ! dit mademoiselle Sécherelle, les Bonnet savent où le bât les blesse : ils se sentent roturiers jusqu'à la moelle des os. Les parents de madame Bonnet étaient tout simplement les fermiers des Persange, et le père de M. Bonnet, leur homme d'affaires, lequel s'est enrichi à leurs dépens. Vous avez vu tout à l'heure, quand j'y ai fait allusion, la rougeur de madame Bonnet et le trouble de son mari. Tous deux ont été élevés dans l'admiration de la noblesse. Illustrer leur million d'un blason quelconque, ce serait, soyez-en sûrs, leur ambition la plus chère.

— Reste à savoir, fit Ernest avec fatuité, si mademoiselle Herminie consentirait.

— La petite Bonnet, avec son air de sainte nitouche, est pétrie de vanité et de coquetterie, dit une de ses amies intimes. Il suffit que M. de Montarbey n'ait pas l'air de s'occuper d'elle, pour qu'elle ait envie de lui plaire et de l'épouser.

— A mon avis, c'est tout simplement une petite rusée. Il court à son sujet de singuliers bruits, hasarda une dévote.

— Bah ! donnez-nous donc quelques détails.

— Oui, une petite historiette fort piquante avec un officier de la garnison.

— Mais ce n'est qu'un bruit vague, et que j'aime à croire sans fondement.

— Sans doute, mais cet officier aurait été vu escaladant les murs du jardin.

— En vérité ! A qui donc se fier, grand Dieu ! s'écria une vieille fille.

— Eh bien ! moi, je ne dis pas que ce soit, tant s'en faut ! mais cette Herminie a de certains airs auxquels je ne me fierais pas du tout..

— Et madame Bonnet qui prône tant les vertus de sa fille ! c'est très-plaisant ! Qu'en dites-vous, M. Richon ?

— Ma foi ! je n'en dis rien du tout, si ce n'est qu'il doit y avoir quelque erreur dans tout cela, répondit M. Richon, dont la mine s'était allongée. Dans ma carrière d'avocat, j'ai vu en cour d'assises des présomptions de culpabilité bien autrement graves, et qui pourtant s'évanouissaient devant la plus simple explication. En supposant, dans la cause actuelle, qu'un officier ait réellement escaladé un mur, qui vous dit que ce fût pour causer dans le jardin avec mademoiselle Herminie ? Mais je vais plus loin : à instruire sérieusement l'affaire, il est possible qu'il n'y ait là dedans ni officier, ni jardin, ni mur quelconque. Et en effet, de deux choses l'une : ou il y a un mur, ou il n'y en a pas. S'il y a un mur, il faut encore distinguer...

— Allons, allons, interrompit mademoiselle Sécherelle, moi aussi je prends la petite sous ma protection. Vous êtes de mauvaises langues. On ne perd pas ainsi la réputation d'une jeune personne sur de simples apparences.

— Avec cinquante mille francs de rentes, allégua un philosophe sceptique, on n'a que la réputation d'être riche, et tant que celle-là est intacte, l'autre ne subit pas de grands dommages aux yeux de beaucoup de gens.

Onze heures qui sonnèrent alors à la pendule, mirent fin aux médisances en mettant fin à la soirée.

## II

Persange est un joli château d'architecture moderne, situé à une demi-lieue de Lons-le-Saulnier, sur le versant d'une colline. Cette colline, entièrement boisée, est une dépendance du château. C'est une sorte de parc naturel d'une grande étendue.

L'aménagement de ce parc accuse un heureux accord entre le faste d'autrefois et la spéculation moderne. A côté de larges avenues et de séculaires futaies qui semblent rappeler l'antiquité de la *souche* nobiliaire, et proclament le respect des ancêtres, s'étendent des prairies parsemées de bosquets, des'taillis vigoureux et impénétrables, coupées par d'étroits sentiers.

Aux alentours du château, le parc prend un aspect plus coquet. Un goût intelligent y a distribué ces pelouses, ces terrasses étagées, ces kiosques, ces chalets, ces pièces d'eau, ces vastes serres. Çà et là apparaissent, qui animent le paysage, des cygnes, des canards d'Afrique, des paons au splendide plumage, des chèvres du Thibet, des daims apprivoisés qui montrent leurs têtes inquiètes à travers le feuillage.

Le château forme un seul corps de bâtiment, spacieux, régulier, aux ouvertures grandioses. Un perron à colonnes et un escalier quasi-royal ornent une façade à deux étages. Au-dessus règne une galerie briquetée, à jour, d'où l'on découvre toute la Bresse, une plaine immense et fertile, parsemée de nombreux villages et limitée à l'horizon par les demi-teintes bleuâtres de la Côte-d'Or.

Dès les premiers jours du printemps, le colonel de Persange et sa fille quittèrent Lons-le-Saulnier et vinrent s'établir à Persange, leur résidence d'été.

C'était une de ces fraîches et pures matinées d'avril, où la nature entière s'éveille de sa léthargie, et, comme une mariée éternellement jeune, après le deuil de l'absence, se pare, pimpante et coquette, de ses habits de fête pour le retour du bien-aimé ; elle revêt son manteau d'émeraudes semé de perles et de rubis, étale ses écrins les plus riches, ouvre ses cassolettes les plus odorantes.

Mademoiselle de Persange, en costume d'amazone, est debout sur le perron. Sa noire silhouette se détache sur le mur blanc. Autour d'elle gambade un grand lévrier aux formes sveltes et élégantes. Il l'appelle à sa façon et la presse pour la promenade ; mais un sévère : « Tout beau, *Mordaunt* ! » calme la pétulance du bel animal, qui se couche docilement aux pieds de sa maîtresse.

Gastonne de Persange est une belle jeune fille, de proportions exquises. Son visage, éclairé par une lumière fluide, paraît resplendir. Ce qui frappe tout d'abord et ce qui étonne dans l'ensemble de sa personne, c'est un singulier contraste de douceur et de fierté, de bonté et d'énergie, d'impétuosité et de calme, de candeur et de volupté.

Sa taille mignonne, élancée, flexible, d'une élégance toute féminine, accuse pourtant dans sa cambrure la vigueur, la fermeté. On découvre une sorte de langueur rêveuse dans ses grands yeux noirs, profonds et doux. La coupe fière et même un peu sévère du profil est tempérée par la grâce attendrie, la finesse indulgente du sourire. A la chaude transparence du teint, à ces abondants cheveux noirs qui ruissellent sur son cou doré, on devine une exubérance de vitalité, non point cette vitalité physique, cette énergie des natures inférieures, mais la vitalité de l'esprit qui rayonne sur son front haut et droit, comme dans la mobilité expressive de sa physionomie. Enfin si le frémissement de la narine indique une nature passionnée, la suavité du contour des lèvres, la délicatesse et la pureté des modelés révèlent des sentiments de l'ordre le plus élevé.

Gastonne de Persange est une de ces organisations mixtes qui réunissent les facultés les plus opposées. Elles ont de la femme la tendresse, l'impressionnabilité nerveuse et les goûts artistiques. Elles ont de l'homme la décision, la fermeté du caractère et l'aptitude aux études sérieuses comme aux exercices du corps.

Ayant perdu sa mère à l'âge de huit ans, elle fut élevée par son père, qui ne voulut point s'en séparer. Elle le suivit dans ses garnisons ; mais la plus grande partie de son enfance se passa à Paris, où se compléta son éducation. La société des officiers du régiment, qui venaient chez son père, développa le côté viril de son caractère, sans lui faire rien perdre de ses grâces féminines.

Merveilleusement douée sous le rapport de l'intelligence, elle fit son éducation, pour ainsi dire seule. Ses facultés se développèrent sans effort, et elle atteignit rapidement, dans les arts comme dans les sciences, un savoir qu'on rencontre rarement chez une femme Mais, simple et bonne, elle savait se faire pardonner sa supériorité. Néanmoins, comme sa double nature lui imprimait, quoi qu'elle fît, un cachet d'étrangeté, il est facile, à quiconque connaît un peu l'esprit de la province, d'apprécier toutes les exagérations auxquelles se livrait le public de Lons-le-Saulnier sur les prétendues monstruosités de son caractère.

Elle est généreuse, mais sans prodigalité ni ostentation ; religieuse sans être dévote. Elle aime le luxe comme tout ce qui est beau, et le comprend en femme et en artiste avec ses plus exquis raffinements ; mais elle a l'amour de l'ordre en toutes choses, et règle sagement l'emploi de sa fortune. D'un esprit indépendant et fier, elle brave hardiment les préjugés. Incapable de manquer à l'honneur, elle ne soupçonne jamais personne, et n'admet pas qu'on puisse la soupçonner. La pureté de sa conscience, un sentiment de dignité peut-être exagéré lui inspirent un souverain dédain du *qu'en dira-t-on.*

La réclusion et la tutelle auxquelles on soumet les jeunes filles en France, même au-delà de vingt ans, lui semblent une coutume absurde et humiliante. Elle s'en affranchit donc et proclame hautement son droit de liberté. Elle sort seule, écrit à qui bon lui semble, reçoit les amis de son père ; mais par son tact et la noblesse de ses manières, elle sait imposer le respect.

Les études sérieuses l'ont tenue éloignée jusqu'ici de toute préoccupation tendre. Elle n'est pas née romanesque, et son éducation, parfaitement équilibrée, a prévenu chez elle l'exagération des sentiments. Car, en général, ce qui développe prématurément chez les jeunes filles le sentiment de l'amour, c'est surtout la futilité de leur éducation. Aussi Gastonne, élevée auprès de son père, sans confidente de son âge, et ayant toujours eu une vie active et studieuse, est-elle restée d'une candeur qui ferait honneur à une novice de couvent. Pourtant, vive, ardente, impétueuse, elle serait aimante jusqu'à la passion, dévouée jusqu'au fanatisme ; mais, blessée ou trompée dans ses affections, elle pourrait être vindicative, impitoyable.

Ce jour-là, à voir sa figure pensive et je ne sais quoi d'allangui et de plus femme répandu dans toute sa personne, il semblait qu'un sentiment nouveau eût envahi son cœur. Elle contemplait d'un regard distrait les fraîches splendeurs de ce beau ciel matinal, ce paysage en fleurs qu'une vapeur lumineuse baignait de reflets étincelants.

L'arrivée du colonel sur le perron l'arracha à sa rêverie.

— Bravo, Gastonne, lui cria-t-il ; déjà prête ! Heure militaire !... bravo !... Quelle superbe matinée !

Gastonne tressaillit, se retourna vivement, et enlaça de ses deux bras, avec une grâce enfantine, le cou de son père. Le colonel abaissa sa belle figure militaire vers le front de Gastonne et l'embrassa tendrement.

— A quoi pensais-tu donc, lui demanda-t-il, que tu ne m'entendais pas venir ?

Gastonne détourna la tête, car elle se sentait rougir : pour la première fois de sa vie, elle allait dissimuler.

— Je ne sais..., répondit-elle : au plaisir de me trouver seule ici avec toi, au milieu de ce magnifique paysage, après avoir été enfermée pendant plusieurs mois dans une affreuse petite ville. Au moins pourrai-je maintenant sortir seule, et faire ce que bon me semblera, sans que la pudibonde société de mademoiselle Sécherelle le puisse trouver mauvais.

— Est-ce que ses petites méchancetés te chagrinent ? demanda le colonel.

— Non, mais elles m'irritent.

En ce moment, on amenait devant le perron deux beaux *pur-sang*.

Le baron de Persange et sa fille montèrent en selle, et

bientôt lancèrent leurs chevaux au galop. Gastonne déployait dans cet exercice une dextérité et une grâce parfaites. Son cheval, d'une ardeur peu commune, l'emportait parfois avec tant de fougue qu'on était effrayé pour elle ; mais soudain il s'arrêtait dompté par son poignet nerveux.

Après ce premier élan, ils lâchèrent la bride de leurs montures et marchèrent au pas côte à côte.

— J'espère que tu as été content de moi, cher père. Malgré toute ma répugnance, j'ai, pour te plaire, sacrifié à la terrible muse.

— Je crois qu'il le fallait, mon enfant, répondit le baron, car mademoiselle Sécherelle représente l'opinion à Lons-le-Saulnier, et puisque nous devons habiter ce pays...

—Oui, mais mademoiselle Sécherelle a paru peu charmée de notre visite tardive, et je crains fort de n'avoir pas conquis ses bonnes grâces. J'ai peur que l'opinion de ce pays et moi, nous ne nous entendions guère. J'ai mauvaise tête, et j'aime assez agir à ma guise.

—*Fais ce que dois, advienne que pourra!* dit le colonel ; et j'ajoute : *Glose qui voudra !*

Après ces quelques mots échangés, tous deux restèrent silencieux ; ils paraissaient préoccupés.

Le colonel de Persange était un beau vieillard d'une soixantaine d'années, un type du vaillant et loyal soldat. Les militaires se ressemblent tous en beaucoup de points. On dirait que la discipline et l'exercice les façonnent insensiblement sur le même moule. On les reconnaît à cent pas : même prestance un peu raide, même démarche mesurée, mêmes mouvements, même coupe d'habits, de che-

veux et de moustaches, et l'on pourrait ajouter, sauf ex-
ceptions, mêmes caractères.

Tel était le colonel : comme esprit, de la saillie et de
la bonne humeur, mais des facultés assez bornées. Brave,
mais faible par excès de bonté, c'était un de ces cœurs
tendres et chevaleresques qui éprouvent le besoin d'une
domination féminine. Il avait adoré sa femme et s'était
laissé dominer par elle. Sa fille avait hérité de ce pouvoir
et de cette adoration.

Les grâces, les charmes de cette enfant, son grand et
énergique caractère lui inspiraient une admiration qui
touchait au fétichisme. Elle possédait toute l'intelligence
qui lui manquait : elle était sa sagesse et son orgueil. Il
ne voyait et ne jugeait que par elle. Elle absorbait à elle
seule toutes ses affections, avec son cheval toutefois; car
il avait coutume de dire par manière de plaisanterie :
« Ma fille et mon cheval sont ce que j'ai de plus cher au
monde. »

Jusqu'alors l'idée ne lui était jamais venue qu'il pût
être séparé d'elle, qu'elle dût concevoir une affection en
dehors de lui, se marier enfin. Il espérait, sans s'en rendre compte, être à jamais la seule personne aimée, et
même, s'il arrivait à Gastonne d'exprimer pour ses amis
quelque affection vive ou quelque admiration enthousiaste, il en ressentait une secrète jalousie.

Plusieurs fois déjà elle avait été demandée en mariage, mais elle avait toujours manifesté si énergique-
ment le dessein de conserver longtemps encore sa liberté,
qu'il n'avait pas d'appréhensions sérieuses à ce sujet.

Ils marchaient donc depuis quelques instants sans se
communiquer leurs pensées. M. de Persange le premier

renoua la conversation, et prit un long détour pour arriver à son but.

— Comment trouves-tu les Bonnet? demanda-t-il.

— Disgracieux et maussades comme de vilains bonnets de nuit, répondit Gastonne en riant de son mauvais calembour. Madame Bonnet est affreusement bavarde et vulgaire. M. Bonnet n'amuse qu'un instant avec ses emphatiques bêtises. Malgré leurs ridicules, ce sont cependant, je crois, d'assez bonnes gens. Quant à Herminie, je m'y fierais moins : elle est très-fine et manque de sincérité. Elle a cependant, il faut lui rendre cette justice, des aspirations moins communes que son entourage ne le comporte. Elle rêve un rang et un luxe auxquels elle n'a pas été habituée, ce qui, à mon avis, lui fait honneur, n'en déplaise à toutes ces bigotes qui prêchent le mépris des richesses, l'amour de la médiocrité, le règne de la laideur. En somme, je prévois qu'il me sera difficile de me créer une société dans ce pays.

— Madame de Montarbey, cependant...

— Madame de Montarbey, reprit Gastonne rêveuse, m'est peu sympathique; c'est une femme du monde qui a de l'esprit et de bonnes manières, mais je la crois trop ambitieuse pour être bonne.

— Enfin, parmi les hommes que nous voyons, en est-il du moins dont la fréquentation te soit agréable?

— Tu sais que je préfère en général la société des hommes à celle des femmes. Les femmes, la plupart, sont trop occupées de médisances, de toilette, de mesquineries. On trouve chez les hommes plus d'instruction, plus d'idées générales, plus d'indulgence. Enfin leurs jeux et leurs occupations conviennent mieux à mes goûts et à mes habitudes. Si, par exemple, il me fallait coudre pendant

une demi-heure, en tête à tête avec madame ou mademoiselle Bonnet, j'en prendrais, je crois, une attaque de
nerfs, quoique, Dieu merci! je ne sois point sujette aux
vapeurs ; je laisse cela aux petites maîtresses.

— Et parmi les hommes que nous recevons, demanda
le colonel qui suivait son idée, quels sont ceux que tu as
remarqués?

— Je ne sais.

— M. Richon, par exemple. Qu'en penses-tu?

— Qu'il est très-vain de sa jolie figure et de ses prétendus succès; insignifiant du reste.

— Et M. Grasset?

— Une autre espèce de fat, naïf dans sa fatuité jusqu'au grotesque. C'est une preuve de la prévoyance de la
nature, qui accorde aux êtres les plus disgraciés un
amour-propre, une estime d'eux-mêmes en raison directe
de leur laideur et de leurs disgrâces. Un bon et honnête
garçon, du reste, qui serait intéressant sans ses ridicules
prétentions.

— Et M. Darvilé? Tu ne peux nier du moins que
celui-là ne soit amusant?

— M. Darvilé est amusant, c'est vrai, répondit gravement Gastonne. Il a de l'esprit, mais il en abuse. C'est
en outre un homme sans délicatesse et sans dignité,
et, si tu m'en crois, nous l'évincerons avec politesse.

— Allons, Gastonne, tu es vraiment trop sévère pour
les gens de ce pays. A mon avis, il vaut mieux rester en
bonne intelligence avec tout le monde.

Gastonne garda le silence.

— Enfin M. de Montarbey? reprit timidement le
vieux militaire, qui semblait pressentir que celui-là était
le préféré.

— Sans contredit, répondit Gastonne, qui eut dans la voix un léger tremblement, c'est celui qui m'inspire le plus de sympathie par l'éducation, les manières, la noblesse des sentiments, l'élévation de l'esprit. Ce sera pour nous, je l'espère, un voisinage agréable.

M. de Persange parut embarrassé.

— Oui, tu as raison, dit-il, ce serait pour nous un fort agréable voisinage ; mais il est malheureux qu'il se mette en tête des idées aussi saugrenues.

— Que voulez-vous dire ? demanda Gastonne étonnée.

— Tiens, lis toi-même.

Et il passa à sa fille une lettre qu'il tira de son porte-feuille.

Gastonne prit le papier, et pendant qu'elle le parcourait, une émotion singulière se manifesta sur son visage. Elle ressentit au cœur un trouble comme elle n'en avait jamais éprouvé.

Ce n'était pas précisément une demande en mariage ; mais, dans cette lettre, M. de Montarbey exprimait le vœu d'être admis chez M. de Persange comme aspirant à la main de Gastonne.

Quand elle eut achevé cette lecture, le colonel regarda sa fille, et comme il vit qu'elle restait grave et ne songeait point à tourner la lettre en plaisanterie, il en conçut une vive alarme.

— Eh bien ! demanda-t-il avec ironie, que dis-tu de ce sans-façon, de cette outrecuidance ? Il ne se gêne pas ! Etre reçu à Persange comme aspirant à ta main !... Si encore il était militaire ! Mais un homme sans position et sans fortune tenir un pareil langage, cela me passe, en vérité ! Croit-il par hasard, que son titre de comte suffise pour nous éblouir ? Notre noblesse vaut la sienne, je pense.

Ne dit-il pas qu'il regrette de n'avoir pas une fortune à mettre à tes pieds? Voilà qui est par trop naïf! il y en a bien d'autres qui en diraient autant! Et tu lui trouves de l'esprit? Allons, Gastonne, tu n'es pas difficile.

Et comme, à mesure qu'il parlait, M. de Persange s'emportait,

— Voyons, mon père, calmez-vous, dit Gastonne, qui avait eu le temps de se remettre; cette lettre me paraît très-convenable, et nous devons y répondre convenablement, car il n'y a rien dans tout cela que de très-honorable pour moi.

— Vraiment, Gastonne, on dirait que tu prends la chose au sérieux?

— Tout à fait au sérieux, je vous assure, répondit-elle gravement.

Cette réponse résonna douloureusement au cœur du pauvre père, qui pâlit d'anxiété.

— Songerais-tu réellement à épouser M. de Montarbey?

Il y eut dans son accent un ton si pénétrant de reproche et d'appréhension, que Gastonne comprit ce qui se passait dans le cœur de son père.

— Non, mon père, dit-elle, je ne songe pas encore à te quitter. C'est moi qui répondrai à monsieur de Montarbey.

— Non pas, je m'en charge, reprit vivement le baron.

— Que lui répondras-tu?

— Que tu ne veux pas te marier encore.

— Tu ne lui répondras pas cela, car je n'ai encore rien arrêté à cet égard. J'éprouve, te l'ai-je dit, de la sympathie pour M. de Montarbey, et peut-être qu'en le connaissant mieux...

— Mais alors, que faut-il donc répondre ? interrompit le colonel qui redevint anxieux.

— Que nous recevrons avec plaisir ses visites, répondit Gastonne avec calme, mais qu'il n'est besoin pour cela d'aucun autre titre que celui d'ami ; que la question de fortune n'est pas un obstacle pour moi ; que je me marierai selon mon cœur ; mais que je ne veux prendre aucune sorte d'engagement avant mûre réflexion et une parfaite connaissance de son caractère.

— Alors, écris-lui toi-même, dit le père rassuré.

En ce moment, ils atteignaient la lisière du bois, et devant eux se dressait dans un isolement pittoresque, le mont Musar, couronné par le château de l'Étoile qu'habitaient alors madame de Montarbey et son fils.

— Une idée! s'écria Gastonne : allez vous-même faire ma réponse à M. de Montarbey. Ce sera une politesse et une occasion de lui rendre ses visites.

Moitié mécontent, moitié satisfait, le colonel, pour obéir au désir de sa fille, prit le chemin du château de l'Étoile, tandis que Gastonne retournait seule à Persange.


## III


Arrivé au sommet du mont Musar, le baron, quoique peu sensible aux beautés de la nature, fut comme ébloui par la magnificence du tableau qui se déroulait devant ses yeux. A ses pieds, le village de l'Étoile, qui se compose, comme la ville éternelle, de sept collines, et offre un riant aspect de maisons éparses et de vergers en fleurs : à l'est, une vaste chaîne de montagnes, qui semble une barrière du ciel, au-dessus de laquelle resplendit

2.

dans l'éther bleu la face étincelante du soleil; par contraste, du côté opposé, une immensité dont l'horizon se
perd dans la brume du matin; et tout autour, le sol qui,
semblable à une mer orageuse, se soulève en nombreuses
collines, au sommet desquelles apparaissent, comme des
vaisseaux à la cime des vagues, les ruines féodales de
Montmorot et d'Arlay, les villages pittoresques de Châ-
teau-Châlon et de Montaigu assis au bord de rochers à
pic; l'antique tour du Pin, inébranlable donjon de la
féodalité, majestueux vestige de son ancienne puissance;
l'église de Montain dont la blanche aiguille scintille au
soleil comme un mât d'argent; enfin, au dernier plan, se
détachant vigoureusement sur la montagne, le château
de Frontenay, qui domine la plus riante vallée du Jura.

Absorbé par ce projet de mariage, le baron ne s'arrêta
pas longtemps à contempler ce splendide paysage.

Mais avant de l'introduire au château de l'Étoile, disons
ce qui s'y était passé le matin même, entre madame de
Montarbey et son fils.

Dès huit heures la comtesse avait appelé Octave auprès
d'elle.

Madame de Montarbey était une femme d'une cinquan-
taine d'années, assez bien conservée. Elle avait dû être
belle, d'une beauté spirituelle et délicate; mais ses yeux
verts, sans tendresse et sans bonté, avaient une expression de hauteur et en même temps de finesse qui refoulait
la sympathie.

Elle respirait encore comme un parfum de galanterie.

Une certaine coquetterie dans ses gestes et dans ses
airs de tête, dans le son de sa voix, et le luxe dont elle
s'entourait, témoignaient que le désir de plaire avait été
la principale occupation de sa vie.

— Voyons, Octave, dit-elle d'un ton câlin et persuasif, tu manques de confiance en moi, tu ne m'ouvres pas ton cœur. Ne suis-je donc pas ta meilleure amie ? Depuis quelques jours tu es soucieux, distrait, presque triste, et tu ne m'en dis pas la cause. Ne sais-tu pas qu'une mère trouve toujours dans sa tendresse des consolations pour son enfant ?

Madame de Montarbey avait assez de finesse d'observation pour deviner que la cause des préoccupations de son fils était son amour pour mademoiselle de Persange; mais elle voulait l'amener à un aveu.

Octave éluda la question, rejetant sa tristesse sur un malaise passager.

— Aurais-tu, reprit la comtesse, quelques dettes que tu ne m'aurais point avouées? Tu sais si j'ai toujours été indulgente pour tes peccadilles de jeune homme. D'ailleurs, si tu avais quelques ennuis de ce genre, n'hésite pas à me les confier, car je crois avoir trouvé le moyen de les faire cesser.

— Je n'ai que les dettes que vous connaissez, répondit Octave avec un soupir auquel feignit de se méprendre madame de Montarbey.

— Ne t'inquiète pas, mon enfant, dit-elle avec tendresse. Je suis un peu la cause de notre état de fortune actuel. Je n'ai pas toujours été, j'en conviens, une femme assez prévoyante...

— Je vous en prie, ma mère, interrompit Octave, cessez de vous accuser. N'étiez-vous point maîtresse de votre fortune, et n'avez vous pas fait pour moi assez de sacrifices?

— Mon ami, reprit-elle, ta générosité m'accable, et

quand je songe à la position que je t'ai faite, j'en éprouve un remords profond.

Ici, l'astucieuse comtesse, en femme habile à jouer les scènes de sentiment, crut devoir verser quelques larmes.

Octave aimait sa mère ; en la voyant pleurer, il fut attendri. Il lui prit les mains et les baisa avec effusion.

— Encore une fois, ma mère, parlons d'autre chose.

Madame de Montarbey, profitant de ce moment d'attendrissement qu'elle avait provoqué,

— Non, mon fils, écoute-moi, dit-elle, c'est pour cela que je t'ai mandé. Si j'ai eu des torts envers toi, je veux les réparer, et mettre tous mes soins à assurer ton avenir. Je crois toucher au but. Tiens, lis. La partie est gagnée, mademoiselle Sécherelle est pour nous.

La lettre était ainsi conçue :

« Madame la comtesse,

» Aussitôt après votre aimable visite, je me suis rendue chez madame Bonnet, car je ne saurais répondre par trop d'empressement à la confiance dont vous m'avez honorée. Selon votre désir, j'ai sondé ses intentions. L'excellente femme a été d'une sincérité parfaite; elle brûle du désir d'entendre appeler sa fille « madame de Montarbey, » et m'a assuré que son mari, quoiqu'un peu plus récalcitrant sous le rapport de la fortune, finirait certainement par être de son avis. Vous n'ignorez pas, je pense, que le majestueux, l'auguste, l'olympien M. Bonnet est un tout petit garçon devant sa femme.

» Toutefois, je ne vous ai nullement compromise, et j'ai donné ce projet d'union comme sorti un beau matin de ma conjugale cervelle. D'après notre entretien, je puis donc vous certifier, madame, que votre demande, si demande il y a, sera bien accueillie. Quant à Herminie, c'est une enfant pieuse et soumise, qui fera à cet égard la volonté de ses parents et de son directeur. Or, je puis vous promettre à l'avance, sans craindre de trop m'engager, le concours de l'abbé Chamole. Il serait cependant utile de lui faire une petite visite et de le mettre vous-même dans la confidence.

« Agréez, etc.

» CORINNE SÉCHERELLE. »

Nous avons oublié de dire, en énumérant les spécialités de l'ex-muse du Jura, qu'elle était affectée d'une véritable *matrimoniomanie*. Chez elle, c'était moins un penchant philanthropique, une aptitude réelle à deviner et à rallier les sympathies, qu'un besoin d'intrigue, qu'un calcul, qu'un moyen d'assurer et d'étendre l'influence qu'elle exerçait sur sa petite cour. Or, quand elle entreprenait un mariage, elle poursuivait son but avec toute la passion d'une vieille fille oisive ; c'est dire qu'elle l'atteignait d'ordinaire.

Madame de Montarbey, avec sa perspicacité, sa connaissance du monde, avait entrevu tout le parti qu'elle pouvait tirer du concours de mademoiselle Sécherelle, et malgré le peu d'intérêt qu'elle prenait aux cancans qui se débitaient dans le salon de l'Abbaye, elle n'avait pas dédaigné de faire sa cour à la vieille fille. Cette déférence avait flatté l'amour-propre de l'ex-muse, et, bien qu'aux premières ouvertures, celle-ci eût clairement entrevu le but intéressé de cette déférence, l'idée de s'entremettre dans une union entre un rejeton de la plus ancienne noblesse et la plus riche héritière du pays, lui avait causé plus de joie et d'enthousiasme que n'en ressent un vieil auteur lui-même à la réception de son premier drame.

Malgré la résistance antérieure de son fils, madame de Montarbey n'avait, comme on le voit, nullement perdu l'espoir de le faire consentir à ce mariage avec mademoiselle Herminie Bonnet.

Pendant qu'il lisait cette lettre, elle l'observait attentivement; elle le vit pâlir. Dans un mouvement d'impatience, il froissa la lettre dans ses mains, se leva et marcha dans la chambre avec agitation.

— Ma mère, dit-il enfin avec fermeté, j'espérais que vous aviez abandonné ce projet. Je vous ai appris déjà que j'aimais mademoiselle de Persange.

Madame de Montarbey attacha sur son fils un regard fin et ironique.

— Voyons, Octave, où en es-tu donc avec mademoiselle de Persange? Confie-moi tes affaires de cœur. Les femmes, vois-tu, ont l'instinct de ces choses-là. Tu n'es cependant pas tout à fait un collégien, ni un amoureux novice, et une jeune fille qui a de semblables allures doit être d'une conquête facile. Tout cela ne peut être qu'un caprice ou une fantaisie passagère.

— Madame, répondit Octave d'un ton sévère, vous vous trompez complétement sur le compte de mademoiselle de Persange, et je jurerais qu'elle est plus digne de respect que mademoiselle Bonnet, par exemple.

— Ne vous fâchez pas, mon fils, et surtout ne jurez pas, dit railleusement la comtesse. Un serment en pareille matière est toujours très-hasardé. En tous cas, mademoiselle de Persange a, selon moi, un tort immense, c'est de mettre contre elle les apparences; c'est une jeune fille sans tact, sans esprit de conduite, et, si vous avez sérieusement le projet de l'épouser, cela fait vraiment honneur à votre courage !

— Les imprudences mêmes de mademoiselle de Persange, repartit Octave, prouvent en faveur de la pureté de sa conduite.

— Tous les amoureux en sont là, reprit en riant madame de Montarbey. Allons, Octave, mettons de côté la plaisanterie et parlons raison.

— De grâce, ma mère, ne revenez pas sur ce projet de mariage avec mademoiselle Bonnet ; ma résolution est irrévocable. D'ailleurs, il serait trop tard pour en changer.

— Comment, trop tard ? répéta la comtesse qui bondit de surprise. Il est trop tard ! Pour Dieu ! que voulez-vous dire ?

— J'ai écrit à M. de Persange pour lui demander la main de sa fille, dit froidement Octave.

— Et cela sans me consulter ? reprit madame de Montarbey qui retomba anéantie sur ses oreillers garnis de dentelle. Octave, est-ce bien toi, mon fils bien-aimé, qui me portes un coup pareil ? Prendre une semblable résolution sans même en parler à ta mère !

— Je savais vos préventions injustes contre mademoiselle de Persange et votre projet de me faire contracter un autre mariage. Et puis, d'après la persistance de votre premier refus, je n'espérais pas obtenir votre assentiment. Enfin, je suis en âge de savoir me conduire. Selon moi, pour se marier on ne doit prendre conseil que de soi-même, ne consulter que ses propres sympathies. Oubliez-vous, ma mère, qu'il s'agit du bonheur de toute ma vie ? Qui donc mieux que moi peut être juge en cette matière ?

La comtesse faillit s'évanouir à la perspective du million qui lui glissait entre les doigts.

— Mais, malheureux enfant, murmura-t-elle accablée, mademoiselle de Persange a tout au plus vingt-cinq mille francs de rentes, si je suis bien informée, et mademoiselle Bonnet en aura au moins cinquante mille ! Dans notre position, tes idées romanesques sont de la folie.

Alors la comtesse déroula leur situation de fortune, exagéra les dettes, amoindrit la valeur des propriétés. Puis, elle essaya des supplications, des quasi évanouissements, des larmes. Octave fut inébranlable. Toutefois, pour la calmer, il lui dit dans quels termes sa lettre à M. de Persange était conçue, lui promit qu'en cas de refus il épouserait mademoiselle Bonnet ; puis il sortit.

La comtesse demeurée seule, cessa comme par enchantement de s'évanouir et de pleurer, et se mit à réfléchir aux moyens de conjurer ce mariage, ou tout au moins de le retarder.

Un pas de cheval qui résonna sur le pavé de la cour, l'arracha à ses méditations ; elle courut à la fenêtre et reconnut M. de Persange, qui s'apprêtait à s'éloigner.

— Mon fils est sorti, pensa-t-elle.

Et soudain, un projet lui traversant l'esprit, elle envoya sa femme de chambre dire au baron qu'elle serait charmée de le recevoir.


IV


Le baron fut introduit dans un salon moyen-âge, aux murs duquel étaient appendues douze générations de portraits de famille.

Il songeait aussi aux moyens de faire rompre ce mariage.

— Quel empressement à me recevoir ! pensait-il. Cette pauvre comtesse ne sait plus sans doute où donner de la tête: ils sont ruinés de fond en comble. Quelle sotte idée a eue là Gastonne de s'enticher de ce Montarbey! Si encore il était militaire ! répétait-il avec désappointement. Une aussi vaillante fille ne devrait, ce me semble, épouser qu'un soldat. Une idée ! s'écria-t-il tout à coup en promenant un regard attentif sur ces vieux portraits. Si je cherchais querelle à cette comtesse sur quelques points obscurs de sa généalogie! On doit tenir à ses ancêtres quand on n'a pas d'autre fortune.

Madame de Montarbey parut, vêtue d'un élégant peignoir. Et M. de Persange, courtois avant tout, oubliant son projet d'hostilité, alla au-devant de la comtesse et lui baisa galamment la main.

Après les compliments et banalités d'usage, ils abordèrent le sujet qui les intéressait si vivement tous deux.

— J'espérais rencontrer M. de Montarbey, dit le colonel ; mais en son absence je vous prierai, Madame, de vouloir bien lui transmettre la réponse de ma fille ; car vous savez sans doute le motif qui m'amène.

— Depuis ce matin seulement, répondit la comtesse ; mon fils n'a pas jugé à propos de me mettre plus tôt dans sa confidence. Autrement, je l'aurais empêché de faire une démarche que je regarde comme fort inconsidérée.

Remarquant l'étonnement qui se peignait sur la figure du baron, elle s'empressa d'ajouter :

— Vous allez me comprendre : je vais être forcée de vous mettre au courant de certaines affaires de famille,

3

de détails tout à fait intimes sur lesquels vous voudrez bien me garder le secret. Quand il s'agit de mariage, l'honneur exige une sincérité entière, et il ne sera pas dit qu'une Montarbey ait jamais failli à la plus scrupuleuse délicatesse. Nous sommes complétement ruinés, et, ce que mon fils ignorait lorsqu'il vous a écrit, car je le lui ai appris ce matin seulement, c'est qu'après la vente de nos propriétés, vente à laquelle nous sommes obligés sous peine d'expropriation, je crains que, tous frais déduits, il ne nous reste encore des dettes. Vous voyez, monsieur le baron, fit-elle avec un triste sourire, si, dans une semblable position, je puis honorablement prétendre pour mon fils à la main de mademoiselle de Persange.

Le colonel, ne devinant point le jeu de la comtesse, fut touché de cette apparente sincérité. Cependant il était partagé entre sa générosité naturelle et son désir de voir rompre ce mariage. Il hésitait. Mais son esprit chevaleresque l'emporta.

— Madame, dit-il, la question de fortune n'en est pas une pour nous. Gastonne est une noble fille, et son cœur ne sera pas au plus offrant. Voilà ce qu'elle m'a chargé de répondre à M. Octave.

— Au diable ces gens-là avec leurs grands sentiments! pensa la comtesse.

Il fallait essayer d'un autre moyen. Celui de la franchise lui parut le meilleur.

— Enfin, baron, s'il faut tout vous dire, mais toujours sous le sceau du plus grand secret, j'avais pensé à un autre mariage pour mon fils, et fait déjà à son insu quelques démarches.

M. de Persange qui se vit évincé, sentit le rouge lui monter au visage.

— Je vais m'expliquer, se hâta d'ajouter madame de Montarbey, et vous m'approuverez, je l'espère. Mon fils, en épousant dans ces conditions mademoiselle de Persange, devrait sa fortune à sa femme, et, dans une telle alliance, son amour-propre comme le mien, aurait à souffrir ; car en retour de votre fortune, nous ne vous apporterions rien que vous n'eussiez déjà ; tandis que dans l'union dont je parle, mon fils apporte son nom et sa considération à une famille qui n'a pour elle que ses écus. Supposez par exemple qu'un Montarbey épouse une Bonnet ; croyez-vous qu'une fortune d'un million paye trop cher un tel honneur ?

Le colonel entrevit alors clairement le calcul de la comtesse. Il fut blessé de s'être laissé prendre un instant à ces semblants de loyauté et de délicatesse. Il voyait en outre mademoiselle Bonnet préférée à sa fille. Son premier mouvement fut de s'emporter.

— En effet, madame, dit-il ironiquement, je me rends à vos raisons ; je comprends du reste que, dans votre position, vous préfériez cinquante mille francs de rente à vingt mille ; mais il est au moins singulier que, venant ici pour répondre à la demande de monsieur votre fils, vous me fassiez un tel accueil.

— Baron, répondit la comtesse avec bonhomie, croyez-moi, votre fille en épousant mon fils ferait une fort mauvaise affaire.

— Eh ! vous avez, pardieu ! raison, s'écria le colonel en riant d'un franc rire. Il n'y a qu'un instant, je cherchais le moyen de faire avorter ce projet de mariage, et maintenant je me fâche parce que vous voulez le rompre. Je suis fou !

Ce fut au tour de la comtesse d'être piquée ; mais, en

femme habituée à dissimuler, elle réprima promptement
ce mouvement d'amour-propre.

— Voyons, dit-elle amicalement, la sincérité est la
meilleure diplomatie : expliquez-vous aussi franchement
que je me suis expliquée moi-même. Les gens d'esprit
s'entendent toujours.

Alors M. de Persange lui confia son appréhension
de se séparer de sa fille. Afin de l'effrayer encore
davantage, madame de Montarbey lui fit entrevoir qu'il
était fort possible qu'Octave, après son mariage, obtînt
un poste diplomatique en Russie. L'idée seule d'un sem
blable éloignement impressionna péniblement le cœur
du pauvre père, et il serra la main de la comtesse comme
si elle venait de les sauver, lui et sa fille, d'un grand
danger.

— Mais croyez-vous, demanda-t-il avec anxiété, que
nos enfants consentent à la rupture de ce mariage ?

— Du côté de mon fils, je ne le crois pas, car il aime
éperdument votre fille ; et chez un homme froid et obs-
tiné comme lui, une passion semblable est chose sérieuse.
Jusqu'à ce jour, tous mes efforts ont échoué.

— Je ne suis pas sûr encore que Gastonne réponde à
cet amour, dit M. de Persange ; mais je le crains, et, s'il
en était ainsi, elle est brave, elle lutterait contre le monde
entier.

— Alors, reprit la comtesse qui parut réfléchir, les
obstacles, si nous en mettions, ne feraient qu'irriter leur
passion. Gagnons du temps. Le moyen que propose mademoiselle de Persange est peut-être le meilleur pour les
guérir tous deux. Laissons-les se connaître, et vous verrez que leur belle passion s'éteindra d'elle-même. Il n'est

guère d'amours qui résistent à la connaissance intime et réciproque des caractères.

— Cela dépend, dit le baron ; Gastonne est une fille rare ! Moi qui crois la bien connaître, je découvre chaque jour en elle quelque nouvelle perfection.

Madame de Montarbey sourit de cette naïveté paternelle.

— J'en suis persuadée, répondit-elle. Mon fils, selon moi, est également parfait. Mais il est si rare de voir se rencontrer deux sympathies complètes ! Et puis, s'il en était besoin, nous pourrions imaginer quelque affaire d'intérêt nécessitant un voyage, une séparation. Gagnons du temps, vous dis-je, la passion, comme toutes choses, je dirais même plus que toutes choses, s'use avec le temps.

Le colonel secouait pensivement la tête en répétant : « Cela dépend, cela dépend ! » Mais l'adroite comtesse parvint à le rassurer. Au fond, elle espérait que Gastonne, en continuant ses allures excentriques, se perdrait de réputation dans le pays. Elle comptait aussi pour cela sur le concours de mademoiselle Sécherelle. Or, elle connaissait assez l'orgueil de son fils pour être certaine qu'il n'épouserait pas une femme sérieusement compromise, à tort ou à raison.

Après avoir formé avec la comtesse une sorte de ligue secrète contre les deux amants, le colonel se retira à demi satisfait de ces conclusions. Une voix intérieure lui disait bien qu'il agissait peut-être contre le bonheur de sa fille ; mais les vieillards sont égoïstes. La jalousie paternelle l'emporta. Toutefois, pour rassurer sa conscience, il répétait en descendant le mont Musar les paroles de la comtesse.

« Gagnons du temps. Ce n'est rien compromettre. »

## V

En quittant son père, Gastonne, au lieu de retourner directement à Persange, se laissa conduire au caprice de son cheval.

Elle pensait à la lettre qu'elle venait de lire. Elle la commentait, et cherchait à évaluer le degré d'amour qui l'avait inspirée. Il se faisait en même temps une révolution dans son cœur et dans sa vie ; elle sentait pour la première fois qu'elle aimait.

Depuis quelques jours qu'Octave s'était abstenu de venir à Persange, elle avait été préoccupée des causes de cette absence ; mais elle avait attribué son inquiétude uniquement à l'amitié que lui inspirait M. de Montarbey.

Quoiqu'elle l'eût peu connu à Paris, elle l'avait retrouvé à Lons-le-Saulnier avec le plaisir qu'éprouvent les exilés à rencontrer un compatriote loin de leur pays. En effet, ils avaient vécu dans le même monde, ils parlaient la même langue, leurs aspirations étaient semblables. Comme elle, il aimait le luxe ; comme elle, il aimait l'art et le comprenait en artiste ; comme elle, il s'intéressait au œuvres de la pensée, et les jugeait avec un esprit sûr et éclairé ; en un mot, aux yeux de Gastonne, M. de Montarbey se détachait par son instruction, son intelligence et la noblesse de ses manières, sur le fond uniformément ennuyeux et vulgaire de la société locale.

En outre, il était beau, d'une beauté froide il est vrai,

mais pleine de distinction. On reconnaissait au premier coup-d'œil qu'il avait de la race : l'élégance de ses mouvements, la finesse des extrémités, une réserve digne qui n'excluait pas l'affabilité, tout en lui divulguait ses quartiers de noblesse. Le regard calme et doux de ses yeux bleus trahissait rarement les émotions de son âme, et sa bouche, aux coins abaissés, était empreinte d'une gravité qui ressemblait parfois à du dédain. Il y avait dans l'expression générale de sa figure quelque chose de sérieux, de sévère même qui révélait une nature plus profonde qu'expansive. En sa qualité de futur diplomate, M. de Montarbey possédait au plus haut point l'art de dissimuler ses impressions les plus vives sous une indifférence de bon ton. Il y mettait une sorte d'amour-propre. Mais quand l'étincelle a jailli, ces natures concentrées deviennent quelquefois les plus impétueuses. Ainsi devait être Octave de Montarbey.

Quoique son cœur fût un peu blasé, il s'était vivement épris de Gastonne, peut-être par cette sympathie qui naît des contrastes. Le caractère indépendant, la naïveté, la fougue enfantine de mademoiselle de Persange avaient subjugué cette nature grave, méthodique, soumise aux préjugés et à l'étiquette. C'est par cette même loi sans doute, l'attrait des contraires, que Gastonne aussi s'était sentie entraînée vers lui.

Peu à peu, ils avaient pris l'habitude de se voir. A la campagne ces visites étaient plus fréquentes qu'à la ville ; le voisinage s'y prêtait. Ces huit jours d'absence avaient donc paru à Gastonne bien longs et bien ternes ; car l'esprit, lui aussi, contracte des habitudes, et l'échange sympathique des idées est pour certaines natures un impérieux besoin.

Toutefois, Gastonne n'avait pas osé s'avouer encore que son cœur était peut-être plus intéressé que son esprit aux visites d'Octave.

Mais maintenant elle comprenait, au trouble profond qu'elle venait d'éprouver, en apprenant qu'il l'aimait, trouble inexprimable, mélangé de bonheur et d'appréhension, de surprise et de ravissement, elle comprenait, disons-nous, qu'un sentiment inconnu avait envahi son être.

Gastonne cheminait donc, perdue dans les vagues et ineffables rêveries d'un premier amour. Pour la première fois, elle entrevoyait les horizons resplendissants de la passion; elle était comme éblouie de cette lumière soudaine, et tâchait d'y accoutumer son regard. Un poète dirait que pour la première fois les mystérieuses harmonies de la nature lui étaient révélées; qu'elle découvrait un sens nouveau dans l'amoureuse mélodie de la fauvette, dans le bruissement des feuilles, dans le murmure de la brise, dans les enivrantes émanations des bois; mais, n'écrivant que de la prose, nous dirons simplement la vérité : c'est que, pour la première fois, Gastonne était insensible aux splendeurs de la nature. Il faut avoir le cœur calme pour observer et penser. Or, si elle subissait l'impression du magnétisme puissant de cette luxuriante végétation, c'était à son insu. Elle ne voyait que ces mots écrits en traits de lumière : « Je suis aimée! » elle n'entendait que la mélodie qui s'élevait de son cœur.

Tout à coup, elle fut arrachée à sa rêverie par un aboiement inquiet de Mordaunt, et au même instant apparut M. de Montarbey. Cette apparition soudaine l'empêcha de s'occuper du lévrier, dont les aboiements continuaient obstinément.

Depuis qu'il était sorti, Octave avait marché sans savoir où le portaient ses pas. Il avait suivi machinalement le chemin de Persange. Dévoré d'impatience, il venait instinctivement à la rencontre d'une réponse.

En le voyant, Gastonne ne put réprimer un léger cri. Son cheval s'arrêta. Les deux amoureux restèrent quelque temps silencieux, interdits. Montarbey était très-pâle, tandis qu'une vive rougeur couvrait le visage de mademoiselle de Persange. La figure d'Octave, habituellement calme, avait une expression de passion et d'inquiétude qui remua profondément le cœur de Gastonne. Elle lui adressa un long regard, dans lequel, à travers une timidité virginale, irradiait son amour.

Elle se remit la première. Octave n'osait l'interroger.

— Monsieur de Montarbey, lui dit-elle, mon père est allé vous rendre visite, et vous porter la réponse à votre lettre.

— Et cette réponse, Mademoiselle, me laisse-t-elle quelque espoir ? demanda le jeune comte avec hésitation.

— Je ne sais encore à quoi je me déciderai, répondit Gastonne. Je serais en tous cas désolée de perdre une amitié comme la vôtre.

Elle parla ainsi d'un ton assez dégagé. Honteuse de son trouble, elle cherchait à le dissimuler.

Montarbey crut découvrir dans ce ton et dans ces paroles un refus déguisé ; il devint plus pâle encore, et passa la main sur son front, en proie à une visible angoisse. Gastonne ne connaissait pas encore la nature impressionnable de M. de Montarbey. En le voyant si pâle et si ému, elle fut effrayée du mal qu'elle venait de lui causer.

3

— Venez, cet après-midi, dit-elle, nous parlerons plus au long.

Sa voix était tremblante, son regard humide de tendresse ; elle lui tendit sa main dégantée. Octave y déposa un baiser respectueux. Gastonne eut comme un éblouissement, il lui sembla que le bois était en feu. Pour dérober son trouble, elle lança son cheval au galop.

Pendant toute cette scène, Mordaunt, en arrêt devant un buisson qui bordait le chemin, n'avait cessé de fureter, d'aboyer sourdement ; mais tous deux étaient trop absorbés par leur amour pour s'occuper du lévrier et rechercher la cause de sa colère.

Au détour d'une allée, Gastonne, sous prétexte d'appeler son chien, se retourna, et elle aperçut Octave appuyé contre un arbre, la contemplant avec amour. Elle redoubla de vitesse : elle espérait, en dévorant l'espace, échapper à l'impression extraordinaire qu'elle venait d'éprouver.

De son côté, lorsque Montarbey eut cessé de voir à travers les arbres le voile flottant de Gastonne, il quitta sa place et reprit, le cœur plein d'espérance, le chemin du mont Musar.

Mais un troisième personnage avait assisté à quelque distance à la rencontre des amoureux.

Quand ceux-ci se furent retirés, il sortit du fourré qu'avait désigné Mordaunt un homme d'une quarantaine d'années, à figure de Silène ; sa mise excentrique et peu soignée, tenait à la fois du bourgeois de campagne et du bohême parisien ; mais, au premier abord, il était difficile de lui assigner un rang dans la société. Ce singulier personnage n'avait pas entendu la conversation des deux amants, mais il avait tout observé.

— Bravo! se dit-il en se frottant les mains ; la petite pécore a un amant. J'aurais dû m'en douter. C'est bon, je tiens son secret ; elle me paiera ses grands airs de duchesse.

Ce nouvel ennemi de mademoiselle de Persange se nommait Darvilé. Après avoir passé en voyages et en plaisirs de tous genres une jeunesse fort orageuse, il était revenu à Lons-le-Saunier entièrement ruiné.

Mais comme il avait le talent d'amuser, il était reçu à peu près partout. Un repas, une partie de campagne n'eussent point été complets sans le boute-en-train Darvilé. Il possédait en outre un art exquis pour composer les bouquets. Les bouquets de M. Darvilé avaient auprès des femmes au moins autant de succès que son esprit.

Toutefois on le redoutait autant qu'on le recherchait ; car, s'il amusait par ses saillies, ses calembours, ses piquantes et intarissables anecdotes, il amusait surtout aux dépens d'autrui. Ce genre d'esprit qui consiste à médire et à se moquer de son prochain est incontestablement celui qui a le plus de succès, surtout dans les petites localités, où le cercle des idées est plus restreint.

La grande occupation de Darvilé était donc d'observer les ridicules et de surprendre les secrets de ses hôtes. Mais, s'il en abusait, c'était avec tant de circonspection qu'on ne pouvait le soupçonner, car il ne parlait et n'agissait jamais que derrière un plastron.

Son plastron, son patito, le point de mire de toutes ses plaisanteries, l'acteur principal de toutes ses intrigues, c'était Amédée Grasset, ce candide, ce disgracié, ce poétique, cet amoureux Grasset, celui-là même que nous

avons vu dans le premier chapitre de cette histoire, se
montrer le champion enthousiaste de mademoiselle de
Persange. Darvilé avait acquis sa confiance en adressant
à cet amour-propre ingénu les flatteries les plus exorbi-
tantes.

Ridicule naturellement, Grasset, sous l'influence de
Darvilé, devint grotesque. Il était l'ombre de Darvilé; il
le copiait en tout, dans ses vêtements, dans son langage,
dans ses manières; il essayait même de copier son esprit.
Il n'y avait que les bonnes fortunes plus ou moins nombreuses, plus ou moins vraies de son modèle qu'il déses-
pérait d'égaler.

Quoi qu'il en fût, Darvilé était implacable envers les
femmes qui rejetaient ses hommages; implacable à sa
manière. Il faisait rire à leurs dépens, en les plaçant dans
des situations fausses ou ridicules; ou s'il les attaquait
par la calomnie, c'était de si loin et par une voie si dé-
tournée qu'elles ne pouvaient deviner d'où partait le coup.

Or, voici ce qui s'était passé entre lui et mademoiselle
de Persange.

Il avait eu l'art de se faire bien venir du colonel, qui
appréciait ses bons mots et sa gaieté. Gastonne, qui aimait l'esprit et les fleurs, avait reçu, malgré son antipathie pour ce personnage, ses attentions et ses bouquets.
Elle ne pouvait soupçonner qu'il eût à son égard des projets de séduction.

Cependant un violent amour s'était emparé de lui.

Un jour, se trouvant seul avec elle, il lui avait saisi la
main et y avait déposé un baiser passionné. Gastonne
avait retiré sa main avec fierté, et, accablant Darvilé
d'un regard superbe, elle était sortie sans prononcer un
mot.

Dès lors, sous divers prétextes, elle avait refusé de le recevoir. Cet échec avait courroucé Darvilé et changé sa passion en une haine implacable.

Depuis ce moment, il l'épiait sans cesse. En l'apercevant de loin dans le bois, il s'était caché pour éviter une rencontre désagréable. Le secret qu'il venait de découvrir lui causa une vive jalousie et augmenta son désir de vengeance.

— Ils s'aiment, pensa-t-il, mais je les séparerai, ou j'y perdrai mon nom !

Et il s'éloigna, en combinant les moyens d'atteindre promptement à son but.

## VI

Gastonne, au retour de sa promenade, en proie à mille émotions nouvelles, courut dans sa chambre, s'y enferma, et demeura pendant plusieurs heures, perdue dans une délicieuse extase.

La disposition de cette chambre révélait dans ses plus petits détails le bon goût de mademoiselle de Persange. Les tentures, les rideaux du lit et des fenêtres étaient en mousseline blanche sur transparent bleu-ciel, et étaient retenus par des nœuds de ruban de même couleur. Un moelleux tapis fond blanc à fleurettes bleues couvrait le parquet. De grandes glaces dont les cadres étaient recouverts de dentelles, une toilette duchesse, quelques objets d'art et des meubles en bois de rose, ornaient la chambre sans l'encombrer. Au-dessous des croisées régnait un

vitrage ouvrant sur les serres, et qui laissait monter un
suave concert de parfums.

Ces teintes bleues vaporeuses, cette atmosphère embaumée, ce demi-jour mystérieux, ce lit virginal à demi-
caché dans des flots de mousseline, ce nid luxueux d'une
jeune fille pure et belle respirait à la fois la pudeur et l'a-
mour. Là vivait la femme, la femme élégante avec ses
plus délicates recherches, ses plus exquis raffinements.

La chambre d'une femme emprunte de celle qui l'habite une physionomie particulière. Certaines femmes ont
le don d'animer pour ainsi dire les objets qui les entourent et de les embellir; ainsi qu'un rayon de soleil fait
vivre et resplendir un paysage auparavant morne et dé-
coloré. Mademoiselle de Persange possédait au plus haut
point ce pouvoir magique.

Puis, de l'autre côté de ces tentures bleu-ciel, l'artiste,
l'intelligence virile, apparaissait dans son cabinet de travail.
Une bibliothèque sculptée à panneaux gothiques, des panoplies, des toiles ébauchées couvraient les murs. On voyait
un chevalet à côté d'une sphère. Vis-à-vis d'un piano
ouvert, chargé de musique, un musée de curiosités natu-
relles étalait ses richesses géologiques. La boîte à couleurs
était posée sur un herbier, et au-dessus d'un bouquet de
fleurs était suspendue une tête phrénologique. Partout
l'art, la science, l'étude, la méditation. Là se révélait tout
entier le côté masculin du caractère de Gastonne.

Gastonne fut tirée de sa contemplation par le roule-
ment d'une voiture, et peu après une jolie enfant, une
fille de Greuze habillée en soubrette, entra sur la pointe
du pied pour prévenir sa maîtresse qu'on la demandait
au salon.

Gastonne fut visiblement contrariée d'être ainsi arrachée à son rêve enchanté.

« Ne dérangez ni le chat qui dort, ni la femme qui rêve, » a dit un de nos plus spirituels romanciers.

— Qui donc est arrivé, Rosette ? demanda Gastonne avec humeur.

— Je ne sais, mademoiselle ; il y a une grosse dame vêtue d'une robe gorge de pigeon, d'un châle groseille et d'un chapeau jaune qui ressemble à un parterre ; puis une demoiselle moins voyante ; enfin un monsieur rubicond, assez semblable à un gros charcutier.

— Ce sont les Bonnet ! s'écria Gastonne avec terreur.

— Ils sont arrivés, poursuivit Rosette, dans une voiture comme je n'en ai jamais vu : une espèce de baignoire ouverte sur le côté et surmontée d'un baldaquin. Aux Champs-Elysées, une pareille voiture ferait une émeute.

— Tais-toi, vilaine espiègle, dit Gastonne en riant, et aide-moi à faire un peu de toilette.

Gastonne aimait Rosette et la traitait un peu en enfant gâtée. Ce n'était pas que Rosette fût une femme de chambre parfaite, mais mademoiselle de Persange l'aimait pour son joli visage, comme elle eût aimé un marbre de prix ou une toile de maître. Elle admirait en artiste ces tons si suaves, ces traits si purs, ces deux fossettes si gracieusement modelées dans ces joues roses, et ces yeux bleus, espiègles et doux, dont le sourire s'harmoniait si finement avec celui des lèvres.

Lorsque Gastonne entra dans le salon, elle trouva la famille Bonnet occupée à faire l'inventaire du mobilier.

Après les premières salutations :

— Voilà, mademoiselle, une pendule qui a dû vous

coûter énormément! dit M. Bonnet en appuyant avec emphase sur ce dernier mot.

—Je n'en sais rien, répondit négligemment Gastonne, je ne me le rappelle pas.

La figure épanouie de M. Bonnet prit soudain un air grave et réservé, comme s'il retirait à mademoiselle de Persange une partie de son estime.

Heureusement pour elle, le baron vint à son secours, et s'empara de M. Bonnet.

Alors madame Bonnet débita à Gastonne une série de banalités : elle parla du beau temps, des plaisirs de la campagne, du prix du beurre, des sermons de l'abbé Cha- mole, etc., etc.

Gastonne répondit avec politesse; mais, après une heure d'une semblable corvée, elle se trouva dans un état d'hébêtement complet. Elle prit donc le parti de laisser babiller madame Bonnet.

Quant à Herminie, moins sotte que ses parents, elle parlait peu. Sa mère, d'ailleurs, qui croyait du plus mau- vais genre qu'une demoiselle se mêlât trop à la conver- sation, lui imposait toujours silence et paralysait ainsi ses facultés. Mais si elle parlait moins que sa mère, elle semblait penser infiniment plus.

Son nez un peu pointu, ses lèvres minces, ses yeux gris, intelligents et observateurs, accusaient beaucoup de pénétration et de finesse, mais fort peu de bonté.

Il y avait même parfois dans son regard, auquel elle donnait habituellement une expression rêveuse, extati- que, quelque chose de voluptueux et de félin qui contras- tait avec la réserve quasi monastique empreinte dans toute sa personne. Les ondes pressées de sa chevelure, d'un blond fauve, sa nuque un peu renflée sur laquelle se tor-

daient en boucles folles les cheveux échappés au peigne,
révélaient également une nature ardente. Sa taille, quoique un peu raide par l'habitude contractée de se tenir
toujours parfaitement droite, était fort bien prise, et l'on
surprenait parfois, dans son allure ordinairement composée, des ondulations de chatte.

Un phrénologue qui eût palpé sa tête, y eût trouvé, dans
leur plus grand développement possible, l'approbativité
et la circonspection.

Si Herminie éprouvait jamais une passion, même profonde, elle se conduirait avec tant de prudence que son
honneur n'en serait aucunement compromis.

Une éducation comprimante avait développé en elle
outre-mesure la ruse et l'hypocrisie. Quoiqu'elle n'eût que
peu de foi religieuse, elle passait dans la ville pour un
modèle de piété. Aussi les caquets qui avaient circulé un
instant sur son compte, avaient-ils été promptement relé-
gués dans le domaine de la calomnie.

M. de Montarbey arriva pendant la visite des Bonnet.
Ceux-ci, prévenus officieusement par mademoiselle Sécherelle des intentions de madame de Montarbey, crurent
à une rencontre préparée.

M. Bonnet, ne voulant point paraître se jeter à la tête
d'un gendre qui n'avait qu'un titre pour toute fortune, se
renferma dans une dignité magnifique.

Quant à madame Bonnet, elle fut moins circonspecte;
elle se montra pour Octave pleine de câlinerie, de coquetterie, de gentillesse, l'appelant sans cesse monsieur le
comte, sur tous les tons, avec respect, avec emphase, en
se redressant, en minaudant. — Elle fut sur le point de
dire à Herminie :

— Voyons, madame la comtesse, levez donc la tête, tenez-vous droite !

Herminie observait à la dérobée M. de Montarbey et mademoiselle de Persange. A l'arrivée d'Octave, un rayon d'amour, semblable à un reflet de lumière, avait éclairé soudain le visage de Gastonne. Herminie surprit entre eux ces regards dont le choc produit un éclair magnétique, et qui prouvent mieux l'amour que l'aveu le plus explicite.

Puis, elle vit avec quelle froideur presque méprisante M. de Montarbey supportait le bavardage et les obséquiosités de madame Bonnet, et aux regards de glaciale indifférence, qu'il laissa tomber sur elle-même, elle comprit que Gastonne seule était aimée.

La jalousie qu'elle nourrissait depuis longtemps déjà contre mademoiselle de Persange, s'augmenta de toute son impuissance à lutter contre une telle rivale ; car elle avait trop d'esprit pour s'abuser sur son infériorité.

Elle gardait le silence au grand désespoir de madame Bonnet qui lui dit pour la première fois peut-être :

— Mais, Herminie, qu'as-tu donc, mon ange ? tu ne parles pas ! Ne sois donc pas si timide !

— J'écoute, ma mère, répondit-elle ; quand on se trouve dans la société de gens d'esprit, c'est ce qu'on a de mieux à faire.

Gastonne proposa un tour de promenade, et, comme elle sortit la première pour donner quelques ordres, elle trouva dans le vestibule, engagé dans une conversation animée avec Rosette, le beau brun, Ernest Richon, qui a paru déjà dans la première scène de notre histoire. A la vue de sa maîtresse, Rosette rougit, et M. Richon, malgré son aplomb et sa fatuité, dissimula assez mal son em-

barras. Gastonne les observa rapidement tous deux, salua Ernest avec froideur, et résolut de prémunir Rosette
contre les séductions de ce don Juan de province.

Après la présentation de M. Richon, on sortit pour vi-
siter le parc. Madame Bonnet ne put accaparer le bras
de Montarbey, qui l'offrit à Gastonne ; elle dut accepter
celui du baron. Mademoiselle Bonnet prit celui d'Ernest.

Pendant qu'on visitait les serres, Herminie et M. Richon restèrent en arrière.

— Eh bien ! monsieur Ernest, à quand votre mariage
avec mademoiselle de Persange ? lui dit-elle avec raillerie.

— Mon mariage ! fit Richon étonné. En vérité, Mademoiselle, je ne sais ce que vous voulez dire. Il n'a jamais
été question de mariage entre mademoiselle de Persange
et moi, et, si vous plaisantez, la plaisanterie, permettez-
moi de vous le dire, est bien cruelle.

Il accompagna cette dernière phrase d'un tendre regard.

— Je ne plaisante pas le moins du monde, reprit Herminie ; si vous ne l'aimez pas, comment expliquez-vous
vos assiduités à Persange ?

— Bon ! elle est jalouse, pensa le fat. Jouons serré.

Il releva ses moustaches pour dissimuler un sourire de
satisfaction qui n'échappa point à mademoiselle Bonnet.

— Il me croit jalouse, se dit-elle de son côté ; piquons
sa vanité.

— Au surplus, reprit-elle, vous auriez un rival dangereux, M. de Montarbey.

La physionomie d'Ernest prit alors un air conquérant
qui voulait dire : Je ne redoute aucun rival ; j'ai atteint
mon but.

— Mon Dieu! Mademoiselle, répondit-il, je n'ai pas de rival, n'ayant aucune prétention; mais d'ailleurs, à supposer que j'eusse fait quelque peu la cour à mademoiselle de Persange, que vous importe, vous qui ne répondez à mon amour que par l'indifférence?

— Ah! vous avouez donc que vous l'aimez? interrompit Herminie dont la prunelle étincela.

— L'aimer! Non, répondit Ernest d'un ton tragique; malgré votre cruauté, malgré mes efforts pour me guérir, je n'aime que vous et n'en puis aimer d'autre. Mais je l'avoue, le dépit, la colère, le désespoir, la vengeance m'ont poussé un instant à faire à mademoiselle de Persange l'offre d'un pauvre cœur torturé par vos coquetteries, blessé par vos dédains.

— Taisez-vous, dit Herminie avec effroi, ma mère vient de nous regarder. Mon Dieu! elle m'appelle. Vous voyez, Monsieur, si je suis esclave, et si je puis disposer librement de mes sentiments.

— Herminie! Herminie! continuait de crier madame Bonnet.

— Me voilà, ma mère, répondit-elle.

Ils pressèrent le pas pendant quelques instants, et puis le ralentirent.

— Serait-il possible, Mademoiselle, que la seule tyrannie de votre mère vous eût jusqu'à présent empêchée de répondre à mon amour? s'écria Ernest avec bonheur.

— Cela et autre chose encore, Monsieur; vous m'avez écrit des lettres, dit elle en baissant les yeux: oui, des lettres, j'oserai dire si inconvenantes, que je ne pouvais y répondre sans offenser Dieu.

— Herminie, mon adorée, pardonnez-moi, je vous en

supplie ; vous ne savez pas quel amour vous avez fait naître en moi!

— Vous avez sans doute dit la même chose à mademoiselle de Persange et à beaucoup d'autres, répondit Herminie en raillant.

— Comment pouvez-vous ajouter foi à de semblables calomnies? Laissez-moi me justifier, continua Ernest avec véhémence. Me condamnerez-vous sans m'avoir entendu, et sur de vagues commérages? Accordez-moi, je vous en supplie, un entretien de quelques instants, afin que je puisse vous présenter ma justification.

Mademoiselle Bonnet parut hésiter. Elle contemplait alors Gastonne et Octave, qui marchaient de ce pas rhythmé et recueilli des amants. Ils avaient tous deux tant de beauté, de distinction, d'élégance : leurs tailles, leurs mouvements s'harmonisaient si bien, et tant d'amour irradiait autour d'eux, dans leurs voix et dans leurs regards, que la jalousie fit jaillir comme un éclair une infernale pensée dans l'esprit d'Herminie.

— Vous m'aimez, bien sûr, et vous n'aimez que moi? demanda-t-elle encore à Ernest.

— Pouvez-vous en douter? s'écria-t-il d'un ton passionné.

— Ce que vous me demandez est si grave, que j'ai besoin de réfléchir encore.

— Je vous en supplie, insista Ernest.

— Eh bien! répondit mademoiselle Bonnet vaincue, si dimanche j'ai à la messe le chapeau rose que je porte aujourd'hui, je vous attendrai le soir vers minuit, derrière la petite porte de notre jardin.

Elle quitta le bras de M. Richon, et rejoignit sa mère. Si elle se fût retournée, elle eût observé sur les lèvres d'Ernest un sourire de triomphe, un sourire qui signifiait : « A moi la fortune des Bonnet ! »

## VII

Gastonne et M. de Montarbey ne purent parler de leur amour. Octave crut devoir se retirer en même temps que les Bonnet et que M. Richon, afin de n'éveiller aucun soupçon.

Gastonne aurait voulu le retenir, et pourtant elle était presque heureuse de son départ. Elle s'était sentie si émue, seule en sa présence, elle était encore si étourdie de son bonheur, qu'elle avait besoin de réflexion pour recouvrer le calme, pour se rendre compte des émotions qui l'avaient envahie.

Quand elle fut seule, elle se replongea dans la méditation qu'avait si malencontreusement interrompue la famille Bonnet. Quels vastes horizons l'amour découvrit à cette âme élevée et forte, à cet esprit si plein de sève et de jeunesse, à cette imagination ardente, à la jeune fille dévouée et tendre !

Sa vie désormais avait un but, un mobile. Elle s'abandonna à de folles ivresses, suivies d'appréhensions tristes. Elle sourit à l'avenir, et elle pleura. Elle prévit toutes les tortures du doute, de la jalousie, de l'abandon. Mais elle s'empara vaillamment de cette destinée nouvelle. Déjà elle ne comprenait plus qu'on pût vivre sans aimer.

Craignant néanmoins d'avoir donné, par le trouble de son attitude, de trop grandes espérances à M. de Mon-

tarbey, elle pensa qu'il valait mieux lui écrire, afin de
lui faire connaître, avant de s'engager davantage, ses
idées sur le mariage; et puis, son cœur était si plein,
qu'elle éprouvait le besoin de le répandre.

*Lettre de Gastonne à Octave.*

« Il s'est fait depuis ce matin dans mon cœur et dans
mon esprit un tel tumulte de sentiments et de pensées,
que, pour mettre un peu d'ordre dans ce chaos, j'ai résolu
de vous écrire. Je ne sais encore si je vous enverrai cette
lettre, tant je vais y exposer sincèrement mes impressions les plus intimes. Toutefois, ma confiance en vous
est si grande, que la réticence me semblerait plus pénible qu'une entière franchise. Cette franchise n'est-elle
pas le premier devoir ou plutôt le premier besoin d'une
sérieuse affection?

» Assurément, mon ami, si un homme au monde m'inspire assez d'estime pour que je lui confie sans trembler
le soin de mon bonheur, cet homme-là, c'est vous.

» Mais se marier, n'est-ce pas aliéner à tout jamais sa
liberté et son cœur, et, pour se marier, ne faut-il pas être
sûr de rencontrer une sympathie si complète de goûts,
de sentiments et d'idées, qu'elle puisse durer toujours,
ou du moins se modifier sans trop de divergence?

» En France, au contraire, on s'en remet le plus souvent au hasard de décider du sort de toute la vie, et l'on
ne consulte ordinairement que les convenances de fortune, de position ou de famille.

» Pour moi, je partage si peu à ce sujet les idées
actuelles, que je renoncerais à jamais au bonheur d'ai-

mer, plutôt que de m'unir à un homme que mon cœur
n'aurait pas choisi, qui ne répondrait pas complètement
à mes aspirations, et qui pourrait blesser à chaque instant
mes plus intimes délicatesses.

» Cependant vous auriez tort de me juger romanesque.
Ce que je cherche dans l'amour, ce n'est point un sentiment exalté, mais un sentiment calme et fort, basé sur
une sympathie réelle, sur l'estime et sur la confiance ré-
ciproques.

» Il m'a toujours semblé que la passion chez les âmes
riches pouvait être éternelle. Le mariage indissoluble qui
est, selon moi, un attentat à la plus chère de nos libertés,
et qui, peut-être, n'est pas dans la destinée réelle de
l'homme, doit cependant avoir pour résultat de lier plus
étroitement deux êtres unis par une grande et solide
affection.

» Le mariage est à mes yeux une institution d'après
laquelle un homme et une femme qui s'aiment ont le
droit de vivre ensemble au grand soleil. Pour moi donc,
ce qui constitue le mariage, c'est l'amour. Et que devient
alors l'indissolubilité, quand les cœurs ont divorcé?

» Aimer par devoir ne me semble pas plus possible
que croire par devoir. J'entends demeurer libre dans le
mariage, et je crois que cette liberté est la première condition de l'amour et de la constance elle-même. Je n'aimerai mon mari qu'autant qu'il saura m'inspirer de la
tendresse ; je ne lui serai soumise qu'autant qu'il saura
me faire chérir sa volonté. Voilà pourquoi je ne ferai jamais un mariage de convenance, et n'épouserai qu'un
homme assez juste, assez grand, assez loyal pour respec-
ter ma liberté ; car, autrement, mes idées et mon caractère étant donnés, il pourrait en résulter pour tous deux

les plus grands malheurs. J'ai un sentiment de dignité exagéré peut-être, et je ne pardonnerais pas à quiconque y porterait la plus légère atteinte. Mon mari serait celui auquel je pardonnerais le moins.

» Cependant j'accepte les idées relatives à l'honneur dans le mariage. Sans doute il n'est pas plus juste de flétrir la femme pour des fautes que l'homme commet impunément, qu'il n'est équitable de rendre devant l'opinion un homme responsable de la conduite de sa femme. Mais, puisqu'il est certains préjugés qu'une femme ne peut braver sans perdre l'estime du monde, et sans que cette déconsidération ne rejaillisse sur l'homme auquel le mariage l'associe, je respecterai ces préjugés; car j'ai pour principe avant tout qu'on ne doit chercher son bonheur, exercer sa liberté que dans la limite que nous impose le respect du bonheur et de la liberté d'autrui. J'accepte donc sans réserve ce devoir du mariage.

» J'ai cru, mon ami, qu'il était de toute loyauté de vous apprendre d'avance les périls auxquels vous vous exposez en demandant ma main. Je tenais aussi à vous faire comprendre pourquoi, malgré la vive sympathie que vous m'inspirez, je ne dois vous donner aucun espoir avant de vous bien connaître.

» Je veux étudier votre caractère, et vous découvrir le mien tout entier. Quelques mois ne sont pas un temps trop long pour une étude de cette importance. Venez donc à Persange; accordez-moi tous les instants dont vous pourrez disposer. Je suis forte de mon droit et de la pureté de mes intentions.

« GASTONNE. »

La hardiesse même de cette lettre était une preuve de

4

la candeur de mademoiselle de Persange. M. de Montarbey eut assez d'esprit et assez d'amour pour le comprendre. Le lendemain, il était aux pieds de Gastonne, ouvrant son cœur au scalpel de son amie, et prêt à subir toutes les épreuves auxquelles il lui plairait de le soumettre.

## VIII

Le dimanche suivant, mademoiselle Bonnet portait à la messe le chapeau rose, signal du rendez-vous qu'elle avait promis à Ernest Richon, et recevait de lui un salut d'intelligence.

En attendant l'heure, Ernest alla au casino où se réunissait alors la jeunesse élégante de Lons-le-Saulnier. Darvilé s'y trouvait, accompagné de son ombre, Amédée Grasset. Il racontait une de ses galantes aventures :

— C'était, disait-il, une fort belle femme, coquette jusqu'à la cruauté. Pendant six mois, je déployai en vain la stratégie la plus savante. Désespéré, à bout de mines et de contre-mines, je me brûlai la cervelle... à l'épaule ; c'est-à-dire que j'ajustai si adroitement ma tête, que j'en fus quitte pour une légère écorchure de l'humérus. La cruelle fut subjuguée. Quelle femme résiste à une pareille preuve d'amour !

Retiens donc, Amédée, cette leçon : les coups de théâtre, les coups de pistolet, l'audace enfin, plaisent aux femmes romanesques ; mais, fort heureusement pour nous, car il serait malsain de se suicider trop souvent, le commun des femmes préfère

Les petits soins, les attentions fines,

une navigation paisible sur le fleuve de Tendre.

Par exemple, ce qui plaît à toutes, c'est la flatterie. Ne te lasse jamais de répéter à une femme qu'elle est belle autant que ses rivales sont laides, car elle ne se lassera jamais de l'entendre, surtout si sa beauté est contestable.

Attache-toi à louer l'agrément qu'elle cherche à faire valoir. Telle pose pour le pied; telle pour la main; celle-ci, pour les dents; celle-là, pour la taille.

Sache surtout réhabiliter les côtés imparfaits; car pour l'amant, il doit y avoir de la poésie dans les imperfections mêmes de la femme aimée. Si sa laideur est incontestable, trouve-lui de la grâce, de la distinction, de la physionomie. Balzac n'a-t-il pas poétisé les tailles plates, les femmes maigres, les héroïnes de trente ans? de là son immense succès auprès du beau sexe.

Le naïf Grasset écoutait avec admiration. C'était une burlesque figure que ce tout petit homme avec ses grands cheveux plats tombant sur ses épaules difformes, son nez tuberculeux grotesquement relevé, ses grosses lèvres sensuelles et ses yeux ronds fixés dans le vague avec béatitude.

— Eh bien! Darvilé, j'ai peu de goût par les balles, mais je m'en logerais une bien volontiers dans l'épaule, si je savais attendrir de cette manière mademoiselle de Persange.

— Moi, dit le merveilleux Richon, qui avait écouté attentivement la tirade de Darvilé, j'ai meilleure opinion de mademoiselle Gastonne; je ne pense pas qu'il soit besoin de moyens si violents pour arriver à son cœur.

— Je crois en effet, mon cher, reprit Darvilé, que vous ne vous brûlerez jamais la cervelle, et pour cause. En attendant, pour arriver, comme vous dites, au cœur de la maîtresse, vous assiégez celui de la femme de chambre.

Ernest ne put s'empêcher de rougir.

— Ne rougissez pas, mon cher, dit Darvilé ; on a vu des rois épouser des bergères. Vous n'êtes pas précisément un roi, et Rosette n'est plus tout à fait une bergère. C'est d'ailleurs une fort jolie soubrette que n'eût pas dédaignée Chérubin.

— Vous qui semblez passé maître dans l'art de la séduction, répondit Ernest piqué au vif, ignorez-vous donc quel rôle important joue la soubrette dans les amours des grandes dames ?

— Combien de duchesses comptez-vous parmi vos conquêtes ? fit Darvilé d'un ton moqueur.

— Et vous, combien de femmes de chambre avez-vous dédaignées ? riposta Ernest avec aigreur.

Il existait depuis longtemps déjà entre Darvilé et Richon une sorte de rivalité. L'un, habile à saisir les ridicules, persiflait la fatuité d'Ernest ; l'autre, incapable de riposter aux épigrammes de Darvilé, cherchait à l'accabler de ses grands airs de bellâtre et de ses prétendus succès amoureux. Il était peut-être le seul à Lons-le-Saulnier qui témoignât à Darvilé de la froideur et de la malveillance.

Aussi Darvilé avait-il jeté les yeux sur lui pour se venger de mademoiselle de Persange, et lui avait-il assigné le rôle odieux dans l'intrigue qu'il méditait. Sa diplomatie habituelle consistait à *pousser* les uns contre les autres ceux qu'il voulait compromettre ou mystifier, tout en restant lui-même à l'écart ; c'était ce qu'il appelait, dans son jovial argot, faire un carambolage.

— Je ne dédaigne pas les femmes de chambre, répondit-il à Ernest, mais seulement les femmes laides, mademoiselle Victoire, par exemple.

Richon rougit davantage et jeta à Darvilé un regard de haine. Mademoiselle Victoire était une simple ouvrière assez laide qu'Ernest avait courtisée à défaut d'autres; il avait mis beaucoup de discrétion dans cette intrigue subalterne et la croyait complétement ignorée.

— Mademoiselle Victoire! Qu'est-ce que c'est que ça? demandèrent plusieurs assistants affriandés.

— Une grisette de bas étage, répondit Darvilé; laide comme les sept ou huit péchés mortels, je ne sais pas au juste; des yeux microscopiques, un nez, en revanche, qu'on croit regarder au microscope, une bouche qui logerait cinq ou six nichées, non pas d'amours, mais de diablotins, car elle a les dents noires; une taille équivoque; enfin rien au monde de moins grande dame. Demandez plutôt à M. Richon, ou plutôt ne le lui demandez pas; il n'en sait rien, l'infortuné! car évidemment cette jeune fée Carabosse l'a ensorcelé. Vraiment il n'y a pas de quoi chanter *victoire!*

Tout le monde rit beaucoup de ce calembour.

— C'est la jalousie, Monsieur, qui vous fait parler! s'écria Ernest blême de colère.

— Jaloux de qui? de quoi? de mademoiselle Victoire?

— De mademoiselle de Persange.

— Allons donc! mon cher; ne mêlez pas le nom de cette aimable et vertueuse personne à celui de la petite Victoire. Ni vous ni moi n'obtiendrons jamais l'amour de mademoiselle de Persange. Vous devez même, puisque vous la voyez depuis plusieurs mois, en savoir déjà quelque chose. Je suis sûr d'ailleurs que son cœur est occupé.

4.

A ces mots, Richon perdit tout à fait contenance, il se sentit ridicule, et ne garda plus de mesure.

— Il est si peu occupé, répondit-il, donnant tête baissée dans le piége que lui tendait Darvilé,, que je me ferais fort de l'épouser, si je voulais.

— Eh bien! moi, je soutiens, repartit Darvilé, que l'aimable Grasset que voici a encore plus de chance que vous.

— Comment !... crois-tu? Vraiment? mon bon Darvilé?... s'écria Grasset tout effaré de bonheur.

— Ah! ah! la plaisanterie est excellente! ricana Richon avec outrecuidance.

— Qu'entendez-vous, monsieur, par ces paroles? dit Amédée en se levant d'un air provoquant.

— Excellente, en effet, reprit Darvilé en faisant asseoir Grasset. J'en ferais le pari. Amédée, lui, se tirerait un coup de pistolet pour obtenir mademoiselle de Persange, tandis que vous, vous avez trop peur pour votre jolie peau.

— Assurément, répondit Ernest, je ne ferais pas une semblable sottise. C'est à d'autres fins que je réserve mes balles.

En ce moment onze heures sonnaient à la pendule du casino; Ernest se plaça avec ostentation devant la glace, frisa ses cheveux, brossa ses moustaches, mit ses gants, alluma un cigare et sortit fièrement.

— Bien des choses de ma part à mademoiselle Victoire, lui cria Darvilé comme il passait le seuil de la porte.

— Je serais curieux de savoir où il va, dit Grasset; si nous le suivions.

— C'est tout à fait inutile, reprit Darvilé, il rentre innocemment chez lui. Depuis qu'il fait la cour à mademoiselle de Persange, il est brouillé avec Victoire. Il est encore trop novice pour mener de front deux intrigues.

Ernest Richon entendit en descendant l'escalier, l'hilarité causée par les dernières paroles de Darvilé. Un instant, il pensa à rentrer au casino et à provoquer ce dernier ; mais, malgré sa forfanterie, il était poltron. Il se consola d'ailleurs par la pensée qu'il prendrait bientôt une éclatante revanche, en proclamant son mariage avec mademoiselle Bonnet.

## IX

Ernest Richon était un esprit léger, superficiel, vaniteux à l'excès. Très-fier de sa jolie figure, ce Narcisse de second ordre déplaisait aux femmes à cause de sa fatuité. Cette figure, d'ailleurs, tout à fait dépourvue d'expression, rappelait les poupées de cire des vitrines de coiffeurs.

Trop frivole pour être précisément un méchant garçon, il ressemblait à beaucoup d'hommes qui se piquent d'être honnêtes, et pourtant ne croient pas commettre une mauvaise action en perdant la réputation d'une femme. Affectant ce ton leste de jeune roué qu'il croyait du meilleur genre, il traitait comme bagatelle tout ce qui se rattachait à l'amour. Comment d'ailleurs eût-il jugé différemment un sentiment qu'il n'avait jamais ni ressenti ni inspiré ?

Envoyé à Paris par son père pour y étudier le droit, il

avait fait ses études sur le boulevart de Gand ; il avait appris à manœuvrer avec grâce sa canne et son lorgnon, puis il était revenu dans son pays jouer au Lovelace, au Don Juan blasé.

Son père était riche, mais très-avare. Il ne lui donnait que le strict nécessaire.

Ernest n'était pas à coup sûr une de ces natures ardentes, aux désirs excessifs. Cependant pour porter des gants jaunes toujours irréprochables, une toilette renouvelée à chaque saison, pour se donner des superfluités luxueuses, indispensables à qui veut jouer le rôle de jeune beau, la modeste pension que le père Richon lui accordait, ne pouvait lui suffire.

Aussi avait-il contracté à Paris quelques dettes.

— Ernest, lui dit son père, je vous ferai grâce des reproches que vous méritez, car je sais le cas que font les jeunes gens des mercuriales paternelles. Je paierai cette fois-ci ; mais soyez bien persuadé qu'à l'avenir je vous laisserai plutôt conduire en prison. Il ne faut nullement compter sur moi. Comme vous vous plaignez de ma parcimonie, il faut, si vous voulez dépenser de l'argent, savoir en gagner vous-même ; vous le pouvez, si vous êtes habile. Sachez seulement vous servir des avantages que la nature vous a donnés : vous êtes joli garçon, vous portez bien vos habits, vous ne manquez pas de cet esprit frivole qui plaît aux femmes ; tâchez de faire un brillant mariage. Il se présente justement une occasion magnifique. Mademoiselle Bonnet aura un million de dot. C'est une jeune fille un peu romanesque, comme le sont toutes les dévotes ; si vous savez lui plaire, elle vous épousera. Je m'arrangerai du reste pour faire connaître adroitement au père Bonnet le chiffre de ma fortune. Pour le moment, il ne se présente pour elle aucun parti sortable ; avec un peu d'adresse, vous avez chance de réussir.

Le projet sourit à Ernest, qui ne douta pas un instant du succès.

— Mais, mon père, objecta-t-il seulement, vous oubliez que la toilette d'un jeune homme qui fait sa cour, doit être toujours irréprochable, et que, depuis mon retour de Paris, vous ne m'accordez que six cents francs par an pour toutes mes dépenses.

Le père Richon doubla la pension de son fils, mais à condition qu'un an lui suffirait pour atteindre au but

Ernest entreprit donc dans toutes les règles le siége du cœur et de la fortune de mademoiselle Bonnet. Tendres regards, timides serrements de main, lettres passionnées glissées dans la corbeille à ouvrage ou dans un bouquet, il ne négligea aucun des moyens en usage.

Herminie parut l'encourager d'abord, puis tout-à-coup, sans cause apparente, se refroidit à son égard. Ernest, ne comprenant rien à cette froideur, essaya de la rendre jalouse ; mais le cœur de mademoiselle Bonnet semblait inaccessible.

Enfin il avait tenté d'adresser ses hommages à mademoiselle de Persange. Là, il avait été moins heureux encore ; la plus complète indifférence avait accueilli ses assiduités.

Un an, le fatal délai assigné par son père, allait être écoulé. Aussi s'effrayait-il de la misère relative dans laquelle il allait tomber.

On comprend donc quelles consolantes espérances lui faisait concevoir l'entretien qu'Herminie lui accordait.

Quant à mademoiselle Bonnet, un autre projet, d'autres préoccupations l'amenaient à ce rendez-vous. Depuis

l'arrivée de mademoiselle de Persange dans le pays,
Herminie nourrissait contre elle une sourde jalousie.
Jusque là, grâce à son million, elle avait été le point de
mire de tous les regards, de toutes les ambitions. Depuis
lors, son importance avait diminué ; elle était devenue un
personnage secondaire. La beauté, l'esprit, les attrayantes
singularités de Gastonne, avaient accaparé l'attention
générale.

Comme nous l'avons dit, mademoiselle Bonnet avait
accueilli d'abord favorablement les hommages de M. Richon. Mais M. de Montarbey avait paru, et dès lors
l'ambition la plus secrète d'Herminie, son désir le plus
véhément fut de l'épouser. Quelque ignorance, quelque
infériorité qu'elle montrât sous plus d'un rapport, quelque
inculte que fût resté chez elle le sentiment esthétique,
elle avait cependant assez d'esprit pour distinguer
l'élégance native de l'élégance empruntée, et pour
apprécier le genre de beauté, de distinction, et la
supériorité intellectuelle de M. de Montarbey. Ce n'était
pas précisément une question d'amour, c'était une affaire
de calcul et d'ambition. Herminie désirait vivement être
comtesse et habiter Paris. M. de Montarbey l'y conduirait et la présenterait dans le beau monde. Car la
dévotion n'avait point refoulé chez elle les aspirations
mondaines ; elle désirait follement le luxe, les fêtes, les
succès, les hommages.

Elle avait su la démarche faite par mademoiselle Sécherelle auprès de ses parents, et un instant, elle
avait conçu l'espoir que son vœu allait être réalisé. Mais
M. de Montarbey aimait Gastonne. Cette découverte
détruisait tous ses plans, et irritait profondément son
amour propre. Aussi cette jalousie, compliquée d'envie

et d'aspirations déçues explique-t-elle suffisamment la pensée vindicative qui lui était venue pendant sa visite à Persange, et qui depuis lors avait pris toute la consistance d'une résolution. Voilà pourquoi elle accordait un moment d'entretien à Richon, dont elle avait besoin pour l'exécution de son plan.

A minuit, elle se releva, s'enveloppa d'un châle sombre, descendit avec précaution dans le jardin, se glissa comme une ombre le long des murs, et, arrivée à la porte indiquée, l'ouvrit. Ernest attendait. Elle le fit entrer, le conduisit dans une tonnelle où ils s'assirent.

Quoique tous deux sans amour, ils étaient émus, embarrassés.

Richon pensait que de ce rendez-vous allait dépendre sa fortune ; malgré sa confiance excessive en lui-même, il ne savait comment débuter.

Quant à Herminie, un autre genre d'émotion la troublait. L'idée seule de se trouver à minuit avec un jeune homme, agitait sa conscience de dévote. Elle était, il est vrai, d'une grande sécheresse de cœur ; mais elle avait cette exaltation factice que crée la lecture des livres ascétiques. C'est souvent l'effet de l'excessive rigueur des dévots, à l'égard des relations d'amour : la crainte même de pécher, tient en éveil leur imagination d'autant plus impressionnable qu'elle a été plus comprimée.

Lorsque Richon se hasarda à lui prendre la main, elle la retira avec pruderie.

— Je fais là, sans doute, Monsieur, dit-elle avec une réserve affectée, une bien grande faute ; mais je pense que vous aurez assez de délicatesse pour vous rendre digne de ma confiance, et de la préférence que je suis disposée à vous accorder.

— Serait-il possible, Herminie ! vous m'aimez ! s'écria Ernest avec un accent de joie qui n'était pas feint.

— Je le crains..., et depuis longtemps, soupira-t-elle.

— Depuis longtemps ! répéta-t-il comme enivré. Et vous ne me le disiez pas, cruelle ! vous me laissiez mourir dans l'angoisse, dans le désespoir, quand un seul regard de bonté eût suffi pour ranimer mon courage ! Mais, ange adorée, que de douleurs vous venez d'effacer en un moment ! Comment payer jamais le bonheur que me cause un tel aveu ? Toute une vie de dévouement, d'adoration, d'esclavage pourra-t-elle m'acquitter ?

Il débita ces lieux communs avec une emphase qu'il crut très-persuasive. Mais cet amour s'adressait bien moins à mademoiselle Bonnet qu'aux beaux yeux de sa cassette, et Herminie avait assez de finesse pour deviner le calcul sous l'exagération même de l'expression.

Blessée de n'être pas aimée pour elle-même, elle n'eut plus le moindre scrupule de tromper un homme qui la trompait, et de le faire servir à ses projets sans qu'il s'en doutât.

— Monsieur Ernest, lui dit-elle, êtes-vous bien sincère quand vous me dites avec tant de passion que vous m'aimez ? Ah ! voyez-vous, si je devais être déçue, je sens que j'en mourrais !

— Comme elle m'aime ! pensa Richon qui se rengorgea.

— Je suis horriblement jalouse, ajouta-t-elle d'une voix presque tragique.

Elle entrevit alors, à travers l'obscurité, un sourire de fatuité effleurer les lèvres d'Ernest ; et, ne pouvant s'empêcher de rire, elle cacha sa figure dans ses mains.

— Jalouse ! ô Dieu ! jalouse ! reprit-il avec véhémence. Et de qui, dites-moi ?

— Vous le savez bien… de mademoiselle de Persange; soupira Herminie.

— Encore cette pensée folle. Comment pouvez-vous croire que j'aie réellement aimé ce petit grenadier qui fume, pérore, monte à cheval, fait des armes et des vers? Est-ce là, dites-moi, une femme qu'on puisse sérieuse· ment aimer, qu'on puisse épouser surtout?

— Elle m'est si supérieure par l'esprit et par la beauté !

— D'abord, reprit-il, je n'aime que les blondes. Ensuite, la tournure de son esprit ne me plaît nullement.

— Cependant, objecta Herminie, je vous ai entendu faire son éloge en termes enthousiastes.

— Oh! pardonnez-moi; c'est qu'alors vous repoussiez mon amour.

— L'autre jour encore, reprit mademoiselle Bonnet, vous m'avez avoué que vous l'aviez aimée. Enfin, vous allez très souvent à Persange, et le bruit s'est répandu qu'elle vous aimait aussi. La personne qui m'a rapporté cela m'a même assuré avoir lu une lettre que mademoiselle de Persange vous avait écrite. Comment, dites-moi, la confiance peut-elle résister à de pareilles preuves?

— C'est faux, dit Ernest fort de son innocence.

— Je suis sûre de la personne qui m'a fait cette confidence, insista Herminie qui plaidait le faux pour savoir le vrai.

— Alors je n'y comprends rien !… Comment, une lettre?… dit Ernest réellement intrigué.

Sa vanité le portait à croire que Gastonne lui avait peut-être écrit, et que la lettre avait été interceptée.

— Ah! vous l'avouez donc? reprit vivement Herminie.

— Je n'ai pas dit cela.

— Vous l'avez dit…. ou à peu près…. affirma Hermi-

5

nie avec autorité. Et d'ailleurs votre embarras le prouve
assez.

Richon avait si bien réussi une première fois en éveillant la jalousie d'Herminie, qu'il crut maladroit de l'a-
paiser trop vite. Il se défendit faiblement, se bornant à
balbutier de ces dénégations qui sont presque affirma-
tives.

— Non, non, interrompit Herminie, je ne vous crois
pas. Mademoiselle de Persange est pour moi la rivale la
plus redoutable. Tout me prouve que vous l'aimez et que
vous me trompez encore en cet instant: car, vous avez
reçu une lettre, et vous le niez. Ah! je le vois bien, vous
ne m'aimez pas! Autrement, vous me diriez la vérité, et
peut-être pardonnerais-je, en considération de l'amour
que me prouverait, du moins, votre sincérité.

— Eh bien!... je vous l'avoue, répondit Ernest qui
était loin de prévoir les conséquences de ce mensonge,
j'avouerai tout.

— Et vous avez échangé des lettres? demanda Herminie.

— Oh! quelques lettres seulement, quelques petits billets, fit-il négligemment.

— Eh bien! ces lettres, ces billets, je veux les voir!
s'écria Herminie, enchantée de la découverte qu'elle
croyait avoir faite.

Le pauvre Richon, pris au piége, fut un instant aba-
sourdi.

— Mais, répondit-il, vous ne pensez pas à ce que vous
me demandez! Montrer à qui que ce soit, à une rivale
surtout, une lettre d'amour qu'une femme vous a écrite,
n'est pas d'un galant homme. C'est une épreuve, sans
doute, à laquelle vous avez voulu soumettre ma discré-

tion, car il n'est jamais entré dans votre esprit, je pense, de me faire commettre une indignité.

— Allons donc, monsieur Richon, fit Herminie en persiflant, voilà de bien grands mots pour une bagatelle ! Vous ne comprenez rien aux tortures de la jalousie. Ah ! si vous m'aimiez, pourriez-vous me faire souffrir ainsi ! Mais je vois bien que vous me préférez encore cette femme.

Elle s'arrêta, se voila le visage de ses mains ; puis, tout à coup se levant avec dignité :

— Adieu, monsieur, dit-elle, votre amour n'est pas assez grand pour légitimer la folie que je fais en ce moment en vous recevant ainsi, seule et à pareille heure.

— Herminie, de grâce ! s'écria Ernest.

— Consentez-vous ? demanda froidement Herminie.

— Avouez du moins que c'est une étrange fantaisie.

— Je veux savoir, Ernest, dit Herminie avec passion, comment cette femme vous aimait.

— Mais ces lettres, reprit le fat aux abois, je ne sais pas même si je les possède encore, et, autant que je me le rappelle, ce sont des billets insignifiants.... pour m'inviter à une soirée, à une promenade.

A l'accent désespéré d'Ernest, un soupçon traversa l'esprit d'Herminie.

Il n'a peut-être pas de lettres, pensa-t-elle, il a menti par fatuité.

— Eh bien ! dit-elle, vous lui écrirez pour rompre avec elle, et elle vous répondra.

Ernest respira. Ce délai lui faisait entrevoir la possibilité d'éluder ce singulier caprice.

— Quand vous parlez ainsi, répondit-il, ai-je quelque chose à vous refuser ? Je ferai ce que vous désirez. Je

lui écrirai de manière à provoquer une réponse; mais
elle peut ne pas me répondre immédiatement.

— Vous aurez le temps d'obtenir cette réponse, dit mademoiselle Bonnet, qui levait ainsi toutes les difficultés.
Nous partons la semaine prochaine pour notre propriété
de la montagne, et nous y passerons la belle saison.

— Nous allons donc être séparés! fit-il avec un accent
de douleur assez bien joué.

— Séparés pour quelques mois, puis réunis pour la
vie, répondit-elle tendrement; mais à une condition, ne
l'oubliez pas : il me faut cette lettre. Autrement je croirais que vous aimez encore mademoiselle de Persange.
Or, je n'épouserai jamais un homme qui pourrait conserver dans son cœur une place pour un autre amour.

— Herminie, vous avez ordonné, l'esclave obéira.

Mademoiselle Bonnet tendit royalement sa main à Richon, qui la pressa avec transport dans les siennes, puis
ils se séparèrent.

Herminie remonta chez elle triomphante. Elle aurait
une lettre de Gastonne; elle s'en servirait au besoin pour
la perdre dans l'esprit de monsieur de Montarbey, et alors
le projet de mariage approuvé par ses parents, et secondé
par mademoiselle Sécherelle, ne pourrait manquer de se
réaliser.

Quant à Ernest Richon, après un tel succès, il ne douta
plus de rien. Il se crut dans une heureuse veine. Trois
mois de répit lui semblèrent plus que suffisants pour obtenir de Gastonne une lettre d'amour.

Puis, le défi que Darvilé lui avait porté ce jour-là même
au Casino, lui revint en mémoire. Ah! comme il allait se
venger de l'humiliation, du persiflage qu'il avait subis!

## X

Le départ de la famille Bonnet servait parfaitement les projets d'Ernest Richon. Il pouvait faire la cour à Gastonne à l'insu d'Herminie.

Le lendemain matin, il se rendit chez son père et lui conta en partie son entrevue avec mademoiselle Bonnet. Cette nouvelle fit tant de plaisir au vieil avare, qu'il paya sans trop grommeler quelques-unes des nouvelles dettes que lui avoua son fils.

Pour entreprendre la difficile conquête de mademoiselle de Persange, Ernest voulut s'équiper à neuf. Il commanda, à Paris, un habillement à la dernière mode ; puis il obtint de son père l'achat d'un cheval, en lui représentant qu'il devait aller quelquefois voir les Bonnet à leur campagne, et qu'il était indispensable pour lui de s'y présenter d'une manière convenable.

Il employa une semaine environ à tous ces préparatifs.

Quand il se regarda dans une glace, habillé, brossé, lissé, ganté, cravaté et pommadé dans toutes les règles, il se jugea irrésistible, et partit pour Persange.

Un beau cheval bai-brun l'attendait à sa porte. Il traversa la ville au pas, triomphalement, recueillant à droite et à gauche l'admiration qu'il croyait exciter sur son passage.

Il rencontra sur la place Darvilé et Grasset, à pied, et assez mal vêtus. Il leur accorda un salut de protection et un sourire railleur.

— Deux jolies bêtes! dit Darvilé assez haut pour que Richon l'entendît.

— Il va à Persange!... soupira Grasset en le regardant s'éloigner d'un œil d'envie. Il est tout flambant neuf! ajouta-t-il en reportant sur son propre costume un regard de commisération.

— Sois tranquille, va, mon pauvre Grasset, dit Darvilé. Mademoiselle de Persange aime l'élégance, c'est vrai; mais ce qu'il ne comprend pas, cet imbécile, c'est que le luxe, chez elle, n'est que l'accessoire, et qu'avant tout elle est femme d'esprit. Or, Dieu merci, il y a plus d'esprit dans la grosse tête d'Amédée Grasset que dans la petite caboche de cette poupée de cire. Nous lui abandonnerons le luxe, puisque nous ne pouvons nous le procurer; mais nous vaincrons par l'esprit, l'originalité, l'art enfin! En amour comme en guerre, l'art n'est-il pas de remporter de grands résultats avec de faibles moyens? Tu paies l'absinthe, n'est-ce pas?

— Parbleu!

Ils s'attablèrent au Casino.

— Ainsi, cher maître, reprit Grasset, tu crois sérieusement que j'ai quelques chances?

— C'est la modestie qui te perdra, Grasset; la modestie, cette stupide vertu qu'ont inventée les imbéciles pour en affubler la supériorité qui les offusque. Ne sois donc pas modeste; rien n'est plus sot, plus bourgeois, et surtout plus hypocrite. « C'est, » a dit Socrate, « l'orgueil de ne pas paraître orgueilleux. »

— Cependant, mon cher Darvilé, je te dirai, entre nous, que mademoiselle de Persange m'intimide horriblement.

— Tant mieux, c'est un effet de l'amour. Les grandes

passions rendent idiots, c'est connu. Les femmes savent
cela et sont très-flattées de nous voir stupides. Tu ne
serais pas ainsi auprès de mademoiselle de Persange,
qu'il faudrait le paraître ; seulement, attention sous les
armes ! n'allons pas imiter le Richon ! Mademoiselle Gastonne, comme toutes les femmes de goût, doit aimer les
courtes présences. Le Richon l'ennuie des journées entières. Le vrai séducteur, au contraire, sait se faire attendre, arrive à propos et part de même. Nous redou-
blons l'absinthe, n'est-ce pas ?

— Parbleu !. . Grâce à tes conseils, je crois que je
parviendrai, dit Grasset.

— Compte sur moi à la vie, à la mort, répondit Darvilé, qui ne put réprimer un sourire ; je mets à ton service
toute ma vieille expérience. J'espère qu'un jour je serai
fier de mon élève ! Pour le moment, j'ai parié pour toi : je
suis donc intéressé à ton succès. Il y a là pour moi une
question d'amour-propre. Encore un verre d'absinthe,
bah !

— Parbleu !

Grasset, confiant comme un enfant, faillit sauter au
cou de Darvilé, tant sa joie et sa reconnaissance débor-
daient. Il fut décidé qu'ils entreraient immédiatement
en campagne, et ils combinèrent ensemble le plan d'attaque.

Ainsi, cinq mois à peine s'étaient écoulés depuis l'arrivée de mademoiselle de Persange dans le pays, et tous
les regards étaient fixés sur elle, et déjà se tramaient
sourdement diverses intrigues convergeant au même
but : l'attaquer dans sa réputation et dans son amour. Il
semble que la supériorité, pour être tolérée, doive être
perdue dans la foule des grands centres. Au milieu de

l'isolement que fait autour d'elle la vie provinciale, sa grandeur fait trop contraste, excite trop d'envie, de rivalités mesquines ; elle doit tôt ou tard y être écrasée dans sa lutte avec la médiocrité.

Gastonne et Montarbey, comme tous les amoureux, absorbés en eux-mêmes, ravis au troisième ciel de la passion, ne devaient point s'apercevoir des complots qui menaçaient leur amour.

Gastonne, depuis qu'elle aimait, s'était pour ainsi dire transfigurée ; une expression radieuse s'était répandue sur son charmant visage. Ce mot : *j'aime*, était écrit dans son regard, dans son sourire, dans sa démarche plus allanguie, dans sa voix où vibrait une émotion plus tendre.

Et puis l'amour rend bon et bienveillant.

Elle accueillit Ernest Richon avec plus d'aménité qu'elle ne lui en avait encore témoigné. Il en conçut de folles espérances. Gastonne ne s'aperçut pas tout d'abord des prétentions qu'un meilleur accueil encourageait.

Pendant plus d'un mois, Richon choisit Persange pour le but de ses promenades, et fit de grands frais de gants, de gilets et de cravates. Il donnait à croire à Rosette que ses visites à Persange n'étaient qu'un prétexte pour la voir. Gastonne avait cherché par de sages conseils à la prémunir contre les entreprises de Richon ; mais l'amour est au moins aussi sourd qu'il est aveugle. Rosette n'écouta rien, car elle aimait Ernest.

Cette blonde et futile parisienne aimait ces cheveux et cette barbe de jais toujours irréprochables comme au sortir des mains du coiffeur ; elle adorait cette élégance de commis de nouveautés ; elle se laissait éblouir au moins autant par ses gants jaunes, par le nœud de sa cravate, par l'éclat de ses bottes vernies, que par ses grandes phrases sentimentales.

Ernest concevait beaucoup d'orgueil de cette conquête. Il admirait la profonde scélératesse avec laquelle il savait ainsi conduire, dans la même maison, deux intrigues à la fois.

Quant à Grasset, guidé par Darvilé, il s'y prit d'une autre manière. Il s'institua chevalier servant, patito, troubadour de mademoiselle de Persange. Il afficha hautement son amour. Il regrettait de n'être plus au moyenâge, afin de pouvoir porter les couleurs de sa dame.

Il déclara donc à mademoiselle de Persange son fétichisme, et lui fit l'offre de son cœur avec un enthousiasme si hyperbolique qu'elle s'en amusa. Elle accueillit Grasset comme un fou inoffensif.

Ne pouvant aller combattre au nom de sa belle en Palestine, il voulut acquérir un autre genre d'illustration. Il se livra tour à tour pour lui plaire aux études de la flore jurassienne et aux poétiques inspirations du sonnet.

Darvilé lui faisait faire mille folies, afin que le ridicule de l'amoureux se reflétât sur la femme aimée, ce qui arrive toujours un peu. Tantôt il l'accoutrait en naturaliste : vêtements de coutil, bâton de voyage, boîte de ferblanc suspendue en bandoulière, et l'envoyait herboriser sur le mont Persange, à la recherche de quelque petite fleur inconnue qu'il pût baptiser du nom de Gastonne. Tantôt il le déguisait en ménestrel, et, lui mettant une vielle entre les bras, il l'envoyait chanter à la chute du jour sous les fenêtres de mademoiselle de Persange ; tantôt il l'aidait à rimer des vers en l'honneur de notre héroïne. Elle ne pouvait s'empêcher de rire de cette poésie, revue

5.

et corrigée par Darvilé de la façon la plus grotesque.

Comment Grasset eût-il douté de son bonheur? Darvilé lui persuadait qu'il était aimé, et il le croyait naïvement. Aussi adorait-il mademoiselle de Persange avec un véritable fanatisme.

Toute la ville et les environs, mis au courant par Darvilé de la grande passion de Grasset, s'amusaient aussi de cette burlesque intrigue, et secondaient Darvilé dans sa mystification.

C'est ainsi que tour à tour les deux journaux de Lons-le-Saulnier publièrent les sonnets d'Amédée, et qu'un jour on lut dans une de ces feuilles, un article ainsi conçu :

« Un jeune savant, M. Amédée Grasset, antiquaire aussi distingué que célèbre naturaliste, vient d'enrichir notre flore jurassienne d'une jolie petite fleur bleue, oubliée par ses prédécesseurs, et à laquelle il a donné le nom poétique de *Gastonnea Persangora*.

» Également infatigable dans ses recherches archéologiques, il vient aussi de découvrir sous un tumulus une médaille en fonte qui remonte à la conquête des Gaules et tranche la question si controversée de l'emplacement d'Alésia Cæsarea, question si utile au bonheur du genre humain. Il en a fait présent au musée, et c'est au nom de toute la ville que nous lui exprimons notre reconnaissance, en l'encourageant à continuer des études, dont la gloire rejaillira sur le pays tout entier. »

Le pauvre Grasset était ivre d'orgueil de voir ainsi son nom imprimé en toutes lettres, avec des éloges que devait lire mademoiselle de Persange.

Or, la médaille prétendue antique portait cette inscription d'une latinité plus que douteuse :

« *In hoc loco ubi fuit Alæsium oppidum consecravit Cæsar*

*hanc* MEDAILLAM. » Cette médaille avait été dessinée, modelée et coulée par un fondeur, ami de Darvilé, puis frottée, effacée, rouillée, et enfin placée au milieu d'un tas de pierres, devant lequel Darvilé avait conduit Grasset, et que celui-ci avait pris pour un *tumulus.*

Pendant ce temps, l'amour de Gastonne et de M. de Montarbey grandissait sans que Richon ni Grasset, aveuglés, l'un par sa fatuité, l'autre par sa crédulité, crussent avoir un rival dangereux dans le jeune diplomate ruiné.

Seul, Darvilé étudiait les progrès de cet amour. Il le désirait profond, afin de rendre la séparation plus cruelle.

Le baron de Persange et madame de Montarbey surveillaient également les deux amoureux ; la comtesse, avec assez d'indifférence, car elle espérait que son fils se détacherait bientôt de Gastonne, qu'elle ne jugeait digne que d'un caprice ; mais le baron, avec une vive anxiété.

Jamais il n'avait vu sa fille aussi heureuse. Elle répandait autour d'elle comme un rayonnement, et semblait laisser sur son passage des traces lumineuses.

Puis, elle était devenue plus aimante, plus expansive ; on eût dit que l'amour avait dilaté son cœur. Elle aimait dans Octave le monde entier. Le pauvre père le sentait, et son cœur était navré, car il se disait :

— Je ne suis plus le premier dans sa tendresse. A lui toutes ses pensées, à lui toute sa vie ; il ne me reste à moi qu'une affection basée sur le devoir, une affection qui s'amoindrira de jour en jour. L'ingrate! moi qui ai entouré sa jeunesse de tant de soins, qui ai vu éclore avec tant de joie chacune de ses grâces, chacun de ses talents ; qui ai mis tout mon bonheur à les cultiver, à en suivre les développements! Et un autre vient, un étran-

ger qui me vole mon trésor, qui recueille le fruit de toute
ma tendresse !

Et il se révoltait contre cette loi de la nature, l'accusant d'injustice et de cruauté.

Puis, il lui semblait que l'époux choisi par sa fille devait être un homme parfait, un héros, un demi-dieu. Et
il se plaisait à trouver dans Octave une foule d'imperfections. Il critiquait la beauté de sa figure qu'il trouvait
inexpressive, et croyait découvrir dans la dignité de son
maintien et dans sa circonspection, un défaut d'abandon
et de sincérité. Il avait ainsi conçu pour lui une sorte
d'antipathie. Cette antipathie avait peut-être aussi pour
cause un de ces pressentiments comme en ont certaines
mères, qui haïssent instinctivement ceux qui doivent faire
le malheur d'une enfant adorée.

M. de Persange témoignait donc beaucoup de froideur
à Octave. Trop franc pour dissimuler sa répulsion, chaque fois qu'Octave arrivait, il prenait quelque prétexte
pour sortir.

Gastonne et M. de Montarbey purent ainsi s'étudier
l'un l'autre en toute liberté.

Leurs caractères se révélèrent alors avec leurs harmo-
nieuses dissemblances. Jamais sympathie ne sembla plus
complète.

Il existe des sympathies de similitude et des sympathies de contraste. Les sympathies de contraste nous pa-
raissent les plus complètes, les plus riches en accords.

Entre Gastonne et M. de Montarbey, il y avait affinité
intellectuelle : mêmes idées élevées, mêmes aspirations
généreuses, même sentiment du beau.

L'affinité morale était basée, au contraire, sur de nombreuses dissemblances. La gravité, la circonspection de

M. de Montarbey s'harmonisaient avec la gaîté, la vivacité, la franchise de Gastonne.

Il était blond, elle était brune. Octave était grand, Gastonne était d'une taille presque au-dessous de la moyenne.

Toutes ces différences expliquent le contraste de leurs
sentiments.

L'amour d'Octave était calme, mais profond, et plutôt
tendre que fougueux.

Chez Gastonne, c'était une affection ardente, énergique, qui eût bravé le monde entier.

La passion, chez elle, avait, comme son caractère, un
côté viril, tandis qu'Octave était un peu femme par le
cœur.

## XI

Tout l'été s'écoula ainsi sans amener aucune péripétie
dans la situation de nos personnages.

Le mois de septembre commençait, le mois de septembre avec toutes ses richesses et tous ses plaisirs.

C'est une belle matinée de ce mois béni. Le soleil se
dégage radieux des vapeurs matinales qui disparaissent
peu à peu sous l'ardeur de ses rayons. L'atmosphère est
imprégnée des parfums savoureux qu'exhalent de tous
côtés les fruits mûrs. Les teintes chaudes et dorées du
feuillage resplendissent sous la rosée. Les oiseaux ga-
zouillent à l'envi leurs gaies chansons. Ce ne sont plus
les chants d'amour du printemps, ce sont les cris joyeux
des jeunes couvées prenant possession de l'air et de la

vie ; une de ces belles matinées enfin où la nature semble
déployer toutes ses coquetteries pour parer sa déca-
dence.

L'avenue du château de Persange retentit de joyeuses
fanfares, de l'aboiement des lévriers, du hennissement
des chevaux. On se prépare pour la chasse.

Montée sur un beau cheval qui piaffe d'impatience,
Gastonne, par l'élégance sévère de son costume, la gracieuse énergie de ses mouvements, l'ardeur belliqueuse
qui éclate sur son visage, est bien vraiment la reine de
la fête.

Autour d'elle se pressent tous les habitués de Persange :
Montarbey, impassible comme un chasseur de race,
comme un vrai descendant d'une lignée de preux ; Richon,
empressé, sémillant. paradant, étalant avec ostentation un
riche équipement de chasse ; et enfin Grasset, affublé par
Darvilé du plus belliqueux accoutrement, monté sur un
grand cheval efflanqué, un couteau de chasse et deux
pistolets au ceinturon, guêtré jusqu'aux genoux, couvert
d'une foule de cordons de toutes couleurs qui s'entre-
croisent sur son dos et sur sa poitrine, et auxquels sont
suspendus, lui battant les reins et les flancs, un sifflet,
un cor, un fouet, une poire à poudre, un sac à balles, une
calebasse, son fusil, et enfin son inséparable lorgnon.
Ainsi équipé, Amédée Grasset semble avoir juré d'exterminer à lui seul tout le gibier de la forêt.

Un sanglier dévaste depuis quelque temps le pays d'a-
lentour. Il s'agit pour Grasset de déposer aux pieds de
Gastonne, comme autrefois Méléagre aux pieds d'Ata-
lante, le corps inanimé du monstre dévastateur.

Les fanfares éclatent, les chiens bondissent, les cavaliers s'élancent ; déjà ils couvrent la plaine. Hourra ! la chasse est lancée.

Chez Gastonne, la chasse est une vraie passion, parce que là seulement elle peut déployer toute son énergique vitalité. Le teint animé, l'œil en feu, la narine gonflée, les cheveux au vent, elle presse avec ardeur le flanc de son cheval. Jalouse d'arriver la première sur la piste du sanglier, elle franchit les fossés, les haies, s'élance dans les taillis, s'aventure dans les terrains mouvants, sans hésitation, sans crainte. Le danger l'appelle, la rapidité de la course l'enivre, le mouvement de la chasse développe en elle une sorte d'intrépidité délirante.

Cependant les limiers se rapprochent ; Gastonne ralentit sa course. Richon et Grasset la rejoignent. Tout à coup leurs chevaux se dressent avec effroi, et le sanglier aux abois, débouchant d'un taillis, s'élance au milieu d'eux. Gastonne seule conserve son sang-froid. Tandis que Richon, pâle de peur, arrête brusquement et fait cabrer son cheval ; tandis que Grasset, étourdi, effaré, lâche son coup de feu au zénith, Gastonne prend un pistolet à l'arçon de sa selle, ajuste le sanglier, et lui envoie une balle en pleine poitrine.

L'animal blessé, furieux, va s'élancer sur le cheval de Gastonne : mais Richon tire, et, soit bonheur, soit adresse, atteint au cœur la bête sauvage qui roule à terre.

Montarbey et le colonel, à la tête des autres chasseurs, n'arrivèrent que pour constater la mort du sanglier.

L'honneur de la journée revint à Richon.

Montarbey, en passant auprès de Gastonne, se pencha à son oreille :

— Pourquoi, lui dit-il tout bas, vous exposer ainsi ?

Était-ce pour donner à ce fat la gloire de vous sauver la vie ?

Gastonne lui répondit par un regard plein de tendresse, et, pour échapper à ses reproches, lança son cheval au galop.

L'infortuné Grasset, mécontent du triomphe de Richon, et jaloux de prendre une revanche quelconque, s'élança courageusement sur les traces de Gastonne.

Mademoiselle de Persange venait de franchir, avec une rare adresse, un fossé profond. Grasset ne voulut pas rester en arrière, et poussa héroïquement sa monture.

O muse, — muse des culbutes, — raconte-nous celle que fit le malheureux coureur, ou plutôt non, ne nous la raconte pas, car ce serait ennuyeux.

Gastonne se retourna au cri poussé par Grasset, et, ne voyant plus rien, elle revint sur ses pas. Elle trouva le pauvre diable se débattant au fond du fossé, empêtré par ses innombrables cordons Elle mit pied à terre et lui tendit la main pour l'aider à gravir le talus, et comme il avait le front ensanglanté, elle étancha la blessure avec son mouchoir. Ce n'était du reste qu'une égratignure. En sentant sur son visage ce mouchoir parfumé, et dans sa main la main de mademoiselle de Persange, il éprouva comme un éblouissement : il pâlit, chancela, et s'affaissa sur le gazon, en murmurant :

— Ma vie tout entière pourra-t-elle payer un pareil instant de bonheur !

Gastonne, peu curieuse d'en entendre davantage, remonta en selle et reprit sa course, abandonnant à lui-même son naïf adorateur.

L'arrivée des autres chasseurs rendit à Grasset sa pré-

sence d'esprit. On le remit en selle tant bien que mal,
car sa chute l'avait fort endolori, et il ne put regagner
qu'au pas le château de Persange, où le dîner rappelait
tous les invités.

## XII

Gastonne, découvrant quel violent amour elle avait fait
naître dans ce cœur ingénu, s'accusa de légèreté, et
regretta vivement de s'être ainsi amusée aux dépens de
Grasset.

Disons ici, pour légitimer sa conduite dans cette circonstance, que l'excessive sentimentalité de Grasset l'avait
depuis longtemps déjà rendu ridicule à Lons-le-Saulnier,
et, bien qu'il eût une certaine intelligence et une certaine
instruction, la naïveté de son amour-propre était telle,
qu'il ne se doutait même pas des rires qu'il provoquait.

Gastonne n'avait donc pas cru lui faire grand tort en
se divertissant de ses madrigaux et de ses folies ; mais
quand elle le vit capable de s'éprendre aussi sérieusement, elle se promit de couper court à cette cruelle plaisanterie, à ce jeu dont les conséquences pouvaient
compromettre le repos et le bonheur du pauvre disgracié.

Sans rompre brusquement avec lui, ce qui eût pu l'affliger, elle lui témoigna dès ce moment plus de réserve,
le reçut plus rarement, et cessa de le complimenter sur
sa poésie.

Lorsque Grasset commença à s'apercevoir de ce chan-

gement de manières, il confia ses douleurs à Darvilé. Mais
celui-ci lui persuada que ce refroidissement n'était qu'ap-
parent, et prouvait au contraire l'amour de mademoiselle
de Persange.

— Heureux mortel! lui dit-il, c'est au moment de
vaincre que tu recules! Toute femme honnête feint d'être
indifférente, précisément parce qu'elle aime. Je m'y connais. Crois-en ma longue expérience, mademoiselle de
Persange est subjuguée.

Grasset crut en son maître et ne se découragea point.
Il fit entendre des accents plus plaintifs, et afficha le plus
touchant désespoir. Il posa en élégie, se mit au pain et à
l'eau pour se faire pâlir et maigrir, car, pour le malheur
de sa situation, Grasset était affecté d'un nez rubicond,
de joues vermeilles et d'un précoce embonpoint. Puis, il
leva souvent les yeux au ciel; il marcha tristement, les
bras pendants, les vêtements en désordre, les cheveux
ébouriffés, le front incliné.

C'était ce que Darvilé appelait se déguiser en saule
pleureur.

La partie de chasse que nous avons racontée amena
pour Richon une déception non moins cruelle.

Jusqu'alors il n'avait pas encore osé déclarer son
amour. Gastonne, malgré sa grâce habituelle, lui témoignait une sorte de froideur cérémonieuse qui le tenait à
distance. Elle savait avec un tact parfait commander le
respect, tout en s'abandonnant à sa nature enjouée.

Mais, dans cette mémorable chasse, ne lui avait-il pas
sauvé la vie? Il s'en flattait du moins. Pourrait-elle rester
insensible à l'aveu de son amour, et trouverait-il jamais
une occasion semblable de le faire agréer? Elle ne pourrait du moins se dispenser de lui répondre. Et mademoi-

selle Bonnet devant être bientôt de retour, il fallait se hâter, s'il voulait obtenir la lettre dont elle avait exigé la remise en ses mains, comme condition absolue de leur mariage.

Il écrivit donc une longue lettre emphatique à mademoiselle de Persange ; il fit valoir la terrible situation où ils s'étaient trouvés tous deux, le bonheur qu'il avait éprouvé en exposant sa vie pour sauver celle de Gastonne. Puis il sollicitait une réponse, laissant entendre que, s'il n'en recevait aucune, son désespoir le pousserait à quelque terrible extrémité.

En lisant cette lettre, Gastonne sourit, car elle y reconnut une rhétorique qui se battait les flancs pour arriver à la passion. Aussi, ne concevant aucune inquiétude sur le désespoir qu'elle allait provoquer, répondit-elle à Richon en ménageant son amour-propre, mais en lui ôtant toute illusion.

Ernest, malgré les précautions oratoires de Gastonne, éprouva un vif désappointement.

D'abord, il serait criblé de sarcasmes par Darvilé, qui l'avait mis au défi ; puis il n'aurait pas la lettre en question, et si mademoiselle Bonnet persistait à la vouloir, son mariage manquait. Il en serait pour ses frais de cheval et de toilette ; ses créanciers recommenceraient leurs poursuites, son père lui supprimerait toute subvention, et enfin, sinistre perspective pour un fat! il se verrait condamné de nouveau aux habits râpés et aux bottes éculées.

Pour échapper à ce désastre il se sentit capable de tout.

Un instant il eut l'idée, si son père lui retirait sa pension, de le menacer d'épouser Rosette. Puis il lui vint une autre pensée, une pensée mauvaise, qu'il repoussa d'a—

bord, mais qu'il finit par adopter, tant la frayeur du ridicule et de la misère égarait son esprit.

## XIII

Un jour le baron de Persange reçut de madame de Montarbey le billet suivant :

« Mon cher baron,

» J'ai de graves communications à vous faire sur un sujet qui vous intéresse autant que moi. Je vous attendrai demain matin vers neuf heures.

» Comtesse de MONTARBEY. »

Depuis quelques jours, le baron pensait à aller trouver madame de Montarbey pour lui faire part de ses observations au sujet de Gastonne et d'Octave. Il avait remarqué chez sa fille un air pensif et préoccupé, comme s'il se fût agi pour elle de prendre quelque détermination importante. Il sentait instinctivement que de cette décision allait dépendre son propre sort, et il hésitait à l'interroger, car il redoutait d'entendre prononcer son arrêt.

Il se rendit donc le lendemain chez madame de Montarbey, bien moins encore pour écouter les révélations qu'elle avait à lui faire que pour lui exposer ses appréhensions.

Il la trouva seule.

— Mon cher baron, lui dit-elle, il est temps d'agir ; toutes mes prévisions sont déçues. Nos enfants s'adorent et plus que jamais pensent au mariage. Tenez, lisez, voici une lettre de votre fille qui m'est tombée par hasard entre les mains.

Le premier mouvement du baron fut de repousser la lettre que lui tendait madame de Montarbey. Surprendre le secret d'une lettre, ce secret fût-il celui de sa fille, lui semblait faillir à ses principes de loyale délicatesse. Mais les mots *mon père* ayant frappé son regard, il prit le papier d'une main aussi tremblante que s'il se fût agi pour lui d'un arrêt de vie ou de mort. Il lut :

« Peut-être avez-vous raison, mon ami, peut-être l'épreuve a-t-elle assez duré. Aujourd'hui la principale cause de mon hésitation, c'est mon père. Vous ne sauriez croire combien il appréhende d'être séparé de moi, combien il redoute qu'une affection étrangère vienne se placer entre son cœur et le mien.

» N'avez-vous pas remarqué, Octave, avec quelle anxiété il étudie les développements de notre amour, avec quelle inquiétude il observe, quand vous êtes là, tous les mouvements de mon visage. Pauvre père ! il n'ose m'exprimer ses angoisses, bien qu'à chaque instant son cœur soit prêt à déborder. Car il m'aime, Octave, avec la tendresse exclusive d'une mère.

» Vous ne connaissez pas assez cette délicate et affectueuse nature et ne pouvez l'apprécier ; mais dites-moi, je vous en prie, que vous partagerez un jour mon admiration et ma reconnaissance, et j'aurai plus de courage pour lui faire l'aveu de notre projet de mariage.

» Cependant, attendez encore. Laissez-moi le préparer à une révélation qui, je le sais, atteindra douloureusement son cœur. Ayez, Octave, pour l'amour de moi, un peu plus de patience, puisque, pour vous, j'aurai la force de causer à mon père le premier chagrin que je lui aurai fait en ma vie.

» Pourquoi, dites-moi, ces craintes puériles, ces appréhensions chimériques? Doutez-vous de moi? Ne savez-
vous pas qu'à votre amour je sacrifierais, s'il le fallait,
toute autre affection?

» O mon Dieu! qu'est-ce donc que l'amour qui nous
fait proférer de tels blasphèmes! quelle puissance est
celle-là qui nous porte à renier nos plus saints devoirs!

» Comment se fait-il, Octave, qu'en si peu de temps
vous vous soyez emparé ainsi de toute ma vie, de tout
mon être? Ah! c'est que l'amour, n'est-ce pas, est non-
seulement une passion, mais une condition essentielle de
la vie, une loi qui régit tous les êtres, une effluve du grand
foyer où s'élabore la création tout entière, une émana-
tion de Dieu enfin. Et qu'est-ce que la tendresse filiale à
côté de l'amour, de l'amour qui fait palpiter toutes nos fibres, qui agite le cœur d'émotions ineffables, qui surexcite
toutes nos facultés, qui transporte l'âme dans les ravisse-
ments du ciel?

» Comme ils me font pitié, ceux qui médisent de l'a-
mour, de ses enivrements, de ses délires! Pour moi, Octave, dussé-je souffrir par vous, dussiez-vous m'oublier,
je ne me plaindrais point et vous serais encore re-
connaissante de m'avoir fait connaître le bonheur d'aimer. »

Le pauvre baron s'arrêta; il éprouvait comme un
éblouissement. Il lui semblait que cette lettre lui brûlait
les doigts; il la rendit à madame de Montarbey, et pendant quelques instants il demeura silencieux.

— L'amour de votre fils est-il aussi grand que celui de
Gastonne? demanda-t-il d'une voix émue.

— Je le crains, répondit la comtesse. Hier, après avoir

trouvé cette lettre, j'ai tenté de le questionner sur ses
sentiments et sur ses projets. Il m'a répondu très-ferme-
ment qu'il aimait votre fille et qu'il l'épouserait ; puis il
est sorti pour prévenir sans doute toute objection de ma
part. Enfin, que vous dirai-je? Depuis quelque temps, je ne
le reconnais plus : lui, d'ordinaire si calme, il a tour à tour
des moments d'expansion et de rêverie sentimentale qui
ne sont ni dans ses habitudes, ni dans son caractère.
Une passion profonde, véhémente, a seule la puissance
de nous transformer ainsi.

— Et maintenant que pouvons-nous y faire? demanda
le colonel en attachant sur madame de Montarbey un regard anxieux.

— Il faut les séparer! il le faut! répondit la comtesse
d'une voix ferme et d'un air impitoyable. Ecoutez : comme
vous n'avez aucun prétexte pour emmener votre fille,
c'est mon fils qui s'éloignera. Je suis à peu près certaine
que les Bonnet attendront son retour pour marier leur
fille. Je n'ai donc que peu d'inquiétude à cet égard. Or,
voici ce que je vous propose : je vous ai entendu dire
l'autre jour que vous étiez très-lié avec le comte de C...,
l'ami intime du nouvel ambassadeur de Russie, M. de
P... Lors de mon dernier voyage à Paris, on m'a fait de
fort belles promesses pour mon fils ; mais les absents ont
toujours tort, et la situation est pressante. Tâchez donc
d'aller à Paris avant le départ de l'ambassadeur. Je ne
doute pas qu'avec la protection du comte de C.., vous ne
réussissiez à faire nommer Octave comme attaché à l'ambassade.

Le baron parut réfléchir.

— Mais votre fils voudra-t-il partir? objecta-t-il.

— Il partira, répondit madame de Montarbey, car

dans notre position précaire il ne peut compromettre son avenir par un refus. Je me charge d'ailleurs de le décider.

M. de Persange ne répondit pas tout de suite ; il semblait absorbé dans ses réflexions.

— Croyez-vous, madame, dit-il enfin avec un soupir étouffé, et comme s'il triomphait avec effort d'une résistance intérieure ; croyez-vous que nous ayons le droit de nous opposer à l'amour et au bonheur de nos enfants ; et ne devons-nous pas, quoi qu'il puisse en arriver de fâcheux pour nous, nous féliciter qu'ils soient libres tous deux, qu'aucune entrave sociale ne s'oppose à leur union ?

— Colonel, reprit la comtesse, votre tendresse vous égare étrangement, ou plutôt vous ne réfléchissez pas assez aux conséquences de ce mariage. Avant tout, selon moi, notre devoir est de nous préoccuper de l'avenir matériel de nos enfants. Votre désintéressement, que j'admire cependant, est, par le temps qui court, un peu trop romanesque. Je vous l'ai dit, la vente de mes propriétés ne couvrira pas mes dettes. Nous ne sommes plus au temps où une femme pouvait dire à son amant : « *Une chaumière et ton cœur !* » Le développement du luxe, les besoins, je dirais presque les devoirs que nous crée la société actuelle, ne nous permettent pas de mettre de côté dans le mariage les convenances de fortune. Votre fille est, je le sais, aussi désintéressée que vous ; mais c'est une enfant gâtée qui n'a jamais éprouvé la plus légère privation, et qui ne peut prévoir les conséquences désastreuses de la pauvreté, non-seulement pour le bonheur, mais encore et surtout pour l'amour.

— Je comprends, madame, répondit le colonel, et j'ap

prouve jusqu'à un certain point votre prévoyance maternelle. Je comprends aussi que vous teniez à restaurer votre blason et à rétablir votre noble maison sur le pied de
son antique splendeur ; mais que vous préfériez pour votre fils la fortune au bonheur...

— Pardon, cher colonel, vous vous trompez ; car je ne
sépare point le bonheur de la fortune. En agissant comme
je vous le propose, Octave souffrira d'abord d'une séparation douloureuse, j'en conviens ; mais je compte sur
l'absence, sur le temps, sur la réflexion, et sur d'autres
amours peut-être, pour le guérir.

— Ma chère comtesse, au risque de passer à vos yeux
pour un père aveuglément prévenu en faveur de son enfant, vous me permettrez de vous dire que vous ne connaissez point Gastonne. Je ne crois pas possible que
lorsqu'on l'a connue assez pour l'aimer, on puisse jamais l'oublier.

Madame de Montarbey répondit par un sourire d'in-
crédulité.

— Vous adhérerez donc à ce mariage ? dit-elle.

— Si ma fille me demandait mon consentement
comme indispensable à son bonheur, pourrais-je le refuser ?

— Et vous ne voulez rien tenter pour l'empêcher ?

— Je le ferais, si cela était possible sans la faire trop
souffrir.

— Mais le moyen que je vous indique ?

— Il peut se tenter, mais je doute qu'il réussisse.

— Mais enfin le tenterez-vous ?

— J'y penserai.

Dès ce moment le père de Gastonne fut en proie à mille
tortures, à mille inquiétudes. Parfois, dans un moment

6

de jalousie, quand il voyait ensemble les deux jeunes gens, quand il observait sur leurs visages le rayonnement du bonheur, il se décidait à partir et à employer tous les moyens pour les séparer. Puis, quand il venait à penser que Gastonne pourrait en souffrir cruellement, et qu'il serait témoin de sa douleur, d'une douleur qu'il aurait volontairement causée, il changeait de résolution et ordonnait de suspendre tous préparatifs de voyage. Mais il revit la comtesse, qui déploya cette fois toute son adresse et parvint à vaincre l'hésitation du baron.

Elle lui représenta que laisser plus longtemps ensemble les deux amants pourrait compromettre gravement la réputation de Gastonne. Elle lui fit même entrevoir que quelques bruits de cette nature avaient déjà circulé. Enfin elle le convainquit, et il annonça définitivement son départ pour la semaine suivante.


## XIV


Darvilé s'aperçut bien vite de la déception éprouvée par Richou ; mais il entrait dans ses plans de n'en point parler.

Le dénoûment de l'intrigue qui devait assurer sa vengeance approchait.

Sa vie nomade lui permettait de tout observer, de se trouver en tous lieux, à toute heure, sans éveiller de soupçon. On l'admettait si bien comme un être excentrique que ses allures les plus étranges n'étonnaient personne. Quelquefois il couchait à la belle étoile, passait des journées entières au milieu des bois par besoin, disait-il, de calme, de rêverie, d'air pur.

Dans ces courses vagabondes et solitaires, il surprenait bien des mystères, combinait bien des mystifications, bien des comédies qui se jouaient dans la vie réelle, et dont les acteurs étaient de bonne foi. Car Darvilé était réellement artiste en ce genre, et s'il avait pu soumettre son imagination au travail, il eût fait un auteur comique de premier ordre. Il possédait au plus haut point ce que les anciens appelaient le *vis comica*.

Durant ce mois de septembre 1840, Darvilé fut souvent aperçu dans les environs de Persange, et il passa fréquemment la nuit, couché au milieu d'un tas de paille sous le toit avancé d'un chalet situé à peu de distance du château.

De là il se mit au courant des allures des personnes qui l'habitaient. Il découvrit que mademoiselle de Persange se couchait vers deux ou trois heures du matin, et que deux fois par semaine, lorsque la lumière avait disparu derrière ses rideaux, un homme se glissait entre les massifs, approchait du château dans la direction des serres. Une femme l'attendait à une fenêtre située au-dessus de l'appartement de mademoiselle de Persange. Aussitôt qu'il apparaissait, la femme se retirait, et peu après une petite porte de service s'ouvrait sans bruit à l'homme qui attendait. Puis le même homme sortait par la même porte, reconduit par la même femme qui l'avait fait entrer.

Or, Darvilé découvrit que cette femme était Rosette, et cet homme Ernest Richon.

Un jour, Ernest entra chez Rosette, triste, abattu.

Mademoiselle Bonnet était de retour : il l'avait rencontrée le soir même chez mademoiselle Sécherelle, et elle avait eu le temps de lui jeter à la dérobée ces paroles :

— Je reviendrai dans huit jours. Si vous ne me livrez pas la lettre que vous m'avez promise, tout est rompu entre nous.

Bien qu'il ne s'expliquât point l'étrange caprice de mademoiselle Bonnet, il ne lui vint pas à l'esprit pourtant qu'elle pût faire un mauvais usage de cette lettre. D'ailleurs le dépit qu'il éprouvait d'avoir été rebuté par Gastonne, aussi bien que son désir d'épouser la riche héritière, levèrent ses scrupules.

— Qu'avez-vous donc? demanda Rosette en remarquant l'air morne d'Ernest.

— On menace notre amour, répondit-il avec accablement.

— Notre amour?.. Il faudrait voir !

— Ah ! pauvre Rosette ! si tu ne viens pas à mon secours, nous sommes perdus.

— Parlez, que faut-il faire ?

— Ecoute-moi. Voici dans quelle horrible alternative je suis placé. Je t'ai quelquefois parlé de mon père, de son avarice, de sa volonté inflexible. Or, il s'est mis en tête de me faire épouser mademoiselle Bonnet.

— Ah! mademoiselle Herminie Bonnet est ma rivale ! s'écria Rosette d'un ton tragique.

— Ta rivale ! Non, chère Rosette, car je ne l'aime pas et ne l'épouserai jamais. Ne possèdes-tu pas, toi seule, mon cœur tout entier, et n'ai-je pas promis de t'épouser?

— C'est toujours bien vrai, ce que vous dites-là, monsieur Ernest? demanda Rosette d'un air de défiance.

— Est-ce que tu en doutes? répondit-il en affectant un ton de reproche.

— Hé bien ! parlez, parlez.

— Grâce au soin que j'ai pris de sauvegarder ton honneur, commença Ernest avec emphase...

Une femme de chambre n'est jamais insensible quand on lui parle de son honneur.

— On ignore complétement mes visites auprès de toi.

— Ah! dit Rosette avec inquiétude, si mademoiselle le savait, je serais perdue!

— Ce n'est pas là ce dont il s'agit. Ecoute-moi jusqu'à la fin, ajouta-t-il avec un reste d'hésitation, comme un homme qui cherche encore la fable qu'il va débiter : mon père, qui poursuit obstinément mon mariage avec mademoiselle Bonnet, croit comme tout le monde que je viens ici pour faire ma cour à ta maîtresse. Il est furieux, car il pense que si les Bonnet apprenaient cela, ils ne consentiraient pas à m'accorder leur fille. J'ai tâché de lui persuader que le public se trompait, que je n'avais jamais aimé mademoiselle Gastonne. Mais il prétend m'avoir surveillé le soir et fait suivre jusqu'à Persange. Juge de mon embarras! J'eus un instant la pensée de me jeter à ses pieds, et de lui avouer notre amour. Mais une pareille tentative eût aggravé le mal; je résolus donc de feindre, et le laissai croire à une intrigue avec mademoiselle Gastonne. Alors mon père m'enjoignit de rompre immédiatement avec elle, me menaçant de me retirer la pension qu'il m'accorde, ou de m'envoyer ailleurs expier mes folies. Tu sais, chère petite, dans quelle affreuse dépendance je suis. Je connais assez mon père pour être sûr qu'il tiendra parole. Il me coupera les vivres si je lui désobéis, et m'abandonnera sans le sou avec une masse de créanciers sur les bras.

— Ah ! je le vois, vous voulez me quitter ! s'écria

6.

Rosette, à qui la défiance était revenue, et qui pâlissait à mesure qu'il parlait.

— Mais au contraire, ma bien-aimée, reprit Ernest avec une véhémence assez bien jouée, je veux parer au danger qui nous menace. Comment pourrais-je me résoudre à ne plus te voir, dis, cela est-il possible, quand j'ai fait de ces visites tout le bonheur de ma vie ? Comment te quitter, t'abandonner, toi, mon seul amour ? Or, ce qu'il faudrait pour calmer la colère de mon père, tout en continuant à nous aimer jusqu'au jour où notre mariage deviendra possible, ce serait la preuve d'une prétendue rupture avec mademoiselle de Persange. Voilà la difficulté, Rosette, et, si tu ne me viens en aide, c'en est fait de notre amour, de notre bonheur, de notre mariage !

— Mais, parlez donc, je suis prête à tout.

— Sais-tu écrire ? demanda Richon.

— Hélas ! non, répondit Rosette en rougissant.

— Nous sommes sauvés, dit Ernest avec joie. Si tu m'aimes, voici ce que tu feras: tu iras trouver ta maîtresse, tu feindras un grand désespoir, et tu lui avoueras notre amour.

— Oh ! non, je n'oserai jamais. Mademoiselle est bien bonne, c'est vrai, mais bien sévère aussi. Elle ne me pardonnera pas, elle me chassera !

— Non, Rosette, elle sera touchée de la confiance et du repentir que lui témoignera ton aveu. Ne m'as-tu pas dit qu'elle avait soupçonné déjà notre liaison ? Or, le moyen que je vais te proposer aura le double résultat, d'abord de détruire les soupçons de mon père, ensuite de prévenir tous ceux qui pourraient naître par la suite dans l'esprit de ta maîtresse.

— Voyons, continuez, dit Rosette avec résignation.

— Après lui avoir fait l'aveu de ta faute, poursuivit le machiavélique Richon, tu lui diras que tu as appris de source certaine mon mariage avec mademoiselle Bonnet. Tu la supplieras alors d'écrire pour toi, une lettre dans laquelle tu me reprocheras mon inconstance, ma perfidie, et me défendras de revenir à Persange ; une lettre bien fière, bien indignée, mais que tu auras soin de ne pas faire signer, sous prétexte de ne pas te compromettre ; sans signature, la lettre paraîtra plus vraisemblable.

— Vous me demandez là, Ernest, une chose bien étrange, objecta Rosette.

— Étrange, sans doute ; mais je ne vois pas d'autre moyen de nous sauver. D'ailleurs que crains-tu ? cela ne peut en rien compromettre ta maîtresse. Mon père seul lira la lettre, et il a intérêt à tenir la chose secrète. Puis aussitôt qu'il l'aura lue, je la déchirerai.

Rosette, disons-le à sa louange, hésita longtemps, fit de nombreuses objections qu'Ernest réfuta victorieusement. Celui qu'on aime a toujours raison. Elle consentit.

— Mais du moins, dit-elle, jurez-moi que vous n'épouserez pas mademoiselle Bonnet.

Ernest jura.

— Et si votre père insistait ?

— J'amènerai mademoiselle Bonnet à s'opposer elle-même à ce mariage. Comme les obstacles ne viendront pas de moi, mon père ne pourra m'en vouloir !

— Et vous m'aimerez toujours ? ajouta-t-elle.

— Eternellement !

— Et c'est moi que vous épouserez ?

— Enormément !

Rosette reconduisit Ernest. Il faisait un temps sombre ;

elle l'accompagna à travers les massifs jusqu'au chalet où Darvilé se tenait blotti.

— A bientôt, n'est-ce pas? lui dit-elle.

— Je reviendrai dans huit jours. Dans huit jours tu auras la lettre?

— Je tâcherai, répondit-elle.

Et ils se séparèrent.


## XV


Quelques jours après, Darvilé entra chez Grasset, et le trouva livré à un sombre désespoir. Ii n'y avait rien d'exagéré dans sa douleur. Il était pâle.

— C'en est fait, dit Grasset en apercevant son ami, c'est un congé qu'elle m'a donné, et en bonne forme. Je ne puis maintenant remettre les pieds à Persange.

— Qu'est-il donc arrivé, amant pusillanime? Quand on aime vaillamment, si l'on est mis à la porte, on fait en sorte de rentrer par la fenêtre. Les femmes ne s'offensent pas de ces audaces-là.

— Les femmes! les femmes! s'écria Grasset avec impatience. Que diable! mademoiselle de Persange ne ressemble pas à toutes les femmes.

— Le chagrin t'aigrit, mon bon. Calme-toi, voyons, qu'y a-t-il? continua Darvilé d'un ton paternel.

— Il y a que... répondit Grasset, en se radoucissant, ce fameux sonnet écrit avec tant d'amour, dans lequel j'avais répandu mon désespoir en termes si poétiques, si passionnés, m'a été renvoyé avec ce billet laconique :

Darvilé lut ce qui suit :

« Monsieur,

» Connaissant votre esprit chevaleresque à l'égard de notre sexe tout entier, j'avais pris jusqu'alors vos assi-
duités pour des galanteries sans conséquence ; mais votre persistance et le désespoir que vous exprimez me faisant craindre que vous n'ayez conçu pour moi un sentiment plus sérieux, les convenances, la loyauté, l'intérêt très-réel que vous m'inspirez, me font un devoir de détruire au plus tôt des espérances que je ne puis en aucune manière autoriser. Je vous crois assez d'esprit, monsieur, pour être certaine que vous me saurez gré de ma franchise et me conser-
verez votre amitié. Je vous prie de croire à l'expression de la mienne et au vœu sincère que je forme pour votre bonheur.

» G. DE P. »

— Ta, ta, ta, dit Darvilé qui craignait de perdre le fruit de sa longue machination, pourquoi t'affliger ainsi, ô trop candide Grasset! Elle te demande ton amitié : l'a-
mitié, ce prête-nom, ce masque de l'amour. De quoi te plains tu? Ta Gastonne est une coquette, mais une co-
quette de la bonne espèce, qui se plaît à torturer un tant soit peu ses victimes avant de le devenir à son tour : ce sont là jeux de femme. D'ailleurs, y a-t-il un amour vrai sans douleurs ?

Aimer, souffrir, mourir, voilà la vie,

a dit un poète quelconque. J'ajouterai, moi : boire et manger, pour compléter la chose. Mais, à propos, tu n'as pas quelque biscuit à me faire griguoter avec un peu de frontignan pour l'arroser ?

— Si fait! tu sais bien que j'en ai toujours. Tiens.

— Oh! les divines femmes! reprit Darvilé, la bouche pleine de biscuit et le verre à la main, oh! les charmantes trompeuses! comme elles s'entendent à panser les blessures qu'elles ont faites!

> Quand on attend sa belle,
> Que l'attente est cruelle!

dit Joconde, un de tes prédécesseurs dans l'art d'aimer; mais il se hâte d'ajouter :

> Aussi qu'il sera doux,
> L'instant du rendez-vous!

Tout est là.

Les femmes un peu raffinées, celles qui ont le génie de l'amour, sont coquettes, capricieuses; elles infligent des tortures parce qu'elles savent tout ce que le cœur doit y gagner. Souvent même, crois le, ces aimables tyrans souffrent de leurs rigueurs autant que leurs victimes. Tiens, un exemple : te rappelles-tu cette délicieuse femme pour laquelle je me suis brûlé la cervelle... à l'épaule? Mais verse donc, mon ami! ajouta-t-il en tendant son verre, tu négliges singulièrement ce matin les devoirs de l'hospitalité... hé bien! c'était une coquette de cette espèce. Quelle enivrante créature! Elle me déchirait le cœur à plaisir, et quand elle me voyait à ses pieds, abîmé dans une incommensurable douleur, pleurant, sanglotant comme un veau, car le veau paraît être le plus sensible de tous les animaux, s'il faut en croire le dicton, elle se détournait pour cacher ses larmes, de vraies larmes, ma parole d'honneur! Hé bien! ta Gastonne doit être une sirène du même acabit. Et tu accuses

le destin, ô trop fortuné mortel! Mais verse donc, que
diable! tu as le désespoir trop sec..

— Ah! Darvilé, s'écria Grasset dont l'œil terne flam_
boyait, j'aime autant mademoiselle de Persange que tu
as jamais pu aimer aucune femme, et je me tirerais bien
volontiers un coup de pistolet, dussé-je en mourir, ne
fût-ce que pour sentir encore sur mon front sa main
douce et parfumée.

— Parbleu! dit Darvilé, tu peux bien, si le cœur t'en
dit, te passer la fantaisie d'un petit coup de pistolet;
mais comme moi... dans l'omoplate.

— Ainsi tu approuverais. .

— Pourquoi pas?

— Tu m'assures toutefois, répondit Grasset avec quel·
que hésitation, que ma vie ne sera pas compromise par ce
simulacre de suicide, et qu'un coup de pistolet ne fait
pas trop de mal?

— Amédée, mon ami, serais-tu poltron? dit Darvilé.

— Moi, poltron! s'écria-t-il indigné. Puis, se calmant
soudain, c'est seulement afin de savoir à peu près à quelle
sorte de douleur je dois m'attendre, car tu comprends...

— Oui, je comprends, interrompit Darvilé en souriant. Eh bien! t'es-tu jamais fait arracher une dent?

— Jamais, répondit Grasset qui montra avec orgueil
deux rangées de bonnes et grosses dents qu'eût enviées
un cannibale.

— Quelles dents magnifiques! quelles superbes ca-
nines! exclama Darvilé. Mais à propos de dents, je m'a-
perçois que je n'ai plus rien à mettre sous les miennes.
Je remarque d'ailleurs que le biscuit creuse l'estomac.
Une idée! si tu m'offrais à déjeuner? Oh! mais, tu sais...

là... sans façon... un bifteck... une omelette au lard...
un morceau de jambon... la moindre chose. Nous cause-
rions mieux à table. Ah! par exemple, que le vin soit bon,
je ne tiens guère qu'au vin.

— Tu n'y tiendras pas en vain... au vin, répondit
Amédée, qui parut enchanté de son mauvais calembour.

— Toujours spirituel, s'écria Darvilé ; un vrai fran-
çais, facétieux jusque dans le désespoir! Charmant
homme, va! Comment une femme ne serait-elle pas folle
de toi? Mais revenons à la question, reprit Darvilé, quand
ils se furent mis à table. Tu me demandais s'il était désagréable de se brûler la cervelle. Sache donc que moi,
qui me la suis brûlée, j'aimerais mieux me la brûler cent
fois encore... de la même manière... que de me faire
arracher la moindre dent... surtout en ce moment.

— Eh bien, soit! je me décide, s'écria Grasset, dont
les libations commençaient à exalter l'imagination. Néanmoins, crois-tu donc qu'il n'y aurait pas un autre moyen
de vaincre l'indifférence vraie ou fausse de mademoiselle
de Persange? Ce que je crains, c'est le scandale que
causerait ce coup de pistolet. Mademoiselle de Persange
pourrait s'en offenser.

— Allons donc! que tu connais mal les femmes! Un
suicide par désespoir, un coup de pistolet surtout, cela
fait du bruit dans le monde. Comment mademoiselle de
Persange pourrait-elle s'en offenser? N'est-ce pas, dis-
moi, faire à la fois l'éloge le plus éclatant de sa vertu en
même temps que de sa beauté.

— Tu as toujours raison, Darvilé, cependant un scrupule encore : faire semblant de me tuer sans en avoir
sérieusement l'intention, n'est-ce pas la tromper?

— Ah çà! Grasset, mon ami, tu es vraiment candide comme un enfant au maillot! Quand mademoiselle de Persange t'écrit qu'elle ne peut autoriser tes espérances, ne te trompe-t-elle pas? Mais, cher ingénu, souviens-toi que, sous peine d'être dupe, on n'est jamais tenu à la vérité envers le beau sexe. Sur quatre paroles de femme, quatre sont mensongères! Et si je me borne à dire quatre, c'est parce que je suis ennemi de l'exagération. Ces candeurs-là, vois tu, te feront mépriser des femmes elles-mêmes, qui te prendront pour un collégien romanesque. Sais-tu qu'elles aiment autant à être trompées, pourvu qu'on les trompe adroitement, qu'elles aiment à être crues, ces adorables menteuses? Et qui serait assez sot pour se plaindre des mensonges inspirés par l'amour?

— Vraiment, Darvilé, tu m'ensorcèles. A quand donc la partie?

— Buvons, d'abord... et du meilleur... car la question mérite qu'on y réfléchisse mûrement. Cette question-là demande au moins du Beaune première... Très-bien! Voilà mes idées qui s'élucident. Mon avis est qu'il faut faire le coup sous les fenêtres de l'inhumaine, le matin, aux premiers rayons du jour. Cela laisse supposer qu'on a passé la nuit à la belle étoile, en proie à un affreux désespoir.

Grasset, comme toujours, partagea l'avis de Darvilé. Sous l'inspiration du Beaune première, le suicide fut fixé au surlendemain, entre quatre et cinq heures du matin.

En quittant Amédée, que son état d'ébriété forçait de rester chez lui, Darvilé se rendit seul au Casino pour prendre son café, avec l'accompagnement ordinaire d'une très grande variété de liqueurs.

7

— Eh bien ! où en sont les amours de Grasset ? s'é-crièrent plusieurs voix au moment où il entra.

— Ne riez pas, dit Darvilé ; le désespoir du pauvre garçon arrive au tragique. Il parle de se brûler la cervelle.

— Lui, se brûler la cervelle ! allons donc, il est poltron comme un lièvre !

— L'amour l'emporte sur la peur. Il se brûle la cervelle après-demain matin, à l'aube naissante, sous les fenêtres de mademoiselle de Persange. Rassurez-vous... au pis-aller, j'aurai soin de charger le pistolet avec une pincée de gros sel. Notre héros aura tout le mérite de l'acte sans en avoir couru le danger. Ce n'est pas le premier héros qui se sera trouvé dans le même cas.

— Et quels seront les spectateurs de cette tragi-comédie ? demanda-t-on.

— Vous, moi, tous les braves, capables, pour rire un peu, d'affronter la fraîcheur du matin.

Plusieurs s'enrôlèrent.

— Ne craignez-vous pas, objecta un respectable habitué du Casino, que le colonel ne trouve la plaisanterie de mauvais goût ?

— J'ai prévu le cas, répondit Darvilé ; le baron part demain pour Paris ; je l'ai su par un domestique du château.

—Cependant, reprit le même personnage, il me semble que c'est traiter bien légèrement mademoiselle de Persange qui peut-être ne le mérite pas. Une femme, d'ailleurs, se soucie peu d'être l'objet, même indirect, d'une pareille plaisanterie.

— Mademoiselle de Persange, dit Darvilé, est bien femme à s'alarmer d'un peu de tapage et de scandale, elle qui, depuis près d'un an, brave par sa conduite excentrique le pays tout entier! D'ailleurs, une jeune fille qui écrit des vers sur les amours des plantes et des étoiles, qui disserte sur Fourier et sur Balzac, n'est point précisément une prude, un collet monté. Soyez sûr qu'elle sera la première à rire de ce petit imbroglio comique.

La conversation continua longtemps encore sur ce sujet. La médisance et la calomnie en firent naturellement les frais. On donna à Gastonne, depuis son arrivée à Persange, cinq ou six amants, parmi lesquels Darvilé, qui s'en défendit mal. Le succès de Richon fut à peine controversé. Quant à Montarbey, on n'émit pas un doute : c'était l'amant en titre.

Au premier rang des détracteurs, figuraient nécessairement tous ceux dont elle avait repoussé les prétentions. Ils ne pardonnaient à une femme dont ils avaient cru la conquête si facile, ni la dignité de ses manières qu'ils appelaient ses grands airs, ni ses talents, ni son intelligence hors ligne. Les hommes médiocres ne sauraient admettre la supériorité intellectuelle d'une femme. Ne serait ce pas contrevenir au préjugé qui condamne le sexe féminin tout entier à une infériorité relative? Aussi la plupart des auditeurs de Darvilé applaudirent-ils à une comédie qui promettait de les faire rire aux dépens de cette petite *duchesse en bas bleus*. Tel était le surnom qu'on donnait à mademoiselle de Persange.

## XV

Le baron devait partir pour Paris dans la soirée.

M. de Montarbey vint tard, Gastonne le retint à dîner.

Après le repas, ils passèrent au salon.

Le baron sortit, sous prétexte d'ordres à donner.

Gastonne se mit au piano. Un morceau de *Lucie* vint sous ses doigts.

L'appartement n'était pas encore éclairé ; les fenêtres étaient ouvertes. Les dernières lueurs du crépuscule luttant avec la pâle clarté de la lune répandaient une lumière incertaine. C'était une mélancolique soirée d'automne. Le calme, le silence règnaient au dehors : la rosée dégageait un parfum d'herbes et de feuilles flétries. On entendait dans le lointain le plaintif croassement des grenouilles, et de temps à autre s'élevait dans le voisinage le cri sinistre d'un hibou. Tout apportait à l'âme un indéfinissable sentiment de tristesse.

— Voulez-vous que nous chantions un duo de *Lucie ?* demanda Gastonne à Octave.

Il se leva et s'approcha du piano.

— Sonnez, je vous prie, pour avoir de la lumière, dit Gastonne.

— C'est inutile, nous savons le morceau par cœur.

— Vous avez raison : le demi-jour doit prêter un charme de plus à cette musique.

Ils chantèrent le duo des *Adieux*, ce duo d'un sentiment si vrai, d'une mélodie si navrante.

M. de Montarbey avait une voix un peu voilée, mais vibrante, sympathique, qui s'harmoniait délicieusement avec celle de Gastonne, voix souple, mélodieuse, d'un velouté, d'un charme inexprimables, et dont les notes émues, l'accent expressif remuaient profondément. Dans ce chant s'exhala leur amour.

Le chant n'est-il pas la véritable expression de la passion? Ne dégage-t-il pas, comme le regard, un fluide

puissant et mystérieux qui verse dans le cœur la flamme
de l'amour, en même temps qu'il transporte l'âme dans
les régions de l'infini?

De leurs voix confondues s'élevait une harmonie si
pure, si suave, qu'elle semblait une aspiration vers les
voluptés du ciel. Pourtant il se mêlait à cette harmonie
un accent de douleur qui arrachait des larmes.

Pendant qu'ils chantaient, le baron entra sans bruit
dans le salon, pour dire adieu à sa fille avant de monter
en voiture; et machinalement, quoique sa pensée fût ailleurs, il écouta.

Ce chant était une révélation si palpitante de leur
amour, qu'il en fut frappé. Il se laissa aller au charme
de cette musique, à l'émotion profonde dont elle le
pénétrait. Il se fit alors en lui une révolution; son
égoïsme paternel céda devant ces élans d'un amour si
vrai. Vouloir séparer deux êtres qui s'aimaient ainsi lui
sembla injuste et cruel.

Il résolut de ne point partir.

Pour échapper à son émotion, et afin de n'être pas
surpris les larmes aux yeux, il passa dans sa chambre,
qui communiquait avec le salon. Il laissa retomber
les portières, mais il ne ferma pas la porte. Il put donc
entendre encore le chant des deux amants, et s'abandonner tout entier au plaisir d'écouter cette ravissante
harmonie.

La lune frappait de ses reflets mats la figure de Gastonne, dont l'expression extatique révélait l'exaltation
que le chant développait en elle.

Soudain, quelque pressentiment de malheur envahis-
sant son esprit, une émotion inexplicable la saisit; son
gosier se serra, elle s'arrêta de jouer et de chanter, se

cacha le visage dans les mains et fondit en larmes.

— Qu'avez-vous? demanda Octave avec anxiété.

— Ce chant m'énerve. dit-elle.

Elle quitta le piano et alla s'asseoir près de la fenêtre.

Octave la suivit, lui prit les mains, et, les baisant avec respect :

— De grâce, Gastonne, pourquoi pleurez-vous?

— Je n'en sais rien, je ne puis définir ce qui vient de se passer en moi : quelque chose d'étrange. Peut-être est-ce l'effet d'une sorte de surexcitation nerveuse causée par la musique. Je me suis tellement imprégnée de mon chant, qu'il m'a semblé tout à coup que nous étions, moi, Lucie, vous, Ravenswood. J'ai cru que le même sort nous était réservé, et que nous allions être fatalement séparés. A cette pensée, une grande douleur s'est emparée de moi.

— Enfant! dit Octave. Quels événements, quelle volonté humaine pourraient maintenant nous séparer?

— Vous avez raison, c'est un enfantillage, une idée folle.

Rassuré sur la cause du chagrin de son amie, Octave éprouvait une douce ivresse. Les larmes de Gastonne étaient une preuve de la véhémence de son amour. Et puis c'était la première fois qu'il la voyait pleurer. Cet attendrissement, cette faiblesse qu'il découvrait chez cette fière et vaillante nature, la rendait à ses yeux plus aimable encore et plus touchante. Quel homme n'a plus ou moins l'orgueilleuse prétention de vouloir protéger la femme qu'il aime! Bien que Montarbey n'eût point à cet égard les idées de la plupart des hommes, et qu'il admirât de bonne foi, sans en être blessé, la riche et forte organisation de Gastonne, néanmoins il se sentait heureux de trouver en elle cette exquise sensibilité qui la lui montrait plus complètement femme. Il se crut plus nécessaire à son bonheur, depuis qu'il entrevoyait des pleurs à sécher, des peines à consoler.

Il s'assit à côté d'elle, en proie à une émotion qu'il n'essaya pas de rendre, car tout langage lui eût semblé terne et stupide à côté de ce qu'il éprouvait. Il avait gardé la main de Gastonne dans les siennes et la pressait tendrement.

Peu à peu, la tête de Gastonne, cédant à un invincible attrait, se pencha vers l'épaule d'Octave et s'y appuya.

Arrivé à un certain degré, l'amour le plus violent s'épure. Ils restèrent longtemps ainsi, perdus dans une muette extase. Les larmes de Gastonne coulaient encore, mais ce n'était plus d'appréhension, c'était d'un excès de bonheur. Quelles voluptés, quelles étreintes peuvent être comparées à ces embrassements éthérés, à ces ardentes effusions du cœur, à cet enlacement immatériel de deux êtres unis par un noble amour?

Ne semble-t-il pas qu'au milieu de telles ivresses on ne devrait employer que le langage de la musique? Ne semble-t-il pas que de vulgaires paroles soient discordantes et résonnent à l'âme comme un instrument faux et criard au milieu d'un céleste concert?

— Quand parlerez-vous à votre père, ma bien-aimée? dit à demi voix M. de Montarbey, qui fit un effort pour rompre le silence.

En cet instant, si les deux amants eussent été moins absorbés dans leur émotion, ils auraient pu distinguer, à la faveur de la lune qui éclairait alors l'appartement, le mouvement de la portière que le baron écartait avec précaution.

— Depuis quelques jours je l'observe, répondit Gastonne. Il paraît soucieux, préoccupé. Une fois ou deux, j'ai cherché à mettre la conversation sur notre projet de mariage ; mais il s'empresse de la détourner. Moi-même, quand je suis sur le point d'aborder franchement la question, j'hésite, mon cœur se serre.

— Si vous le désirez, chère Gastonne, je lui parlerai.

— Oh ! non, pas avant que je ne l'aie préparé à vous entendre. Moi seule, je saurai atténuer l'effet d'une semblable révélation.

— Et sera-ce bientôt, Gastonne ? Si je vous savais moins noble et moins grande, je croirais que vous prenez plaisir à me faire souffrir.

— Et moi, Octave, si j'avais moins de confiance en vous, je douterais de la sincérité de votre amour...

— Oh ! je vous en prie, Gastonne, interrompit M. de Montarbey, ne me rappelez pas l'exemple de vos Anglais flegmatiques, qui attendent sans impatience pendant plusieurs années la réalisation d'un projet de mariage. Nous n'avons ni leur tempérament lymphatique, ni leur ciel brumeux. Notre amour ne peut ressembler au leur. Notre ciel a plus d'effluves magnétiques, notre âme a plus d'ardeur, notre sang circule plus chaud et plus rapide.

— Depuis quelques siècles notre climat et notre organisation ont donc bien changé ? repartit Gastonne en souriant. Oubliez-vous ces chevaliers héroïques qui dévouaient toute leur vie pour un regard, un baiser ?

— Ah ! chère amie, autres temps, autres mœurs. A une époque où l'on se mouvait et où l'on vivait pour ainsi dire avec tant de lenteur, où le cercle des idées et des besoins était si restreint, où l'on se conformait aveuglément à une morale basée sur la résignation, à une époque de fétichisme enfin où l'on croyait au Roi et à sa dame comme en Dieu, les amours héroïques dont vous parlez, n'ont rien qui surprenne. Ils étaient au contraire dans l'ordre des choses. Mais dans un siècle comme le nôtre, où l'activité humaine est décuplée par la facilité et la rapidité de la locomotion...

— Ainsi, interrompit Gastonne en riant, vous faites de l'amour une question de vapeur?

— Tout se tient dans le mouvement social, répondit Octave. Dans un siècle, où l'activité intellectuelle, aidée de méthodes plus simples, plus rapides, embrasse un plus vaste champ, et où les besoins sont en raison directe de cette activité ; aujourd'hui que règne le doute absolu, et que l'on met en question les sentiments comme les rois et les divinités ; maintenant que se propagent des théories philosophiques prêchant le bonheur en ce monde, le bonheur pour tous, les désirs sont plus impétueux, plus impatients, et l'on ne trouve plus la même résignation pour les longues souffrances de l'amour. *Jouir vite et à tout prix*, telle est la devise du siècle ; et nous sommes tous plus ou moins soumis à cette nécessité nouvelle. Elle est dans l'air qu'on respire, elle est passée dans notre organisation. Aujourd'hui enfin, un homme qui se dévouerait trop longtemps à un amour malheureux, serait considéré comme un être disgracié, une nature incomplète, et sa constance serait peut-être taxée de monomanie.

— Vous vous trouvez donc bien malheureux ? demanda Gastonne avec un ton de doux reproche.

— Malheureux, non, sans doute. Admis ainsi auprès de vous et honoré de votre amour, qui donc oserait se

7.

plaindre? Mais, comme vous tout à l'heure, je crains, je
redoute des obstacles, imaginaires peut-être, et cette appréhension est vraiment cruelle.

— Eh bien, soit ! Dès demain je parlerai à mon père.

Puis elle se leva, sonna, demanda des lumières. Peu
après Octave se rétira, le cœur débordant de bonheur.

Quand il fut parti, Gastonne demeura quelque temps
au salon, encore palpitante des émotions qu'elle venait d'é-
prouver. Au moment de sortir, elle entendit un léger bruit
dans la chambre de son père : elle y entra, et trouva le
colonel assis dans son fauteuil, le visage baigné de larmes.

— De grâce, mon père, qu'avez-vous? supplia-t-
elle.

— Tu l'aimes donc bien, ce Montarbey ?

— Vous avez entendu?

— Chère enfant, dit le baron en attirant sa fille sur
son cœur, j'en conviens, ma tendresse est égoïste et jalouse. J'ai souffert tout à l'heure, sans doute, en découvrant combien le nouveau-venu était préféré au vieux
père, au vieil ami.

— Préféré, non, interrompit Gastonne, mais aimé différemment.

— Ne t'en défends pas, mon enfant, rien n'est si naturel. Aussi m'en prendrai-je, non point à ton cœur, qui
a toujours été pour moi parfaitement bon et aimant, mais
à l'ingrate nature qui nous condamne, nous, pauvres pè-
res, qui n'avons plus d'autres joies en ce monde que l'a-
mour de nos enfants, à être délaissés par eux

— Ne parle pas ainsi, vilain père; ne sais-tu pas que je
ne te délaisserai jamais?

— Ainsi tu me promets, dit le colonel en souriant,

que si tu es quelque jour ambassadrice, je ferai partie de l'ambassade?

— Mon père! s'écria Gastonne, tu consens donc?

— Et de quel droit refuserais-je, quand ton cœur a si bien parlé?

Gastonne rougit et embrassa son père avec une effusion pleine d'attendrissement et de joie.

Depuis longtemps le cœur de M. de Persange n'avait été aussi léger. Délivré de toutes ses incertitudes, de toutes ses agitations, de tous ses remords, il se coucha la conscience heureuse, et s'endormit bientôt d'un paisible et profond sommeil.

## XVI

Gastonne se retira dans sa chambre, et, repassant dans son esprit tous les incidents de la soirée, elle demeura absorbée dans une rêverie si profonde, qu'elle n'entendit pas Rosette qui venait préparer sa toilette de nuit. Mais Rosette, qui voulait être entendue, fit quelque bruit afin d'attirer l'attention de sa maîtresse.

— Laisse-moi, Rosette, lui dit Gastonne, j'ai besoin d'être seule.

Au lieu de sortir, la jeune soubrette s'approcha du sofa où mademoiselle de Persange s'était assise, se jeta à genoux d'un air éploré, et, se cachant le visage dans les mains, parut étouffer des sanglots.

Gastonne fut sincèrement alarmée par cette apparence de douleur.

— Qu'as-tu donc, ma chère enfant? lui demanda-t-elle avec un intérêt tout maternel. Confie-moi tes peines comme à ta meilleure amie. Je te promets de faire tout ce qui dépendra de moi pour calmer ton chagrin.

Rosette, disons-le à sa louange, hésita, car il lui en coûtait de tromper mademoiselle de Persange, qui lui avait toujours montré tant d'indulgence et de bonté. Mais le délai fixé par Ernest Richon était expiré ; elle attendait son amant dans la nuit même, et la crainte de lui déplaire, la crainte surtout de compromettre son mariage avec lui, l'emporta sur tout autre sentiment.

Elle se conforma donc au rôle que lui avait tracé Ernest ; elle avoua son amour, joua assez bien le désespoir, et sut trouver des larmes en parlant de son repentir et de la perfidie de son séducteur.

Gastonne ne soupçonnant point la fausseté de ces démonstrations, fut vivement attendrie ; et, tout en lui adressant de douces remontrances, elle lui pardonnait dans son cœur.

— Comment, pensait-elle, ces natures incultes, chez lesquelles le sens moral est à peine développé, et qui par condition doivent refouler à chaque instant tout sentiment de dignité personnelle, comment ces natures-là pourraient-elles résister à un entraînement auquel souvent les plus forts succombent !

Aussi, non seulement fut-elle indulgente pour Rosette ; mais encore chercha-t-elle à la consoler. Enfin, quand Rosette, qui ne savait pas écrire, la pria de rédiger pour elle une lettre de rupture, elle y consentit avec empressement, heureuse de mettre fin à une telle liaison. Elle se plaça donc devant son pupitre, et écrivit la lettre demandée.

Elle éprouva d'ailleurs un véritable plaisir à accabler M. Richon au nom de Rosette de tout le mépris qu'il lui inspirait. Tromper une femme de chambre, faire la cour à sa maîtresse, et poursuivre en même temps un projet de mariage, c'était montrer tant d'astuce, de duplicité, qu'elle en concevait une véritable indignation, une indi-gnation d'autant plus violente, qu'elle-même se sentait offensée. Aussi mit-elle spontanément beaucoup du sien dans cette lettre, et se soucia-t-elle peu de prêter à Ro-sette le vrai langage d'une femme de chambre.

Sous l'impression de ce mouvement de colère, elle écri-vit donc ce qui suit :

« Monsieur,

» J'ai vu clairement par notre dernier entretien que vous ne m'aimez plus et que vous désirez rompre avec moi. Je sais d'ailleurs de source certaine votre projet de mariage avec mademoiselle Bonnet. Mais je n'aurai point recours à des reproches qui m'aviliraient. Ce que je re-grette, c'est surtout l'indignité du choix que j'avais fait en vous aimant.

» Je n'essaeirai pas, monsieur, de ressaisir une ten-dresse que peut-être vous n'avez jamais eue pour moi.

» Je connais certains détails d'après lesquels je puis vous apprécier à votre juste valeur, et je crains que chez vous la vanité n'ait absorbé tous les autres sentiments.

» C'est vous dire assez, Monsieur, que je ne vous reverrai plus, et que vous m'obligerez de ne jamais re-mettre les pieds à Persange ; car, moi aussi, je ne vous aime plus, et, à la seule pensée de me retrouver en face d'un homme qui m'a aussi lâchement trompée, je sens

monter à mon visage le rouge de la honte et de l'indignation.

» Si donc, monsieur Richon, vous avez le projet de
chercher à me revoir, je vous préviens que je saurai vous
faire chasser d'ici. Epargnez-moi ce désagrément, épargnez-moi surtout les fausses protestations d'un amour
que votre cœur n'est pas capable de ressentir. Mariez-
vous et soyez en paix, vous n'entendrez jamais parler de
moi. »

Mademoiselle de Persange relut la lettre. Rosette la
trouva un peu dure ; mais Gastonne, qui avait eu ses
raisons pour l'écrire ainsi, n'y voulut rien changer.

— Tiens, mon enfant, dit-elle en lui remettant la mis-
sive, signe maintenant.

Rosette se borna à tracer, au bas de l'épître, un G
formant la première lettre de son nom de famille,
Gautrot, la cacheta, puis la rendit à sa maîtresse pour
qu'elle y mît l'adresse.

Cela fait, au moment de sortir, Rosette fut de nouveau
touchée de repentir devant la bonté et la confiance de
mademoiselle de Persange ; mais la honte de confesser
un mensonge la retint. Elle emporta la lettre.

Restée seule, Gastonne se replongea dans sa méditation, qui prit un autre cours. Elle sentait qu'elle touchait
à l'un de ces moments critiques qui décident de toute la
vie. Maintenant que plus rien ne s'opposait à son bonheur, toutes sortes d'idées pénibles l'assaillaient.

La douleur de Rosette l'avait vivement émue. Les
souffrances de l'amour lui apparaissaient affreuses, poi-
gnantes. Elle se crut destinée à souffrir ainsi. Et, bien
qu'il ne se fît dans sa pensée aucun rapprochement
possible entre Ernest Richon et Octave de Montarbey, de

sinistres prévisions traversaient son esprit, semblables à ces nuages noirs, informes, clairsemés, qu'emporte un vent d'orage sur l'azur encore pur du ciel.

Perdue dans sa rêverie, elle oublia de se coucher, et, comme cela lui arrivait quelquefois, elle s'endormit tout habillée sur son divan.

## XVII

Cependant le jour fatal fixé pour le suicide de Grasset était arrivé.

La veille, il avait écrit à Gastonne, sous la dictée de Darvilé, une lettre désespérée, dans laquelle il lui demandait un rendez-vous la nuit sous ses fenêtres, et lui déclarait que si, à cinq heures précises, elle n'avait pas paru, il se brûlerait la cervelle.

Darvilé, qui s'était chargé de mettre cette lettre à la poste, l'avait naturellement gardée dans sa poche.

Or, il est bientôt cinq heures.

Grasset, l'oreille tendue, le nez au vent, se promène d'un pas inégal et fiévreux devant les serres du château de Persange. Tour à tour son cœur palpite d'espoir ou de désespoir. Tantôt il lève les yeux vers l'appartement de Gastonne, tantôt il les abaisse vers la terre, comme pour choisir un lieu propice où son corps puisse tomber avec élégance.

L'habitude de se draper en public fait qu'il pose vis-à-vis de lui-même en héros de roman. Il serait sublime, ne fussent l'exagération de ses soupirs, le mouvement fréquent et machinal par lequel il passe sa main droite sur son épaule gauche, et le contraste de son nez rougi par la bise avec ses joues blafardes pâlies par l'émotion.

Il a déposé son pistolet au pied d'un arbre, et il jette de temps à autre à cet instrument de douleur un regard plein d'hésitation et d'effroi.

Il attend pour agir un signal de Darvilé.

Darvilé se tient là tout près, caché dans un massif, à côté des spectateurs qu'à l'insu de la victime il a conviés à cette joyeuse mystification, telle qu'il s'en joue souvent dans les petites villes, où l'on n'a rien de mieux à faire.

Tout se tait à l'entour. Seulement un cor lointain fait entendre l'air :

> Quand on attend sa belle,
> Que l'attente est cruelle !

Déjà l'aube blanchit, l'heure suprême a sonné. Plus d'espoir pour l'infortuné Grasset.

Cependant une fenêtre s'est doucement entr'ouverte : une femme a paru, qui a regardé de tous côtés d'une manière inquiète ; puis la fenêtre s'est refermée sans bruit.

En cet instant Darvilé fit à Grasset le signal convenu.

Grasset tressaillit. Il fut tenté de s'enfuir et de crier à l'assassin ; mais le respect humain le retint.

Darvilé suivait tous ses mouvements.

— Pardonnez à cette touchante victime de l'amour, dit-il à ses compagnons. Cet effroi de la douleur ne prouve-t-il pas la délicatesse de son organisation nerveuse ! Bénissez aussi la nature, qui dispense aux créatures l'amour de la vie en raison même des disgrâces qu'elle leur a infligées.

En cet instant, la bougie de mademoiselle de Persange

qui paraissait éteinte, jeta du fond de sa bobêche une vive lueur qui éclaira ses deux fenêtres.

Grasset entrevit cette lumière.

— Elle est éveillée, se dit-il, elle sait que je vais me tuer pour elle, et cependant elle ne vient pas! C'en est trop! frappons le grand coup.

Il prit lentement son pistolet, le léva au niveau de son épaule, et puis le rabaissa. Il sentait une sueur froide perler sur son front. Mille pensées philosophiques sur les tribulations de l'amour, sur les dangers de la passion, sur les charmes de l'existence, se pressaient dans son esprit.

— Si j'allais me fracasser l'épaule, pensait-il. Et pour qui me tué-je? Pour une coquette peut-être, mais à coup sûr pour une inhumaine. Ne serait-ce pas, d'ailleurs, un crime de lèse-société que de la priver d'un homme tel que moi, d'un naturaliste, d'un poète et d'un archéologue tout ensemble? Diable de Darvilé! dans quelle galère m'a-t-il poussé!

Le premier signal n'ayant pas suffi, Darvilé en donna un second.

Une idée profondément poltronne traversa alors l'esprit d'Amédée.

— Si j'ôtais adroitement la balle, pensa-t-il.

— Eh bien! lui dit Darvilé à demi-voix, qu'attends-tu donc?

Troisième signal.

Cette injonction d'un témoin rappela Amédée à lui-même, et la crainte que de son côté Gastonne ne l'observât derrière ses rideaux l'emporta enfin sur la peur. Il rassembla tout son courage, ajusta avec une grande

attention le canon du pistolet à l'endroit indiqué par Darvilé, puis, fermant les yeux, il lâcha la détente.

O prodige ! le pistolet a raté.

La capsule seule s'est enflammée.

Au faible bruit qu'elle fit en éclatant, les chiens
aboyèrent, un hibou s'envola en poussant un cri sinistre,
et tout retomba dans le silence.

Bien que l'arme n'eût pas du tout rempli son devoir,
Grasset se crut perdu ou à peu près, et, l'imagination
aidant, il se laissa glisser au pied de l'arbre. Par un beau
et pathétique mouvement, il étendit les bras vers l'appartement de Gastonne, en poussant un énorme soupir,
qu'il croyait être le dernier.

— Souffres-tu beaucoup, lui demanda Darvilé à voix
basse et en souriant, car il savait bien n'avoir pas du tout
chargé l'arme rétive.

— Oh! mon ami, je ne crois pas que j'en revienne!
répondit piteusement Amédée.

— Courage ! tu poses à ravir. Elle ne peut tarder
maintenant. Tiens, il m'a semblé voir s'entr'ouvrir la petite porte située au-dessous de son appartement.

Grasset continua donc à gémir comme un agonisant,
les yeux fixés sur cette maison silencieuse que rien ne
semblait avoir arrachée au sommeil.

Soudain il crut entendre un léger bruit, et il entrevit,
dans la demi obscurité du jour naissant et du brouillard,
une forme humaine qui marchait.

Quelle pouvait être cette ombre furtive, marchant avec
précaution, sinon mademoiselle de Persange?

Amédée n'en douta pas. Il pensa qu'elle avait entendu
le coup, et deviné aux battements de son cœur que c'é-
tait bien lui, Grasset, son adorateur, qui se tuait de dé-

sespoir. Elle venait sans doute le recevoir, mourant, dans ses bras.

Cependant elle ne paraissait pas l'apercevoir, car, au lieu de se diriger vers lui, elle semblait vouloir passer outre.

Il fit donc entendre quelques nouveaux gémissements.

L'ombre s'arrêta, écouta, hésita.

Les gémissements redoublèrent.

L'ombre alors s'avança.

Grasset ferma les yeux afin de ressembler autant que possible à un moribond.

— Qui est là? dit-on à voix basse, avec un accent de crainte.

— Ah! cruelle! murmura Grasset d'une voix languissante; voyez à quelle extrémité m'a poussé le désespoir!

En cet instant, si Grasset eût été moins préoccupé de l'effet qu'il croyait produire sur mademoiselle de Persange, il eût entendu à quelque distance des rires étouffés.

L'ombre approchant davantage se pencha sur Grasset, qui tourna vers elle le regard le plus douloureux.

— Comment! c'est vous, Grasset? dit une voix mâle. Que diable faites-vous donc là? Etes-vous blessé? souffrez-vous?

Grasset écarquilla les yeux, puis se dressa sur ses pieds, comme mu par une secousse galvanique.

— Richon. s'écria-t-il avec stupeur, Richon!

La surprise l'étouffait, et sans l'arbre qui le retint, il fût retombé sur lui-même comme foudroyé. Un odieux rapprochement, une terrible lueur venaient de traverser sa pensée.

Richon sortant à pareille heure par une porte dérobée du château de Persange, tandis que lui, Grasset...

Son sang eut des mouvements tumultueux de fureur et de honte.

Il ramassa son pistolet, et, oubliant qu'il n'était plus chargé, il ajusta son rival.

En cet instant une fenêtre s'ouvrit, et mademoiselle de Persange tout habillée y parut.

Richon se dissimula derrière un arbre, Grasset se laissa glisser à terre, pour faire le mort de nouveau.

Gastonne regarda de tous côtés et n'aperçut rien.

Au moment où Grasset se suicidait si peu, elle rêvait, — et comme il arrive fréquemment que nos rêves s'accordent avec les impressions extérieures qui nous parviennent pendant notre sommeil, — elle rêvait, en proie à un horrible cauchemar, que M. de Montarbey la tuait d'un coup de pistolet dans le cœur en l'accusant de lui être infidèle. Eveillée par cette impression douloureuse, il lui avait semblé percevoir au dehors quelques bruits vagues de pas et de voix ; mais, n'entendant et ne voyant rien, elle crut s'être fait illusion et referma sa fenêtre.

Au même instant, une autre croisée s'ouvrait du côté opposé, et le baron, éveillé par l'aboiement des chiens, la tête enveloppée d'un foulard, se montra, les yeux encore à demi clos.

— Qui va là ? cria-t-il d'une voix forte.

Grasset reconnut la voix du colonel. Sur la foi de Darvilé, il le croyait parti pour Paris. Si le baron le découvrait à cette heure sous les fenêtres de sa fille, que dirait-il ? Transi de peur, Grasset se dissimula davantage et contrefit le mort plus que jamais.

Grâce au brouillard, M. de Persange n'aperçut rien à la distance où il se trouvait.

— Allons ! pensa-t-il, c'est quelque chasseur matinal qui aura passé de ce côté avec sa meute.

Et, tout en jetant un regard sur le temps, il fredonna assez haut ce refrain de chasse :

Hallali ! la bête est morte !

Puis il referma sa croisée.

Grasset entendit cette fois des rires comprimés qui partaient derrière lui. Il crut que c'était Richon qui riait, et sa colère redoubla. Il l'aperçut alors qui s'enfonçait dans le massif.

— Vous me rendrez raison ! lui cria t-il.

Mais, soit qu'il ne criât pas assez haut, soit que Richon ne voulût pas entendre, celui-ci disparut sans répondre.

Darvilé vint relever son malheureux ami, et, lui serrant la main :

— De la part d'une femme, il faut s'attendre à tout, lui dit-il d'un ton lamentable.

— Ah ! qui aurait cru à tant de perfidie ! murmura Grasset avec accablement.

— Souffres-tu beaucoup ?

— Je ne sais pas, mon ami ; mais, vois-tu, la blessure la plus profonde est là, dit-il d'un ton tragique en mettant la main sur son cœur. Je le sens, j'en mourrai.

— Allons, viens, je vais te conduire chez le pharmacien..., c'est-à-dire chez le restaurateur. Un bon déjeuner est encore ce qu'il y a de mieux pour les blessures de ce genre.

Et ce disant, il lui prit le bras, l'entraîna hors du parc, et se dirigea vers l'auberge, où il avait donné rendez-vous aux autres spectateurs.

Amédée le suivit machinalement vers l'endroit où la

bande joyeuse avait résolu de célébrer la résurrection du suicidé.

— Ah! Darvilé, comme tu t'es trompé sur le compte de cette femme!

— Je l'avoue : mais, que diable! pouvais-je la supposer capable de préférer un imbécile à un homme de génie?

Ce compliment désarma Grasset. Les autres convives vinrent le chercher à la porte de l'auberge pour le porter en triomphe dans la salle du festin dont naturellement il allait faire tous les frais.


XVIII


N'est-ce pas un sujet d'étonnement que la rapidité avec laquelle se propage une nouvelle dans une petite ville? L'électricité produit-elle rien de plus merveilleux que les phénomènes de la télégraphie labiale?

Avant midi de la même journée, tout le monde, à Lons-le-Saulnier, connaissait l'aventure Grasset et Richon, laquelle aventure, livrée à l'imagination féconde des Lédoniens, subit tant de modifications et d'additions, qu'il en circulait à la fois cinq ou six versions différentes. Toutes s'accordaient cependant sur ce point principal, à savoir que M. Richon avait été vu sortant à cinq heures du matin de l'appartement de mademoiselle de Persange.

La médisance s'empara de cette pâture avec des frémissements de plaisir. Ce fut pour les femmes surtout une véritable friandise. Les dévotes levaient les yeux au ciel et se cachaient le visage des deux mains; les moins bien famées poussaient des exclamations d'horreur ; toutes se réjouissaient intérieurement de l'abaissement d'une rivale.

Parmi les hommes, mademoiselle de ˆPersange ne rencontra guère plus de sympathie. Quel est l'homme qui n'entende avec plaisir le récit d'une aventure galante, et qui ne soit heureux de médire d'une femme supérieure?

Ce fut donc un *tolle* général.

Si quelque âme charitable ou quelque ami de Gastonne hasarda un doute sur la réalité du fait, si quelque autre, mieux renseigné, émit la supposition que Rosette, la femme de chambre, jouait le rôle principal dans cette intrigue, on ne l'écoutait point, et la médisance allait son train. On ajoutait même que du haut de sa fenêtre, mademoiselle de Persange avait jeté un baiser d'adieu à son amant, ce qui ne laissait aucune incertitude sur leur intimité.

Ce fut une belle journée pour Ernest Richon. Sa fatuité ne résista pas à un pareil succès. Darvilé lui même paraissait dupe des apparences, et baissait pavillon devant le triomphateur.

Ernest opposait bien toutefois des dénégations aux félicitations de ses amis ; mais il inventa, pour expliquer sa présence au château de Persange, une fable si absurde, que personne n'y put ajouter foi. Ses faux airs de modestie confirmèrent donc le bruit public.

Ce bruit d'ailleurs ne pouvait nuire à ses projets de mariage avec mademoiselle Bonnet, puisqu'il avait en poche une lettre qui démentait cette rumeur.

Le matin de ce même jour, madame de Montarbey recevait un billet du baron par lequel il l'instruisait qu'il renonçait au voyage de Paris, et donnait son plein consentement au mariage de sa fille avec M. de Montarbey.

Désolée de voir échouer sa dernière espérance, la comtesse descendit en ville et se rendit, aussitôt chez mademoiselle Sécherelle, pour la prévenir de ce qui arrivait et l'empêcher de poursuivre ses démarches auprès des Bonnet.

Dès qu'elle aperçut madame de Montarbey, l'ex-muse s'écria de sa voix doucereuse et nasillarde.

— Dieu soit loué! chère comtesse. L'héritier de votre illustre race ne sera plus la dupe d'une fille sans principes :

— Que voulez-vous dire, chère demoiselle ?

— Vous ne savez donc rien? reprit Corinne Sécherelle. Ah! mon Dieu! j'oubliais que vous arrivez des sommités nuageuses du mont Musar, et que les bruits de notre vallée de misère ne peuvent arriver jusqu'à vous. Le fait dont il s'agit ne date d'ailleurs que de ce matin ; mais rien de plus vrai : il vient encore de m'être attesté par un témoin oculaire.

Et mademoiselle Sécherelle de raconter l'aventure, assaisonnant son récit de ces phrases toutes faites sur l'intervention divine, sans se douter que Darvilé avait usurpé ici le rôle de la Providence.

Madame de Montarbey avait bien pu penser que mademoiselle de Persange n'étant retenue, ni par le frein religieux, ni par aucun préjugé, pourrait être la maîtresse de son fils ; mais elle connaissait assez la noblesse du caractère de Gastonne pour la croire incapable du rôle indigne qu'on lui prêtait. Elle douta donc de l'authenticité de l'aventure, bien qu'elle parût y ajouter foi.

— C'est vraiment odieux ! dit-elle ; et quand je
pense que mon pauvre Octave est dupe de cette
fille-là !

— Mais après un pareil scandale, reprit la sainte fille,
il ouvrira les yeux.

— C'est tout au plus. Il aimera mieux croire que cinq
personnes ont eu la berlue, que de mettre en doute la
vertu de mademoiselle de Persange.

— En serait-il réellement arrivé à ce degré d'aveugle-
ment ?

— Vous qui êtes si pure, dit la comtesse avec un léger sourire, vous ne comprendrez jamais quel empire
prennent ces sortes de femmes sur le cœur des hommes.
Il semble qu'elles soient adorées en raison même de leur
indignité.

En entendant parler ainsi la comtesse, les yeux
ardents de mademoiselle Sécherelle brillèrent de dépit
et de haine.

On ne rencontre que chez une vieille fille dont les
charmes ont été méconnus, cette âpreté à révéler et à
stigmatiser les fautes de l'amour. Le plus grand regret
de mademoiselle Sécherelle était peut-être de n'avoir
aucune peccadille de ce genre à se reprocher. Aussi
se montrait-elle implacable pour les. faiblesses féminines.

— Croyez, chère madame, dit-elle en saisissant la main
de la comtesse, que je prends une part bien vive au chagrin que doit vous causer l'attachement de monsieur votre fils pour une femme, dont la conduite scandaleuse
remplit de douleur toutes les âmes honnêtes. Je vous dirai confidentiellement que la famille Bonnet, revenue depuis une quinzaine de jours, a déjà entendu parler des

8

assiduités de M. Octave à Persange. M. et madame Bonnet
s'en sont alarmés. Herminie ignore peut-être encore
l'attachement indigne de M. le comte; mais c'est un
ange de sensibilité et de pureté, et, si elle venait à l'apprendre, peut-être refuserait-elle d'épouser un homme
dont le cœur ne lui appartiendrait pas tout entier. En un
mot, je ne vous le cache pas, la situation est périlleuse.

— Je le sens bien, répondit la comtesse, et je venais
justement vous dire que je n'espérais plus rien. M. de
Persange renonce à faire le voyage de Paris. Comment
éloigner mon fils? S'il refuse de croire à l'aventure que
vous venez de me raconter, et s'il persiste à épouser
mademoiselle de Persange, que voulez-vous que je
fasse?

— Non, non, tout espoir n'est pas perdu encore, reprit mademoiselle Sécherelle, dont le regard étincela de
malice. S'il le faut, nous frapperons un grand coup. Non-
seulement dans l'intérêt de votre fils, madame, mais dans
l'intérêt de la morale publique, il est urgent de faire cesser un pareil scandale. Une âme honnête ne peut, sans
pécher, laisser l'impunité à de pareils exemples. Nous en
parlions l'autre jour avec l'abbé Chamole. Quel dangereux attrait pour la jeunesse que le vice s'offrant à
elle sous une forme si belle, si séduisante! Déjà, parmi
toute l'honnête société de la ville, mademoiselle de Persange est une jeune fille jugée, avec laquelle une femme
qui se respecte ne peut entretenir de relations. Mais il
faut l'amener à se juger elle-même et à quitter un
pays où sa conduite immorale lui a attiré le mépris de
tous.

— Mais par quel moyen?

— Laissez-moi faire, dit la vieille fille en mettant un doigt sur sa bouche.

En ce moment, plusieurs personnes qui entrèrent interrompirent cette conversation. Madame de Montarbey se retira et reprit le chemin du mont Musar. Elle pensait retrouver encore son fils au château. L'espoir lui était revenu. Elle prépara, chemin faisant, la narration de l'aventure en question, de manière à la rendre vraisemblable et à perdre Gastonne dans l'esprit d'Octave.


## XIX


Au moment où la voiture de la comtesse entrait dans la cour du château, Octave s'apprêtait à en sortir.

Les émotions de la veille avaient pâli son visage; mais il portait sur son front comme une auréole de bonheur.

Il descendait à Persange, le cœur rempli de cette ivresse recueillie comme en éprouvent seules les nobles âmes.

Absorbé par cette contemplation intérieure, il ne vit pas sa mère.

— Où vas-tu, Octave? lui cria-t-elle.

Octave arrêta son cheval et sourit à cette demande.

— Pour Dieu! mon enfant, reprit-elle, si vous ne voulez vous couvrir de ridicule, n'allez pas aujourd'hui à Persange.

Octave appréhenda quelque malheur.

— Qu'y a-t-il donc? demanda-t-il.

— Rentre avec moi et je te conterai cela; c'est toute une histoire.

Il sauta à bas de son cheval et suivit la comtesse.

— Je vous préviens, ma mère, dit-il, que s'il s'agit de quelque méchante calomnie contre mademoiselle de Persange, je ne l'écouterai pas.

— Je crois cependant, Octave, que ceci vaut la peine d'être écouté ; tu vas d'ailleurs en juger.

Et madame de Montarbey raconta à son fils l'événement du matin, calculant habilement la portée de chacun de ses mots, lui nommant les témoins, et supprimant avec soin les additions bouffonnes et invraisemblables qu'elle supposait y avoir été faites.

Octave l'écoutait en silence, et, à mesure qu'elle parlait, une altération visible se répandait sur ses traits.

En voyant son émotion, la comtesse crut avoir produit l'effet qu'elle espérait.

— Tu vois, mon enfant, dit-elle d'un ton caressant, si j'avais raison dans mon jugement sur mademoiselle de Persange. Chez une femme, vois-tu, l'émancipation des idées conduit inévitablement au vice.

— Oh ! taisez-vous, ma mère ! s'écria-t-il avec indignation. Mademoiselle de Persange est parfaitement pure. Toute cette histoire doit reposer sur une méprise. J'aurais vu moi-même M. Richon sortir du château à pareille heure, que je ne pourrais croire qu'il y eût été du consentement de Gastonne.

— Pauvre enfant ! soupira la comtesse.

— Et d'ailleurs, reprit Octave, tout cela est-il bien vrai ? Ne vous a-t-on pas trompée ? Ne me trompez-vous pas, vous-même ? Je sais votre répulsion pour mon mariage avec mademoiselle de Persange. Ah ! ma mère, si vous m'aimez, ne me faites pas souffrir inutilement.

— Mais, cher ami, dit-elle avec un redoublement de tendresse, il s'agit du bonheur de toute ta vie ; il s'agit de t'ouvrir les yeux maintenant, afin de t'épargner par la suite le plus affreux de tous les chagrins, celui de retirer son affection, son estime aux gens qu'on aime. Ecoute-moi, Octave : tu es un véritable enfant. Mademoiselle de Persange a l'esprit beaucoup trop indépendant pour être vertueuse. Si tu veux une femme qui soit ton épouse dans la sainte et haute signification de ce beau titre, prends-la pieuse, prends-la même peut-être un peu bornée d'intelligence. Mais comment supposer qu'une jeune fille libre, intelligente et instruite comme l'est mademoiselle de Persange, se soumette au préjugé qui tolère chez les hommes une entière liberté, et condamne chez une femme la moindre aspiration vers cette même liberté. Il n'y a que la piété qui puisse nous maintenir dans les rigoureuses limites du devoir ; or, mademoiselle de Persange n'est rien moins que dévote.

— Chez elle, repartit Octave, les sentiments d'honneur remplacent le frein religieux. Si vous la connaissiez comme moi, vous n'auriez pu croire un seul instant à la possibilité de cette sotte intrigue, et vous n'accuseriez pas Gastonne comme vous le faites.

— Je ne l'accuse pas, mon ami, je tire les conséquences forcées des principes qu'elle professe, et je te répète la rumeur publique. Il n'est pas, à l'heure qu'il est, une seule personne à Lons-le-Saulnier qui ne croie mademoiselle de Persange la maîtresse de M. Richon, lequel, du reste, le dément fort peu. Or il me semble, Octave, qu'une femme ainsi soupçonnée ne peut être la femme d'un Montarbey.

— Voilà donc où vous vouliez en venir ? dit Octave en

8.

attachant sur la comtesse un regard de défiance. Eh bien ! ma mère, si c'est là tout ce qui vous inquiète, dès demain il ne sera plus question de cette odieuse calomnie.

Et comme il se disposait à sortir, la comtesse lui barra le passage.

— Où vas-tu ? que vas-tu faire ? s'écria-t-elle avec effroi.

— Ne venez-vous pas de me dire que M. Richon laisse s'accréditer cette abominable accusation contre mademoiselle de Persange ?

— Mon Dieu ! ai-je dit cela ? Octave, je ne l'ai pas dit.

— Soyez tranquille, ma mère, je ne ferai que mon devoir. Vous l'avez dit tout à l'heure : il ne faut pas que la femme d'un Montarbey soit soupçonnée.

— Jure-moi que tu ne te battras pas ?

— Je ne puis rien jurer de pareil.

— Mon fils, mon enfant bien-aimé, dit la comtesse en l'étreignant dans ses bras, songe que je n'ai que toi au monde, et ne va pas exposer légèrement ta vie.

Octave se dégagea doucement de l'étreinte de sa mère, l'embrassa et partit, la laissant livrée aux plus vives angoisses.

Octave était alors en proie à une de ces véhémentes et nobles colères telles qu'en ressentent les âmes généreuses devant le mensonge et l'iniquité.

En moins d'un quart d'heure, son cheval le porta à Lons-le-Saulnier.

Il alla droit à l'un des témoins que sa mère lui avait nommés. Celui-là était son ami.

— Mon cher, lui dit-il en l'abordant, j'aime mademoiselle de Persange, je dois l'épouser, et je viens te prier de me donner, la main sur la conscience, des détails exacts sur la comédie qui s'est jouée ce matin sous ses fenêtres. Tu comprends qu'il me faut l'entière vérité.

Le jeune homme lui raconta les faits tels qu'ils s'étaient passés.

— Et crois-tu sincèrement que Richon sortait de l'appartement de mademoiselle de Persange?

— Nous l'avons tous supposé ; mais sans aucun doute, nous nous trompions, répondit l'ami avec un sourire légèrement ironique qu'Octave ne remarqua point.

En le quittant, Octave souffrit d'un mal qu'il ne connaissait pas encore : il doutait

— Si c'était vrai pourtant ! si elle me trompait! se disait-il.

A peine cette pensée fut-elle formulée, qu'il la chassa de son esprit comme une pensée criminelle.

Mais la défiance revint.

— Si ma mère avait raison! si j'étais aveuglé par l'amour!

Tout son sang reflua vers le cœur. Il ressentit l'horrible étreinte de la jalousie.

— Mais non, c'est infâme de penser cela! N'est-elle pas libre? Pourquoi me tromperait-elle? Je ne suis pas riche, si elle ne m'aimait pas, voudrait-elle m'épouser? Douter d'elle, c'est être insensé! Vraiment cette atmosphère de petite ville rapetisse le cœur.

Pour respirer et penser plus à l'aise, il sortit de la ville.

Mais le doute le suivit, et avec le doute, l'affreuse jalousie.

Il réunissait toutes ses forces pour réagir contre cette torture.

Un instant il en triomphait, et l'instant après elle revenait plus poignante, plus inexorable.

Les caractères faibles sont portés à la défiance. Or, Octave, nous l'avons dit, n'était pas une nature énergique. Avec plus de force d'âme, il n'eût pas un seul instant douté de mademoiselle de Persange.

Toutes les calomnies qu'il avait entendues sur le compte de Gastonne se présentaient à sa mémoire.

— S'ils voyaient juste! se disait-il, et si moi seul, je me trompais! Si ce n'était qu'une coquette!

Et cette pensée, en traversant son cerveau, y laissait une empreinte brûlante.

Il forma mille projets. Il voulait aller au casino, y proclamer publiquement l'innocence de celle qu'il aimait, et défier ses calomniateurs. Mais n'était-ce pas provoquer un scandale des plus fâcheux? Il eut ensuite l'idée de courir à Persange, de raconter à Gastonne ce qui se passait, espérant découvrir la vérité d'après les mouvements de son visage; mais il rejeta bien loin cette pensée.

Elle, la noble fille, la soumettre à une épreuve! Il eut honte de cette idée.

Alors il résolut de se jeter à ses pieds, de lui tout dire, de lui confesser sa coupable jalousie, ses soupçons, ses souffrances. Mais lui pardonnerait-elle jamais ce doute insultant? Il se représenta avec quel regard de fierté blessée elle accueillerait un tel aveu, et il sentit qu'il ne pourrait soutenir ce regard.

Cependant la fièvre l'emportait. Quand il jeta les yeux autour de lui pour chercher à reconnaître dans quel lieu il se trouvait, il aperçut à quelque distance le château de Persange, et crut découvrir sur le perron Gastonne qui sans doute l'attendait.

Cette seule apparition suffit pour chasser de son esprit les fantômes qui l'obsédaient et pour calmer ses angoisses. Tous ces lieux d'ailleurs n'étaient-ils pas remplis des souvenirs de leur amour? Sous cet arbre ils s'étaient reposés ensemble; sous cette tonnelle ils avaient longuement parlé de leur projet d'union.

Que de fois, la main dans la main, ils avaient laissé errer leurs regards émus sur ce vaste horizon! En un instant, toute l'histoire de leur amour lui repassa devant les yeux, avec toutes ses émotions, toutes ses joies. Et puis le visage de Gastonne lui apparut rayonnant de candeur et de tendresse.

Devant tant de preuves, tant de souvenirs, il ne put croire qu'elle le trompât. Et quand il vint à penser qu'il avait pu l'accuser un seul instant, il crut avoir éprouvé un accès de délire.

Pour se punir de son crime, il renonça au bonheur d'aller lui baiser la main. Comment d'ailleurs, au moment où il venait de concevoir un semblable soupçon, oserait-il soutenir la franchise et la pénétration de son regard?

— Je ne la reverrai, pensait-il, que lorsque j'aurai réduit au silence ceux qui la calomnient.

Se trouvant plus calme, il se rappela avoir entendu dire par Gastonne que Richon avait fait la cour à Rosette. Tout lui fut alors expliqué. Il rebroussa chemin, et, souriant maintenant de sa douleur passée, il retourna à Lons-le-Saulnier de toute la vitesse de son cheval.

Mais l'amour est comme la piété, il n'admet pas le doute. Ce seul instant d'hésitation avait à jamais détruit dans son cœur la sainte confiance de l'amour.

Arrivé à Lons-le-Saulnier, il courut chez les quatre autres témoins de l'aventure. Comme Montarbey passait

pour être très-fort à l'escrime, Darvilé et les autres témoins firent semblant d'abonder dans son sens, et, à
l'exemple de l'ami qu'il avait déjà interrogé, ils se dé-
clarèrent parfaitement édifiés.

Toute l'après-midi se passa dans ces démarches fiévreuses. Celui surtout qu'il voulait rencontrer, c'était
Richon. Il alla chez lui, et ne l'y trouva pas. On lui as-
sura qu'il le verrait le soir chez mademoiselle Sécherelle
ou au Casino.

Il ne rentra point à l'Étoile pour dîner, car il ne dîna
pas. Il écrivit à Gastonne pour la prévenir qu'il ne pourrait la voir encore de la soirée, étant retenu à Lons-le-
Saulnier pour affaires importantes.

Il écrivit également à sa mère pour la tranquilliser.

Puis il attendit avec impatience l'heure où il pourrait
se rendre chez mademoiselle Sécherelle.

Pauvre Octave, il ne savait pas qu'il entreprenait une
œuvre impossible, et qu'il eût plus facilement empêché
la terre de marcher qu'une calomnie de faire son chemin.

## XX

Ce jour là, la société de mademoiselle Sécherelle fut
plus nombreuse que de coutume et se réunit de meilleure
heure. On avait hâte de se communiquer ce qu'on savait, et surtout ce qu'on ne savait pas, sur le grand événement du jour.

La réunion se composait des mêmes personnes, grou-
pées de la même manière autour des mêmes tables;
même animation sur tous les visages même pétillement

dans tous les yeux, même verve pour la médisance. Le
nom de mademoiselle de Persange circulait également
de bouche en bouche.

— Eh bien! qu'en dites-vous? voilà un beau scandale!
commença mademoiselle Sécherelle. Je me félicite plus
que jamais de n'avoir pas reçu chez moi cette fille-là.

— Et moi qui lui ai fait plusieurs visites, dit une
vieille fille à prétentions. Cela pouvait fort bien me compromettre. Mais ce qu'on raconte est-il bien vrai? Il me
semble impossible que de pareilles choses arrivent, ajouta-
t-elle en baissant les yeux.

— Hélas! mademoiselle, reprit l'abbé Chamole, elles
n'arrivent que trop souvent. Quand on manque de principes religieux, on est sujet à bien des entraînements,
à bien des erreurs.

— Et quand par-dessus le marché on est démocrate,
révolutionnaire, socialiste, dit M. Bonnet, qui interrompit
sa partie de *bête ombrée*.

— Socialiste! s'écria-t-on, qu'est-ce que cela?

Il se fit un profond silence dans l'auditoire.

M. Bonnet se carra dans son fauteuil, prit une prise
de tabac, passa la main droite dans l'ouverture de son
gilet, promena les yeux sur toute l'assemblée, et continua :

— Être socialiste, c'est proclamer le renversement des
lois, de la morale, de la nature, de la famille, de la propriété; de la propriété! comprenez-vous bien la monstruosité de pareilles élucubrations? Ils veulent supprimer
la propriété, ce palladium de la société. Le champ que
j'ai labouré et arrosé de mes sueurs, dit-il en s'essuyant
le front, le premier venu pourra le récolter. Ils veulent
supprimer la famille : mes enfants seront ravis à mes

soins tutélaires; ils appartiendront, non pas à un seul, mais à tous; oui, mesdames et messieurs, à tous. (Sensation prolongée.) Ce n'est pas tout, ils me prendront ma femme aussi!

— Ah! mon Dieu! s'écria madame Bonnet en jouant l'épouvante, ils me prendront, moi?

— C'est plus que probable, continua son époux. Ce sont des tigres déchaînés qui ne reculent devant rien. En un mot, plus de frein religieux, plus de frein social, plus de gendarmes, plus de vertu, plus de charité, plus de pauvres. Comprenez-vous! dans leur monomanie subversive, dans leur rage de tout renverser, ils vont jusqu'à supprimer les pauvres. Ce serait la domination des instincts brutaux, ce serait le triomphe de tous les crimes; nous redescendrions à un état cent fois pire que l'état sauvage, car nous y apporterions les vices de la civilisation. Oui, je ne crains pas de le dire, un démocrate, un révolutionnaire, un utopiste, un socialiste, peu importe le nom sous lequel ils se déguisent, est à mes yeux un être plus dangereux mille fois qu'un serpent, qu'un crocodile, qu'un anthropophage.

— Qu'un anthropophage! Ah! mon Dieu! exclama madame Bonnet, entends-tu, Herminie? Je ne veux plus que tu la voies. Oh! mon pauvre ange! Quel danger tu pouvais courir. Ne t'a-t-elle pas donné une romance?

— Oui, maman.

— N'est-ce pas elle qui l'a composée?

— Oui, maman.

— De quoi parle-t-elle?

— De fleurs et d'oiseaux.

— Ne vous y fiez pas, dit une vieille dame à figure

candide, ces gens-là doivent avoir toutes sortes de ru-
briques et parler par symboles.

— Tu lui rendras sa romance, reprit madame Bonnet.

— Oui, maman.

— Je vous approuve, reprit mademoiselle Sécherelle ;
toute honnête femme, sous peine de se compromettre,
doit rompre avec cette fille-là ; il ne faut pas lui laisser
croire que nous sommes ses dupes. Nous devons nous
coaliser pour lui faire sentir tout le mépris que nous inspire sa conduite.

— Je suis de cet avis, dit madame de Montarbey, qui
devina où mademoiselle Sécherelle voulait en venir.

En cet instant, Octave entra ; tous les regards se por-
tèrent sur lui. Il y eut des chuchotements et des sourires. Il promena sur l'assemblée un regard froid et dédaigneux.

Herminie ne s'attendait pas à le voir. Elle crut que
le dépit l'amenait à elle ; mais son attitude glaciale et
préoccupée ne lui laissa bientôt plus cet espoir.

— Pourquoi donc est-il venu ? se demanda-t-elle.

Elle devina qu'il n'était là que pour imposer silence
aux bruits injurieux qui circulaient sur Gastonne, et pour
protester à lui seul contre toute la ville de la vertu de
celle qu'il aimait.

En effet, personne n'osa parler devant lui de mademoiselle de Persauge, et tout au plus hasarda-t-on quelques
allusions éloignées à l'aventure de la matinée.

Richon parut peu après. Herminie ne l'attendait plus.
Elle l'écrasa d'un regard superbe.

Les chuchotements et les sourires redoublèrent.

Richon, comme Montarbey, ne parut point y prendre
garde. Quelques malins firent de vagues allusions à sa

9

promenade matinale. Il joua l'étonnement, car il avait
remarqué l'attention hostile avec laquelle Octave l'observait. Il cherchait à se rapprocher d'Herminie. Il y parvint
et put lui dire à l'oreille :

— J'ai la lettre.

Herminie se leva sous prétexte de changer de place,
et, en passant devant Ernest, laissa tomber son panier à
ouvrage. Richon se baissa pour le ramasser, et put,
parmi les objets qu'il contenait, glisser la lettre.

— Quand vous verrai-je ? lui demanda-t-il à voix
basse.

— Je ne sais, répondit-elle froidement. J'ai besoin
d'être édifiée sur votre compte.

— Mais là est ma justification, insista Ernest en lui
montrant la lettre.

— C'est ce que nous verrons.

Et, lui tournant le dos brusquemment, elle s'éloigna.

En vain chercha-t-il à la rejoindre, et plusieurs fois
l'interrogea-t-il des yeux, il ne put obtenir d'elle, pendant
le reste de la soirée, ni un signe, ni un regard.

Quant à Herminie, mille pensées tumultueuses l'agi-
taient. Le froid dédain de Montarbey irritait en elle
au plus haut point la jalousie et le désir de se faire aimer
de lui.

— Il l'aime encore, quoiqu'elle le trompe, se disait-
elle. Comme il a souffert ! comme il souffre ! Quelle âme
passionnée ! Ne serai-je donc jamais aimée ainsi !

Elle chercha à attirer l'attention d'Octave et n'y put
parvenir. Elle se mit au piano et chanta. Son jeu expressif, son accent ému traduisirent sa pensée brûlante ; elle
eut du talent. Tout le monde applaudit, Montarbey seul
fut insensible ; il ne parut pas avoir entendu ; il semblait

absorbé par des préoccupations tout à fait étrangères à ce qui se passait autour de lui.

Le dépit d'Herminie fut au comble. Elle eût voulu une vengeance éclatante. Elle pensa à laisser tomber la lettre de Gastonne et à la ramasser ostensiblement, de manière à ce qu'elle fût lue à haute voix devant tout le monde. Mais elle ne savait point assez ce qu'elle pouvait contenir. Elle ne se sentit pas d'ailleurs le sang-froid nécessaire pour exécuter en public une pareille méchanceté. Elle attendrait.

Tout à coup une pensée lui vint.

— Peut-être ignore-t-il ce qui se passe ; peut-être personne n'a-t-il osé le lui dire ; c'est moi qui le lui apprendrai.

Et une joie cruelle étincela dans ses yeux.

Elle se rapprocha de Montarbey.

— Monsieur, lui dit-elle à demi-voix avec un accent doucereux, vous verrez demain sans doute mademoiselle de Persange ?

— Je l'espère, mademoiselle, répondit-il froidement.

— Veuillez alors lui dire, je vous en prie, reprit-elle plus bas, que je suis désolée de ce qui lui arrive, que je lui conserve néanmoins toute ma sympathie, et suis bien convaincue que cette histoire qu'on répand sur elle n'est qu'une calomnie.

— Quelle histoire, mademoiselle, je vous prie ? quelles sont les sottes et méchantes gens qui peuvent calomnier mademoiselle de Persange ?

Il prononça ces paroles très-haut en promenant dans tout le salon un regard de défi.

Herminie ne répondit pas. Il y eut un moment de profond silence.

Mademoiselle Sécherelle prit la parole.

— Cette histoire, dit-elle, est dans toute les bouches, et il ne paraît pas que ce soit une calomnie.

— Une histoire qui attaque l'honneur de mademoiselle de Persange ne peut être qu'une calomnie. Y a-t-il un homme ici qui soutienne le contraire? dit Octave en attachant son regard sur Ernest Richon.

Personne ne répondit.

— Mon cher enfant, dit la comtesse, tu entreprends une croisade impossible. Tu as contre toi toute la ville, et mademoiselle de Persange a contre elle les apparences.

Richon, voyant le tour que prenait la conversation, se hâta de s'esquiver.

— J'ai pour moi, répondit Montarbey avec fermeté, la vérité et la justice. Je vaincrai la calomnie.

— La calomnie! répéta mademoiselle Sécherelle d'un ton ironique; dites tout au plus la médisance.

— Encore une fois, trouvez-bon, mademoiselle, que je maintienne le mot calomnie, reprit Montarbey avec hauteur.

Il prit son chapeau, salua et partit.

Madame de Montarbey le suivit.

— Mais tu es fou, Octave. A quoi penses-tu de faire une pareille esclandre? Au lieu d'apaiser l'opinion, tu ne fais que l'irriter. Tu te rends souverainement ridicule.

— Ridicule? Il me semble, ma mère, que le mot est mal choisi. Il n'y a rien de ridicule, que je sache, à défendre l'honneur de la femme qu'on aime. Quant aux moyens que je dois employer pour y parvenir, cela me regarde.

Il voulut s'éloigner.

— Octave, où vas-tu ? Ne m'accompagneras-tu pas?

— Pas ce soir ; je vais au Casino. Vous admettrez du moins que je cherche à m'édifier sur ce que je dois croire ou ne pas croire de cette aventure.

— Tu me trompes, tu vas provoquer M Richon.

— Rassurez-vous, je rentrerai ce soir.

— Octave, encore un mot.

Octave était déjà loin.

Il y avait au Casino nombreuse réunion. et comme chez mademoiselle Sécherelle, on s'y entretenait de l'événement du jour.

Grasset ne s'y trouvait point. Personne ne l'avait vu pendant la journée.

Quand Montarbey entra, il alla s'asseoir en face de Richon, à une table de whist.

— Je joue contre vous, monsieur Richon, monsieur le favori des belles, lui dit Darvilé, car j'ai aujourd'hui toutes les chances pour moi. Vous savez le proverbe : « Heureux en amour... »

Richon sourit.

— Bah ! un succès de femme de chambre ! dit Montarbey ; est-ce que cela compte ! Je parie pour vous, monsieur Richon.

Richon leva les yeux sur Octave et rencontra un regard sévère et pénétrant. Il rougit et parut mal à l'aise. Depuis un instant, il entendait prononcer autour de lui le nom de Rosette. Il sentait sa gloire pâlir. D'après le rôle équivoque qu'il avait joué tout le jour, la vérité reconnue le couvrirait de ridicule.

Déjà les paroles d'Octave avaient provoqué quelques rires dans la galerie.

— Hé bien! reprit ce dernier, contez-nous donc un

peu cette aventure dont tout le monde s'entretient par la ville ?

— Monsieur, reprit Ernest qui voulut cacher son embarras sous une feinte audace, je ne fais mes confidences qu'à mes amis, je ne vous reconnais pas le droit de m'interroger.

— Hé bien! moi, je le prends, car il m'importe que votre silence ne laisse planer aucun doute injurieux sur mademoiselle de Persange.

— Hé! monsieur, je ne vous dois compte ni de mon silence ni de mes paroles!

Octave, malgré le calme qu'il s'était imposé, pâlit de colère. Pourtant il se contint.

— Pesez-les bien toutefois, vos paroles, monsieur, répliqua-t-il. Mademoiselle de Persange est une noble et vertueuse personne, et je ne souffrirai pas qu'en ma présence on en parle légèrement!

— Et moi, monsieur, riposta Richon, je ne souffrirai pas qu'on me fasse la leçon! J'ai d'ailleurs pour mademoiselle de Persange tout le respect qu'elle mérite, ajouta-t-il avec une nuance d'ironie.

— Puisque vous avez du respect pour elle, monsieur, comme je me suis laissé dire que vos réticences, vos dénégations équivoques, vos demi-sourires, vos airs conquérants ont gravement compromis sa réputation, vous allez jurer ici sur votre honneur que l'aventure dont on vous fait le héros est une abominable calomnie.

En parlant ainsi, Montarbey s'était levé et attachait sur Richon un regard qui le clouait à sa place.

Ernest comprit que c'était une provocation. A la pensée d'un duel, il eut comme un éblouissement; ses artères sifflèrent dans ses tempes. Il devint fort pâle. Il hésita un instant, en proie à une visible perplexité ; mais comment plier, comment se soumettre, là, devant tout ce monde ?

— Allons donc, monsieur, c'est une mauvaise plaisanterie, j'imagine ! En toute autre circonstance, je prêterais volontiers le serment que vous demandez ; mais céder à votre injonction, ce serait une lâcheté dont je suis incapable.

Pendant ce dialogue, Darvilé se réjouissait tout bas :

— Bon, se disait-il, cela va mieux que je n'aurais osé l'espérer. Le scandale est produit. La réputation de mademoiselle de Persange ne s'en relèvera pas. Montarbey est trop soumis à l'opinion pour épouser une femme ainsi compromise. Sa mère d'ailleurs n'y consentirait pas. Enfin, ce petit Richon va recevoir une leçon qui, j'espère, lui profitera.

La réponse de Richon, quelque digne qu'elle fût dans la forme, n'en était pas moins déjà un aveu quant au fond. Montarbey en profita habilement.

— Monsieur, lui dit-il, je ne doute ni de votre adresse, ni de votre courage, mais j'ai assez bonne opinion de vous pour croire que vous n'exposerez pas votre vie à défendre une si mauvaise cause, car, si vous ne me tuez pas, je vous tuerai certainement. Si j'avais supposé que vous fussiez réellement l'amant de mademoiselle de Persange, je ne vous eusse pas provoqué ; mais comme je suis persuadé que vous ne l'êtes point, vous n'hésiterez pas, j'en suis sûr, en homme d'honneur que je vous crois, à prêter le serment que je vous ai demandé. Vous hésiterez moins encore à m'accorder la juste réparation que

j'exige, lorsque vous saurez que je dois prochainement
épouser mademoiselle de Persange.

Octave prononça ces paroles avec beaucoup de calme
et de fermeté.

— Puisque vous vous adressez à ma loyauté, répondit
Richon, ravi du biais qui lui était offert, ce que vous m'ap-
prenez de vos intentions, monsieur, me détermine à vous
faire le serment que vous désirez. Je me plais à rendre
hommage à la vertu de mademoiselle de Persange.

— Très-bien! reprit Octave ; cette déclaration vous
honore; mais elle a besoin d'un complément. Il me faut
la vérité sur le motif qui vous conduisait ce matin à Persange, autrement on pourrait croire, songez-y, que vous
avez cédé à la peur.

— Monsieur! fit Richon, qui fut tenté de se révolter.

— Ce n'est pas pour moi que je demande cette preuve,
car je suis parfaitement convaincu que mademoiselle de
Persange n'est pour rien dans la question, mais c'est
pour le public que représentent ici ces messieurs.

Richon, entre sa vanité et l'amour de la vie, hésita un
moment ; la crainte l'emporta; il se décida à sacrifier Rosette.

Aux yeux des personnes présentes, Gastonne était donc
complétement réhabilitée.

Cette conversation eut un grand retentissement, et,
comme il arrive toujours, fut racontée de manières très-
diverses. Tout compte fait, elle acheva de perdre Gastonne dans l'opinion des habitants de la ville. Une femme
pour laquelle deux hommes avaient failli se battre, ne
pouvait être qu'une dangereuse coquette. On supposa
que Gastonne elle-même avait provoqué ce scandale.

Madame de Montarbey ne se coucha pas avant d'a-

voir entendu Octave, qui ne rentra que fort avant
dans la nuit. Elle éprouva pendant cette attente les plus
cruelles inquiétudes. Si elle avait méconnu les devoirs de
la maternité en voulant sacrifier à une ambition égoïste
le bonheur de son fils, et si tant est que la douleur soit
expiatoire, cette nuit lui racheta bien des fautes.

Le lendemain matin, Octave, après avoir pris quelques
heures de repôs, se préparait à descendre à Persange,
lorsqu'on lui apporta deux lettres, l'une de l'écriture de
Gastonne et l'autre d'une écriture inconnue.


## XXI


Montarbey s'empressa d'ouvrir la première des deux
lettres qu'on lui avait remises à son lever. Elle était de
Gastonne et contenait ces mots :

« Quelles affaires si importantes ont donc pu, mon
ami, vous tenir éloigné de moi tout hier? Que cette vilaine journée m'a paru longue ! J'avais une si bonne nouvelle à vous apprendre! une nouvelle que j'aurais voulu
vous dire de vive voix, afin de jouir de votre surprise et
de votre bonheur! Mais je ne puis plus longtemps la garder pour moi seule. Elle fait explosion malgré moi.

» Octave, cher Octave, mon père consent! Ainsi, plus
d'obstacles. Toutes mes hésitations, je les ai vaincues.
J'ai bien compris la portée d'un tel engagement, et il ne
m'effraie plus. J'éprouve au contraire, à sentir mon existence se fondre dans la vôtre, une ivresse infinie. Je me
crois assez forte pour accepter la grande tâche du mariage:
je me sens capable de vous aimer toujours.

9.

» Je vous attendrai demain à deux heures. Je vous fixe l'heure afin de m'épargner les émotions de l'attente, toujours si douloureuses pour la femme qui aime. Soyez exact ; l'exactitude est la politesse des rois et des maris.

» G. DE P. »

Quand Octave eut achevé la lecture de cette lettre, il éprouva comme une défaillance de bonheur. Il la relut et la couvrit de baisers. Il marcha dans sa chambre, s'abandonnant à une joie délirante. Il ouvrit sa croisée. C'était une suave et radieuse journée, pleine d'ineffables harmonies. Il aspira avec délices cette atmosphère tiède et embaumée qui apportait à l'âme une douce ivresse. Il contempla dans une religieuse extase ce ciel pur et profond qui lui parlait de l'infini. Il se crut destiné à une vie exceptionnellement heureuse, à une vie toute d'amour et de joies sans bornes.

Il était d'ailleurs content de lui. Il croyait avoir réduit au silence les calomniateurs de Gastonne. Il regarda cette lettre comme une récompense de sa conduite.

Tous ses doutes s'étaient évanouis. « Jamais, pensa-t-il, elle ne saura qu'un instant j'ai pu douter d'elle. »

Depuis deux jours qu'il ne l'avait vue, deux jours pleins de trouble et d'orage, son âme débordait. A la pensée de lui serrer la main, son cœur battait avec force, il sentait la terre se dérober sous lui.

Comment attendre jusqu'à deux heures? il en était onze à peine ! Il pensait à devancer l'heure fixée, quand il aperçut sur la table la lettre qu'il n'avait pas encore lue. Il l'ouvrit, et, à sa grande surprise, il reconnut encore l'écriture de Gastonne.

Il la parcourut, et une pâleur livide se répandit sur ses traits. Il retourna cette lettre en tous sens, y cherchant une explication qu'il ne trouvait point.

Cette lettre était bien pourtant de Gastonne, et elle était adressée à Ernest Richon. Il compara les deux lettres : même écriture, même papier, même parfum. Le doute n'était pas possible. D'où cette lettre lui venait-elle ? Il regarda la suscription de l'enveloppe qui l'avait contenue : l'écriture en était évidemment contrefaite. Ce ne pouvait être qu'une vengeance d'Ernest Richon.

Il relut cette lettre. Il crut ne l'avoir pas comprise. Mais à mesure qu'il lisait, un voile se répandait sur ses yeux. Un tel tumulte de pensées troublait son esprit, qu'il dut faire un violent effort de volonté pour fixer son attention.

Il comprit cependant : Gastonne ne le trompait pas, il est vrai, puisqu'elle n'aimait plus M. Richon ; mais elle avait aimé cet homme !

Comment, avec toute la délicatesse, toute la noblesse de sentiments qu'il lui prêtait, avait-elle pu descendre si bas !

D'abord il crut rêver, et passa la main sur son front pour en chasser ce cauchemar ; mais quand il fut bien persuadé de la réalité, ce qu'il ressentit, ce ne fut pas de la jalousie, ce fut un profond dégoût.

Toutefois on ne passe pas, sans une horrible souffrance, à des sentiments si opposés. En sentant son amour l'abandonner, il lui sembla que la vie lui échappait et qu'il tombait dans le néant. Puis, après ce premier moment de stupeur, il éprouva une violente indignation.

Quand il se rappela tout ce qu'elle lui avait dit ou écrit sur le sentiment, sur l'union des âmes, il fut tenté de courir à Persange, de lui jeter cette lettre au visage, de l'accabler de son mépris.

Puis il eut des accès de fou rire, en pensant à sa crédulité.

— Comment, se disait-il, ai-je pu être dupe si longtemps de cette femme-là, quand tout le monde m'avertissait, et quand toute sa conduite démentait ses paroles?

Et puis, il pleura ; il pleura, comme un enfant, ses illusions perdues, son idéal évanoui, et ce bel amour qu'il avait placé si haut, et dont il avait fait le bonheur, l'intérêt de toute sa vie.

Parfois aussi, il entrevoyait mademoiselle de Persange moins coupable, moins menteuse qu'elle ne le lui avait paru d'abord : il se mettait au point de vue de ses théories sur la liberté et sur l'indépendance de la femme. Néanmoins, il ne pouvait l'accepter dépouillée de cette auréole de candeur et de pureté dont il s'était plu à l'entourer. Celle qu'il avait aimée n'existait plus pour lui !

Sous prétexte d'un malaise, il ne descendit pas à dîner.

Sa mère vint le voir. Remarquant sa pâleur, son visage bouleversé, ses yeux rougis par les larmes, elle le pressa de questions pour connaître la cause de son chagrin.

Mais ce secret ne lui appartenait point ; il ne voulut pas le divulguer. Il savait assez, d'ailleurs, que sa mère, au lieu de partager sa peine ; se réjouirait de ce qu'il était enfin désabusé. Il la pria de le laisser seul.

Il passa la nuit dans une fiévreuse insomnie. A quoi se résoudrait-il? de quelle manière s'y prendrait-il pour rompre avec Gastonne?

Chercher un prétexte, dans les termes où il se trouvait avec elle, c'était inadmissible ; il fallait dire la vérité.

Il écrivit plusieurs lettres : dans l'une, il l'accablait de son mépris; dans une autre, il éclatait en reproches; dans une troisième, il la traitait avec une froideur hau - taine. Il les déchira toutes.

Vers le matin seulement, se trouvant un peu plus calme, il en écrivit une dernière où il réussit en peu de mots à rendre ce qu'il éprouvait, sans y rien placer de dur ni d'injurieux.

« Mademoiselle,

» Je ne sais qui m'adresse cette lettre ; mais elle est de vous, je n'en puis douter. Aurait-on réussi à imiter si parfaitement votre écriture que j'y fusse trompé moi- même, moi, qui depuis plus de trois mois ai fait de vos lettres mon unique lecture ?

» Comprenez-vous, Gastonne, quelle horrible angoisse a été la mienne ! quel affreux chaos s'est fait dans mon esprit ! Vous, vous, Gastonne, qui me sembliez si noble, si élevée dans les aspirations de votre cœur, vous auriez aimé M. Richon ! Pour le croire, il faut que j'en aie la preuve sous les yeux, la preuve écrite de votre main.

» Avant-hier soir, j'ai voulu me battre pour soutenir le contraire, car j'avais foi en vous. Le monde, ce monde étroit et borné que nous méprisions, aurait-il donc rai- son, et la vertu chez une femme n'est-elle compatible qu'avec l'infériorité intellectuelle ?

» Pardonnez, Gastonne, à mon sot exclusivisme : mais je vous ai aimée si grande et si pure, je trouvais tant de prestige à votre air de candeur, qu'aujourd'hui je ne puis aimer une femme qui a pu donner son amour à M. Richon.

» Vous ne saurez jamais, Gastonne, ce qu'il m'a fallu souffrir pour me résoudre à tracer cet adieu.

                                        » OCTAVE. »

## XXII

Gastonne n'avait pas entendu parler de l'histoire qui circulait à Lons-le-Saulnier. Elle ne savait donc rien de ce qui s'était passé. Elle n'eût pu l'apprendre que par Rosette ; or, Rosette avait tout intérêt à ce que sa maîtresse l'ignorât.

Gastonne déjeunait avec son père. Ils étaient contraints et silencieux. Le baron commençait à se repentir du consentement qu'il avait donné.

Gastonne était assaillie d'appréhensions, de pensées inquiètes.

Depuis deux jours elle n'avait vu Octave. Après la lettre qu'elle lui avait écrite, comment se faisait-il qu'il ne vînt pas ? Quelque chose d'étrange se passait ; elle n'en pouvait douter. La veille, elle l'avait attendu tout le jour. Pour une femme vive, nerveuse, aimante, comme l'était Gastonne, attendre un jour entier l'homme aimé est une de ces tortures auprès desquelles les charbons ardents sembleraient des roses. Que de projets insensés, que d'idées folles, l'attente ne suscite-t-elle pas dans ces têtes ardentes ! Que de palpitations, que de défaillances dans une heure, dans une minute ! Pourquoi n'est-il pas venu ? pourquoi ne vient-il pas ?

Elle avait passé la nuit dans une douloureuse agitation. Il semblait que, par un effet de sympathie magnétique, elle ressentît à distance les souffrances de son amant.

— Comme tu es pâle, Gastonne ! Souffres-tu ? lui demanda le baron.

— Non, mais j'ai passé une bien mauvaise nuit.

— Tu es inquiète de ton Montarbey, dit-il avec un sourire contraint : voyons, avoue-le-moi?

— En effet, j'ai de l'inquiétude. Je ne puis m'expliquer qu'il ne soit pas venu hier ; il faut qu'il lui soit arrivé quelque accident. Peut-être est-il malade.

— A moins qu'il n'ait été surpris par une attaque de paralysie qui l'empêche de se mouvoir ou d'écrire, je trouve son procédé fort incivil, pour ne pas me servir d'un terme plus énergique.

— Je vous en prie, mon père, dit Gastonne, les yeux humides, s'il ne vient pas tout à l'heure, allez jusque chez lui.

— Y penses-tu ? A moins que ce ne soit pour lui demander raison d'une telle conduite !

En cet instant, un domestique apporta une lettre.

En reconnaissant l'écriture d'Octave, le cœur de Gastonne se serra, elle pâlit.

Pourquoi écrivait-il au lieu d'accourir ?

Elle ouvrit la lettre d'une main tremblante.

— Je m'étais toujours douté que cet homme-là lui causerait des tourments, grommela entre ses dents le baron, qui remarqua l'émotion de sa fille.

Elle parcourut rapidement les deux lettres que contenait l'enveloppe ; puis un voile se répandit sur ses yeux, et un frisson la saisit, elle ressentit les défaillances de la mort.

Voulant réagir contre cette faiblesse, elle se leva, courut, oppressée, chancelante, jusqu'à la fenêtre ; mais là, s'évanouit.

— Le misérable ! il me la tuera ! s'écria le colonel en allant au secours de sa fille.

Il sonna.

Rosette accourut.

Gastonne tenait encore à la main les deux lettres ouvertes. Par curiosité, Rosette, tout en lui donnant des secours, y jeta les yeux. et dès les premiers mots reconnut la lettre écrite pour elle-même à Richon. Elle eut un pressentiment de ce qui arrivait. Mademoiselle de Persange allait inévitablement tout découvrir. Elle se crut perdue. Sous prétexte d'aller chercher des sels, elle sortit de l'appartement et ne revint pas.

Ranimée par les soins du baron, Gastonne demanda Rosette. Elle voulait l'interroger ; elle espérait apprendre par elle comment il se faisait que cette lettre fût tombée entre les mains de M. de Montarbey.

— Elle est sortie, il n'y a qu'un instant, dit le baron ; elle va sans doute revenir.

Cependant elle ne reparaissait pas.

On l'appela, on la chercha dans toute la maison, mais en vain. Le jardinier, questionné, déclara l'avoir vue passer quelques instants auparavant, se dirigeant du côté de Lons-le-Saulnier.

Pendant qu'on cherchait Rosette, Gastonne expliquait à son père ce qui se passait.

Le colonel éprouva une telle colère contre la soubrette, que Gastonne fut presque heureuse de sa disparition.

— Elle aura vu la lettre que je tenais à la main, dit Gastonne, et elle s'est jugée elle même.

Cependant mademoiselle de Persange, en recouvrant son calme et sa présence d'esprit, pensa que le mal était moins grand qu'elle ne l'avait cru d'abord.

— Comment ai-je pu être effrayée pour si peu? dit-elle

à son père. Je n'ai qu'à écrire la vérité à M. de Montarbey. Une simple explication suffira pour détruire en lui l'effet de cette lettre.

— Comment ne l'a-t-il pas demandée, cette explication, avant de te traiter de la sorte ?

— Hélas ! les apparences me condamnaient si complétement !

— Te condamnaient ! te condamnaient ! murmura le baron ; devait-il te condamner avant de t'avoir entendue ? Si tu ne l'aimais autant, il me payerait cher le mal qu'il t'a fait.

Gastonne calma son père par ses caresses ; puis elle monta dans sa chambre, et écrivit en peu de mots à Octave la vérité sur l'origine de cette lettre.

En terminant, elle lui disait :

« Il est vrai, mon ami, que les semblants étaient contre moi. Néanmoins je vous pardonne difficilement de m'avoir soupçonnée. Quant à moi, m'eût-on donné la preuve que vous me trompiez, j'aurais, je crois, nié plutôt l'existence du soleil que de douter de votre sincérité.

» Savez-vous, Octave, qu'en lisant votre lettre j'ai failli mourir ? Je vous en conjure, ne me causez plus jamais de ces douleurs-là.

» Venez vite ; je vous attends pour vous accabler de mon pardon. »

G.

## XXIII

Quand Octave reçut la lettre de Gastonne, sa mère était auprès de lui.

La curiosité de la comtesse était vivement excitée. Elle devinait qu'il se passait en lui quelque chose d'étrange, qui ne pouvait se rapporter qu'à son amour. Quelle autre préoccupation l'eût absorbé à ce point? Elle était venue chez lui, déterminée à lui arracher son secret, à pénétrer la cause de son chagrin.

— Voyons, Octave, lui avait-elle dit à bout d'autres arguments, est-ce l'opposition que je fais à ton mariage avec mademoiselle de Persange qui te plonge dans la tristesse? Mais, mon enfant ce que je veux avant tout, et par-dessus tout, c'est ton bonheur.

— Ma mère, répondit Octave en faisant un effort pénible, je ne pense plus à me marier. Si jamais je me décide pour le mariage, j'épouserai la première femme venue, mademoiselle Bonnet, si vous le désirez. Je vous en prie donc; ne me questionnez plus.

Madame de Montarbey sut réprimer la joie que lui causa cet aveu.

— Comme tu méconnais ma tendresse, Octave! Crois-tu que cette promesse suffise pour me satisfaire, et que je puisse te voir souffrir ainsi sans m'inquiéter de la cause de ta souffrance? Crois-tu aussi que mon cœur ne soit pas profondément blessé du peu de confiance que tu as en moi? Dans ton intérêt même, je t'en supplie, confie-moi ce qui a pu te faire changer ainsi de résolution. Les hommes, vois-tu, sont loin d'avoir la même clairvoyance que nous dans les choses du cœur. Crois-moi, je puis te donner de bons conseils.

Octave ne répondit pas. Elle le crut ébranlé.

— Mademoiselle de Persange est gravement compromise, j'en conviens, reprit la comtesse; mais si pourtant tu as des preuves certaines qu'elle ne te trompe pas,

peut-être ne dois-tu point sacrifier ton amour à l'opinion du monde, si cette opinion est injuste. Je n'ai
pas, je t'assure, de parti pris contre mademoiselle de
Persange. Il y a du bon dans ces natures extrêmes. C'est
une jeune fille légère, c'est vrai; mais si tu crois qu'elle
t'aime sincèrement, peut-être te rendra-t-elle heureux.
Si je dis peut-être, c'est que, en fait de bonheur dans le
mariage, il ne faut jurer de rien.

Octave allait répondre; mais en cet instant la lettre de
Gastonne arriva.

En la lisant, un rayon de bonheur illumina les traits
d'Octave : il croyait; mais bientôt le sombre nuage du
doute reparut sur son front; sa défiance était revenue.

— Quelles preuves me donne-t-elle de ce qu'elle assure
être la vérité? pensa-t-il.

Octave, avec une apparence de calme, de froideur, de
force morale, avait le caractère faible, l'esprit défiant et
irrésolu.

Dans sa perplexité, ne sachant que croire, que résoudre, il se confia à sa mère; il crut à la sincérité de ses
protestations, et lui demanda conseil.

La comtesse embrassa d'un coup d'œil tous les avantages de la situation et le parti qu'elle en pouvait tirer pour
la réussite de ses projets.

Elle parut croire d'abord à la véracité de Gastonne;
mais elle adressa à Octave des questions si insidieuses,
fit des rapprochements si perfides, tira de la conduite de
Gastonne des déductions en apparence si logiques, tout
en couvrant cette conduite de son indulgence, qu'elle sus-
cita dans l'esprit de son fils des doutes mille fois mieux
étayés qu'ils ne l'étaient d'abord. Elle sut lui persuader
avec tant d'adresse qu'elle parlait dans l'intérêt seul

de son bonheur, que le pauvre Octave, hésitant, troublé, le cœur ouvert à la défiance, prêta l'oreille aux arguments de sa mère.

Pourtant il ne se rendait pas encore ; mais elle le vit indécis. Alors elle employa d'autres moyens ; elle sut faire vibrer en lui la fibre de l'amour-propre.

Elle lui montra l'opinion hostile couvrant de ridicule l'homme assez téméraire pour épouser mademoiselle de Persange. Aimait-il assez pour renoncer au monde et s'ensevelir seul avec sa femme dans la solitude ? Mais quel amour pourrait résister à cet éternel tête à tête ? Par ses talents, d'ailleurs, son grand nom, ne se devait-il pas au monde, à la société ? Mais alors comment oserait-il, lui, un Montarbey, avec sa fierté et son souci du point d'honneur, comment oserait-il paraître en public avec une femme ainsi déconsidérée ? Entre prendre de la réhabiliter était chose impossible, eût-il chaque jour plusieurs duels ; il ne pourrait empêcher ni les sourires, ni les chuchotements qui l'accueilleraient sur son passage. Pourrait-il arrêter la médisance ?

Ils changeraient de pays, soit ! ils habiteraient Paris ; mais ne rencontreraient-ils jamais dans le monde où ils vivraient une personne ayant entendu les bruits plus ou moins mensongers dont mademoiselle de Persange aurait été l'objet, la victime même ? Et le caractère de Gastonne étant donné, avec son esprit d'indépendance, son mépris du qu'en dira-t-on, ne livrerait elle pas inévitablement sa conduite aux interprétations malignes ? Fût-elle la vertu même, elle passerait toujours pour une femme légère.

— Enfin, ajouta-t-elle, mademoiselle de Persange eût-elle la noblesse de sentiments que tu lui prêtes, selon moi, il vaudrait mieux, pour un homme destiné comme toi à la vie publique, épouser une femme moins distinguée, mais plus soumise aux préjugés et à l'opinion.

Ainsi parla cette femme du monde, et elle sut déployer dans cet entretien tant d'habileté, tant de souplesse, qu'elle mania comme une cire molle l'esprit de ce futur diplomate.

Entraîné, subjugué par cette éloquence maternelle, à demi convaincu de la duplicité de Gastonne, il voulut lui répondre immédiatement qu'il renonçait à elle. Madame de Montarbey s'y opposa. Elle était prudente et ne voulait point, par la suite, s'exposer aux reproches de son fils. Il valait mieux, lui dit-elle, attendre quelques jours encore : on pouvait découvrir de nouvelles preuves. Elle sembla, de cette manière, prendre le parti de Gastonne, qu'elle consentait à croire innocente, et répéta à Octave qu'elle mettait entièrement de côté la question de fortune, qu'elle voulait avant tout son bonheur.

Octave fut convaincu, et, dès ce moment, se laissa guider par sa mère.

Le lendemain, elle apprit, par une visite de mademoiselle Sécherelle l'effet produit par l'altercation d'Octave et de Richon au Casino. On savait en outre par un domestique récemment renvoyé du château de Persange et questionné par ses nouveaux maîtres, que M. Richon avait été vu par lui plusieurs fois le soir, à des heures indues, dans le parc de Persange. On ne voulut pas penser que cette révélation pouvait bien n'être qu'une vengeance, et on la propagea comme une certitude.

Ne faisons pas toutefois à Octave l'injure de penser

qu'il s'arrêta un seul instant à écouter ces cancans. Il les
méprisa ; mais pourtant, dans la disposition d'esprit où il
se trouvait, ils corroboraient ses doutes.

Il passa trois jours dans cette indécision douloureuse ;
car, bien que soumis à l'ascendant de sa mère, parfois
encore son cœur protestait, son amour l'emportait. Quand
il venait de passer une heure avec la comtesse, il était
tenté de croire à la trahison de Gastonne, il se soumet-
tait aux préjugés du monde. Mais seul, il s'abandonnait
aux impulsions vraies et généreuses de sa nature. Alors
il refoulait ses soupçons ; il formait le projet de se jeter
aux genoux de Gastonne et de lui demander pardon de
ses doutes injurieux.

Une fois il alla jusqu'à Persange. Si Gastonne se fût
trouvée sur le perron, il eût été désarmé, vaincu ; mais,
sur le point de franchir le seuil, il hésita. Il sentait que ce
seuil une fois franchi, il ne pourrait revenir sur ses pas,
et que sa destinée serait à jamais enchaînée à celle d'une
femme indigne peut-être. Il rebroussa chemin.

## XXIV

Pendant que Montarbey hésitait, partagé entre ses
doutes et son amour, Gastonne souffrait de nouveau toutes
les tortures de l'attente.

Le premier jour, elle attendit jusqu'au soir avec assez
de calme.

— Peut être, pensait-elle, ne sait-il comment paraître
devant moi après l'injure qu'il m'a faite.

Toutefois l'angoisse commençait.

Huit heures sonnèrent. Il n'arrivait pas.

— Il est trop tard, se dit-elle; il ne viendra pas aujourd'hui.

Alors la fièvre la prit, cette fièvre ardente, cette fièvre folle, que les amoureux seuls connaissent. Qui n'a pas attendu et souffert ainsi, n'a point aimé.

À onze heures, elle se coucha et ne dormit pas.

Le lendemain, ce fut pis.

C'était un de ces jours sombres, froids, pluvieux, qui inspirent une tristesse invincible. Elle le passa tout entier à sa fenêtre ou sur le perron, sans se soucier ni du froid, ni de la pluie. Sa souffrance tenait du délire. Elle-même, jusque-là, n'avait point cru aimer autant. Elle sentait qu'elle tenait à cet amour par toutes ses fibres, et que le perdre, c'était perdre la vie, plus que la vie.

Sous l'influence de la volonté concentrée par la passion, elle percevait le moindre bruit à des distances énormes.

Le vent qui soufflait, la pluie qui tombait, un bruit de pas ou de porte lui causaient des palpitations d'espoir, et la déception, des défaillances. Sa bouche devenait sèche et brûlante, et son visage se marbrait de teintes livides.

Ne le voyant pas venir, elle conçut tous ces partis extrêmes qu'inspire le désespoir.

Elle, si fière, elle voulut aller chez Octave implorer sa pitié.

— Pourra-t-il résister à mes larmes? se disait-elle. Mon accent le convaincra. Quand il m'entendra, pourra-t-il croire que j'aie pu le tromper?

Elle fit seller son cheval. Le domestique crut qu'elle devenait folle, car dans ce moment là, il pleuvait à torrents.

Quand son cheval fut prêt, elle le renvoya. Elle craignit de se croiser avec Montarbey.

Le baron vint plusieurs fois auprès d'elle, mais elle ne le vit pas; et s'il lui parlait, elle ne répondait point. Mais vers le soir elle n'y tint plus et se jeta à son cou toute en pleurs.

La pauvre père pleurait aussi.

— Veux-tu que j'aille le tuer, dis ?

— Peut-être viendra-t il demain, répondit-elle.

Afin d'échapper à sa souffrance, elle essaya de dormir, à force d'éther, mais son sommeil fut troublé par des rêves pénibles.

En s'éveillant, elle sentit au cœur une douleur étrange; elle pressentit qu'elle ne reverrait plus Octave.

Quand elle vit dans une glace son visage pâle et fatigué, elle se trouva laide. Elle essaya de sourire, mais des larmes jaillirent de ses yeux. Ne serait-elle plus aimée ?... déjà !... sitôt !...

Elle douta de l'amour.

— Ne suis-je pas une enfant, se dit-elle, de le prendre à ce point au sérieux ! N'est-ce pas une duperie, une chimère, d'attendre de l'amour le bonheur de toute la vie, quand celui que je croyais éternel a duré trois mois à peine ?

Cependant elle attendit encore.

Mais peu à peu, à mesure que le jour avançait, la fièvre se calmait, sa dignité l'emportait sur l'amour. Elle sentait son cœur se détacher d'Octave.

A neuf heures du soir, elle n'espéra plus rien.

— Il ne m'aime plus, pensa-t-elle; autrement me ferait-il souffrir ainsi! autrement m'aurait-il ainsi soupçonnée ?... Me soupçonner !...

A cette pensée, toute sa fierté se révoltait.

— Il ne croit pas à mes explications. Il me croit menteuse comme toutes ces femmes sans dignité et sans courage qui se vengent de leur faiblesse par la ruse et par le mensonge. Il se défie de moi. Sur le point de s'engager sans retour, mes idées d'indépendance l'effraient peut-être. Serait-ce donc une âme injuste et petite, incapable d'apprécier, de comprendre la noblesse et la droiture de mes aspirations de liberté? Il a donc le cœur moins grand, moins généreux que je ne l'avais pensé! La déception est cruelle sans doute. Mais ne vaut-il pas mieux pour moi qu'elle arrive aujourd'hui que plus tard?

A mesure que ces réflexions, qu'elle n'avait point encore faites, surgissaient dans son esprit, ses nerfs se détendaient et son cœur s'allégeait d'un poids insupportable. Puis il se fit en elle un grand vide, une obscurité profonde. Cette sensation d'abord fut pénible, douloureuse; mais elle s'y habitua peu à peu. Bientôt elle ne sentit plus rien que ce repos bienfaisant que donne le calme après l'orage.

Elle n'aimait plus! du moins le crut-elle.

Ces revirements subits sont assez ordinaires aux natures ardentes, aux affections extrêmes. Ces trois jours d'attente, d'angoisse, de fièvre avaient épuisé en elle les forces de la passion, et la fierté blessée l'emportait sur l'amour.

Elle se mit à son pupitre et écrivit:

« Monsieur,

» Je vous rends votre parole. Je ne puis songer à m'unir à un homme qui a pu pendant trois jours mettre en doute mon honneur et ma sincérité.

» Ne venez pas: je refuserais de vous recevoir. Ne

m'écrivez pas : je ne lirais pas votre lettre. Tout est bien fini entre nous. Pendant ces trois jours j'ai trop souffert ! De semblables douleurs tuent l'amour. Je ne vous aime plus.

» GASTONNE. »

Puis elle alla trouver son père, et lui lut sa lettre.

— Tu ne l'aimes plus ? Est-ce bien vrai ? s'écria le baron qui ne put contenir sa joie.

— Je n'aime que toi, je n'aimerai jamais que toi, dit-elle en l'entourant de ses bras.

— Je suis bien égoïste, n'est-ce pas, chère enfant ? Mais je voudrais que tu disses vrai. Tu ne sais pas ce que mon pauvre cœur de père a ressenti de te voir souffrir ainsi ! Tu est bien guérie de ce Montarbey, tu me l'assures ?

— Ne le vois-tu pas ?

Elle tâcha de sourire ; mais ce sourire contraint fit perler une larme au bord de ses paupières.

— Je ne sais si tu ris ou si tu pleures, dit le baron.

— Ce que je regrette encore, répondit-elle, c'est le bonheur que j'avais rêvé. Mais désormais M. de Montarbey n'existe plus pour moi.

En prononçant ces derniers mots, elle éprouva comme une défaillance. La réaction s'opérait : néanmoins elle put surmonter sa faiblesse.

— Tenez, mon père, dit-elle, voici ma lettre ; si vous craignez que je ne revienne sur ma décision, envoyez-la vous-même.

Le colonel prit la lettre.

Gastonne se hâta de remonter dans sa chambre.

Il était temps. Ses genoux fléchissaient, ses dents claquaient, elle avait le frisson. Tant d'émotions s'étaient succédé en si peu de temps, elle avait fait, dans ces trois jours, une telle dépense de forces nerveuses, que l'équilibre de la vie se trouvait rompu. Une vraie fièvre, une fièvre intense la saisit.

Quand le baron fut seul : 

— A nous deux maintenant ! dit-il. Il recevra les deux lettres à la fois.

Il écrivit :

« Monsieur,

» Je viens vous demander raison de l'indigne conduite que vous avez tenue à l'égard de ma fille.

» Je suis charmé assurément de ce qui lui arrive, car cela lui donne à temps la mesure de votre affection. Néanmoins, je ne puis permettre qu'on mette en doute son honneur. J'espère donc, monsieur, que vous n'hésiterez pas à me donner satisfaction de cette offense.

» Ne faites pas, je vous en prie, de sentiment sur mes cheveux blancs. J'ai la prétention de me battre aussi bien qu'un plus jeune. Si vous refusiez, je saurais bien vous y contraindre. Ne me forcez donc pas à vous faire une injure publique.

» Je vous laisse le choix des armes.

» Baron DE FERSANGE. »


## XXV

Lorsque Octave reçut ces deux lettres, il fut atterré.

Gastonne ne l'aimait plus!

Par une de ces bizarreries inexplicables du cœur

humain, n'étant plus aimé, il sentit renaître sa passion avec une intensité nouvelle , il se fit dans son esprit une lumière soudaine, et tous ses doutes, comme par enchan-chantement, s'évanouirent. Comment cette fière nature aurait-elle pu descendre jusqu'à Ernest Richon et s'humilier jusqu'au mensonge ? Comment se faisait-il qu'il eût un seul instant conçu de telles pensées ?

Il eut honte de lui ; il se trouva absurbe, petit, méchant.

En pensant qu'il ne pourrait ni la revoir, ni lui écrire, qu'il venait de perdre par sa faute tout un avenir de bonheur, et que le mal était sans remède, il éprouva une sensation semblable à celle qu'il eût ressentie à voir un horizon resplendissant de lumière s'assombrir tout à coup et se resserrer sur lui pour l'étreindre et l'ensevelir entre des murs de plomb.

Sa tête se perdait.

Mais peut-être cette lettre n'était-elle pas le dernier mot de Gastonne ? Il voulut le croire, et sans revoir sa mère, dont il redoutait l'influence, il courut à Persange.

Le baron le reçut.

Il demanda Gastonne.

— Elle est au lit, malade. Voulez-vous donc la tuer ? s'écria M. de Persange.

— Dites lui, je vous en prie, que je veux la voir, ne fût-ce qu'un instant.

— Monsieur, répondit sévèrement le colonel, vous ne connaissez pas ma fille. Elle ne revient jamais sur une décision une fois prise. Toutes vos supplications ne sauraient l'ébranler. Vous l'avez blessée dans sa dignité, elle ne vous le pardonnera point. Ne vous l'a t-elle pas écrit ? elle ne vous aime plus. D'ailleurs, une entrevue dans ce moment pourrait-être dangereuse. Le médecin redoute une fièvre cérébrale.

Octave s'appuya contre un meuble pour ne pas tomber. Il défaillait.

Le baron le regarda sans pitié. Montarbey crut même reconnaître de la haine dans ce regard. Il n'espéra point le fléchir.

La vie sans l'amour de Gastonne, lui apparut soudain sombre, froide, désolée, comme un jour sans soleil. Il éprouva le désir de mourir.

— Je croyais, en vous voyant entrer, que vous veniez répondre à ma lettre et convenir avec moi du jour et de l'heure de notre rencontre.

— Je vous apporte une réparation, et vous persistez dans l'intention de vous battre ?

— Seriez vous lâche ? fit le baron avec mépris.

— Je suis à vos ordres, répondit Montarbey.

Il venait d'entrevoir dans ce duel un moyen d'en finir avec la vie.

— Quelle est votre arme ?

— Celle que vous voudrez.

— Soit ! Quant au jour, reprit M. de Persange, je ne pourrai exposer ma vie que lorsque celle de ma fille sera hors de danger.

Octave sortit chancelant comme un homme ivre. Sans être passionné par nature, les obstacles produisaient en lui tous les effets de la passion.

Pendant la maladie de Gastonne, il fit prendre chaque jour de ses nouvelles, et quand elles étaient mauvaises, il passait la nuit sous ses fenêtres.

Les doutes d'Octave étaient vaincus ; et malgré toute son adresse, la comtesse ne put les faire renaître.

10.

La coïncidence de la disparition de Rosette était pour lui une preuve certaine de l'innocence de Gastonne. Il avait appris par son valet de chambre, qui avait questionné les domestiques du château, que Rosette s'était enfuie le jour même où Gastonne avait reçu sa lettre. Si elle n'eût pas été coupable, eût-elle pris ainsi la fuite ?

Cependant, cette disparition était expliquée dans le monde très-diversement.

Voici ce qui s'était passé : Rosette, en quittant Persange, était allée chez Ernest Richon. Mais sa présence pouvait faire manquer le mariage d'Ernest avec mademoiselle Bonnet ; il fallait donc se débarrasser de la soubrette à tout prix. Outre que Rosette le compromettait, elle pouvait tout divulguer, lui attirer de méchantes affaires.

Dans sa perplexité, Ernest était allé trouver son père et lui avait tout conté. Le vieil avare comprenant l'imminence du danger, avait consenti à délier les cordons de sa bourse.

Ernest, en lui remettant cinq cents francs, avait décidé la pauvre fille à retourner à Paris, où il lui promettait de la rejoindre bientôt. Elle s'était résignée en pleurant à cette séparation.

Mais on avait aperçu Rosette sortant, les yeux rouges, de la maison habitée par Richon ; puis on l'avait vue monter en diligence. Cette visite et ce départ avaient donné lieu à différents commentaires.

Pour les uns, c'était une preuve de la liaison d'Ernest et de Rosette ; pour les autres, au contraire, la pauvre fille avait été sacrifiée à l'honneur de sa maîtresse. Elle n'était allée chez Richon que pour lui reprocher de l'avoir injustement déshonorée.

M. de Persange ne savait rien de ce qui se disait. La maladie de Gastonne l'occupait tout entier. Il ne quittait pas son chevet, lui prodiguant les soins et la tendresse d'une mère. Son ressentiment contre Octave s'augmentait de toutes les souffrances de sa fille.

Cependant la maladie de Gastonne dura peu. Elle possédait une de ces organisations fortes, une de ces volontés puissantes qui savent réagir même contre la douleur physique.

Elle entra promptement en convalescence. Elle semblait avoir oublié le passé.

Un jour qu'elle s'essayait à marcher, appuyée sur le bras de son père, sa nouvelle femme de chambre lui apporta une lettre. En reconnaissant l'écriture d'Octave, elle tressaillit, une légère rougeur couvrit ses joues, et souriant avec effort :

— Tenez, mon père, dit-elle, c'est une lettre de M. de Montarbey. Faites-moi le plaisir de la lui renvoyer sans l'ouvrir. Il comprendra ainsi que je veux ne plus entendre parler de lui.

— Tu es guérie de toutes manières, à ce que je vois.

— Oh! complétement! répondit-elle.

Néanmoins elle pâlit beaucoup et fut obligée de s'asseoir.

M. de Persange remarqua cette émotion. Il renvoya la lettre à Octave, et lui assigna un rendez-vous pour le lendemain. Il n'avait pas renoncé au duel convenu. Toutefois, sa fille étant rétablie, sa haine s'était un peu calmée. Mais il espérait, par cette rencontre, mettre une barrière de plus entre les amoureux.

Octave et le colonel se rencontrèrent le lendemain

matin dans le bois de sapins qui couronne le mont Persange.

Afin de se passer de témoins, ils échangèrent des
lettres qui constataient la loyauté du duel, quelle qu'en
dût être l'issue.

Octave était si défait qu'on eût dit qu'il sortait d'une
longue et douloureuse maladie. Le baron se sentit, en le
voyant, un mouvement de pitié, et fut tenté de lui demander amicalement de ses nouvelles.

Ils comptèrent les pas et chargèrent les pistolets.

Le hasard favorisa Octave, qui tira le premier. Il n'atteignit point son adversaire. La balle passa à plusieurs
pieds au-dessus de la tête du colonel. Celui-ci connaissait la bravoure et l'adresse d'Octave, dont la main n'a-
vait pu trembler. Si Montarbey ne l'avait pas atteint, c'est
qu'il avait voulu l'épargner.

M. de Persange se trouva humilié de cette générosité.
Il devina, à le voir ainsi, pâle et résigné, qu'Octave désirait la mort.

Au moment de tirer, il jeta son pistolet avec colère.

— Il ne sera pas dit, s'écria-t-il, que le colonel de Persange ait tué ou blessé, fût ce dans toutes les règles, un
homme qui ne se défendait point. C'est bien, monsieur,
je me déclare satisfait. Seulement, je vous adresse une
prière : c'est de ne pas chercher à revoir ma fille, de ne
pas lui écrire.

— Monsieur, répondit Octave, je suis prêt à vous le
promettre, si cette promesse est nécessaire à votre repos
ou à celui de mademoiselle Gastonne : mais permettez-
moi une observation : peut-être mademoiselle de Persange regrettera-t-elle un jour, comme moi, que le

malentendu qui nous sépare aujourd'hui n'ait pu s'expliquer.

— Non, monsieur, ma fille ne saurait vous pardonner jamais de l'avoir soupçonnée. Elle me le disait encore hier; et, bien qu'elle ne vous aime plus, dans l'état de faiblesse où elle se trouve, la moindre émotion pourrait causer une rechute funeste.

— Quoi qu'il puisse m'en coûter, monsieur, je me conformerai à vos désirs; je m'abstiendrai de nouvelles tentatives pour me réhabiliter dans l'esprit de mademoiselle Gastonne.

Il y eut dans sa voix un tel accent de douleur, que le baron fut prêt à lui tendre la main; mais il surmonta son attendrissement et se hâta de le quitter.

En agissant ainsi, M. de Persange crut avoir assuré le repos et le bonheur de sa fille.

## XXVI

Un mois s'est écoulé.

Gastonne est complétement remise. Seulement, un voile de gravité et de tristesse a remplacé sur ses traits l'expression de la sérénité et de l'enjouement. Pourtant elle a pris vaillamment son parti. Elle souffre moins d'avoir été déçue que de ne plus aimer. Elle est trop fière pour regretter un homme qui l'a ainsi méconnue; mais, après avoir entrevu les félicités de la passion, une vie sans amour est, pour cette âme ardente, une vie aride et décolorée.

Elle ignore encore les derniers événements, le bur-

lesque suicide de Grasset, la scène du Casino, le duel de
son père et de Montarbey, et enfin tous les cancans dont
elle continue d'être l'objet dans la ville. Sa maladie avait
naturellement fait une solitude complète autour d'elle.

Le baron ne sortait pas non plus. Il restait auprès de
sa fille et cherchait à la distraire.

Cependant, malgré les précautions qu'il avait prises,
afin que son duel avec Montarbey restât ignoré, le bruit
s'en était répandu et avait achevé de perdre Gastonne
dans l'opinion des pacifiques habitans de Lons-le-Saulnier.

— C'est non-seulement une femme sans mœurs, disait-on, mais encore une fille dénaturée, qui ne craint pas
d'exposer les jours de son père pour venger une blessure
d'amour-propre. Car, en recherchant la cause de ce duel,
on l'avait attribuée à la retraite injurieuse de Montarbey. On connaissait la bonté et le caractère paisible du
baron. Eût-il de lui-même provoqué Octave, pour cela
seul que ce jeune homme refusait d'épouser sa fille?

Quiconque, dans une réunion, eût osé défendre Gastonne, eût fait éclater contre lui un concert de voix aci-
des, de voix glapissantes, de voix nasillardes, criant à
l'immoralité, à l'irréligion, au scandale. Aussi personne
ne la défendait. Les jeunes gens eux-mêmes, sous peine
d'être mal notés par les jeunes filles ou par les mères de
famille, faisaient chorus.

Grasset seul, le chevaleresque Grasset, osait la soutenir. Il est vrai qu'il y allait de son amour-propre. Richon
étant reconnu pour l'amant de la soubrette, le rôle de
Grasset n'était plus ridicule. Il proclamait donc hardiment l'innocence de Gastonne.

On le laissait dire, et l'on se bornait à sourire de son infortune et de sa candeur.

Au commencement de l'hiver, on donna à Lons-le-Saunier un bal par souscription au profit des pauvres.

Gastonne résolut d'aller à ce bal. Peut-être y verrait-elle M. de Montarbey. Elle désirait le rencontrer en face pour l'écraser de son dédain. Elle voulait lui montrer qu'elle était bien guérie de son amour. Elle était bonne et généreuse pourtant ; mais, comme toutes les natures passionnées, elle était vindicative. Peut-être aussi un besoin d'émotions lui faisait-il souhaiter de rencontrer Octave. Peut-être enfin, — quel cœur de femme est sans faiblesse ? — une pensée de coquetterie la poussait-elle à paraître dans ce bal. Pourrait-il, en la voyant, n'éprouver aucun regret ?

Quelques jours avant ce bal, mademoiselle Sécherelle fit de nombreuses visites. A entendre sa voix doucereuse, à voir le pétillement de ses petits yeux gris, on pouvait deviner qu'elle machinait quelque odieuse malice.

Au moment où Gastonne achevait sa toilette, elle reçut un bouquet. Entre deux camellias, elle découvrit un billet soigneusement plié. Elle l'ouvrit. Il ne contenait que ces lignes :

« Ne venez pas au bal ce soir, il se trame quelque chose contre vous. »

Le billet n'était pas signé, mais l'arrangement du bouquet valait une signature. Elle reconnut d'ailleurs l'écriture des nombreux sonnets que lui avait adressés Grasset.

— Pauvre garçon ! pensa-t-elle, au moins il m'est fidèle, lui. Il ne peut sans doute se rendre au bal ce soir, et il veut m'empêcher d'y aller. Le moyen est ingénieux. Que n'ajoute-t il qu'on veut m'enlever ou me faire descendre dans une trappe !

Elle sourit et acheva tranquillement sa toilette.

A onze heures, elle faisait son entrée dans le bal. Elle était belle comme le sont les femmes belles qui veulent le paraître. Elle avait cette beauté qui rayonne et appelle irrésistiblement le regard.

Elle était un peu pâle; mais cette pâleur lui seyait bien. Son visage portait l'empreinte de la passion, et l'on devinait à ce regard triste et fier une âme souffrante et méconnue. Il exprimait à la fois de la haine et de l'amour.

Sa mise était un chef-d'œuvre d'élégance simple et d'harmonie. Sa robe se composait d'un nuage de tulle drapé sur une jupe de satin rose pâle. Ses bras nus sortaient d'un bouillon de tulle retenu sur l'épaule par une agrafe de topazes roses de Brésil. Ses cheveux, relevés en diadème, découvraient les tempes, puis retombaient en grappes d'ébène entremêlées de bruyère rose, sur le cou et les épaules, dont la blancheur éblouissante, le modelé parfait et la morbidesse rappelaient la splendeur des épaules italiennes.

Moins beaux, ses bras et ses épaules eussent semblé trop nus. Mais qui songerait à trouver inconvenants les marbres antiques? La complète perfection de la forme l'idéalise, inspire le respect, plutôt que le désir, et fait penser à l'art plutôt qu'à l'amour.

Quand on la vit entrer si pâle, si fière et si belle, il y eut dans la salle comme une rumeur suivie d'un silence. Les femmes ressentirent de la jalousie et du dépit ; les hommes, de l'admiration.

Gastonne ne parut pas s'apercevoir de l'effet qu'elle produisait; elle s'avança jusqu'au milieu du bal appuyée sur le bras de son père. Mais personne ne vint à sa rencontre, et elle sentit autour d'elle une atmosphère glacée. Elle ne s'arrêta point à cette impression. Elle n'entendit pas les chuchotements qui s'élevaient sur son passage; elle ne remarqua pas non plus l'attention maligne qu'excitait sa présence. Elle cherchait des yeux Montarbey; elle l'entrevit; leurs regards se croisèrent.

Il était là, lui aussi, uniquement pour la voir. Ainsi qu'il l'avait promis au baron, il ne tenterait pas de lui adresser la parole; mais il voulait la rencontrer encore: peut-être serait-elle touchée de son air souffrant et triste; peut-être comptait-il pour se rapprocher d'elle sur un de ces hasards invraisemblables comme en espèrent les amoureux. Il y a un dieu pour l'amour, comme il y en a un, dit on, pour l'enfance et pour l'ivresse. et tous les amoureux comptent sur ce dieu-là.

Le regard d'Octave, son regard passionné et suppliant, émut Gastonne. Elle sentit un frisson lui courir de la tête aux pieds.

— Il a bien souffert, pensa-t-elle, mais, s'il m'aimait, il est d'autant plus coupable de m'avoir soupçonnée. Il m'eût donc trompée, lui, puisqu'il a douté de moi!

Cependant un quadrille commençait, et personne ne l'invitait à danser. Elle s'en étonnait, quand un étranger vint lui offrir la main. Divers couples auxquels il s'adressa pour former le quadrille se dirent engagés. Il ne put trouver pour vis-à-vis qu'une vieille dame un peu folle et un cavalier grotesque. Gastonne, absorbée par sa rencontre

11

avec Montarbey, ne remarqua ni son vis-à-vis, ni les ricanements qu'il excita.

Le quadrille terminé, elle reprit sa place. Aucune femme ne vint s'asseoir à côté d'elle.

Quelques hommes l'entourèrent et lui adressèrent la parole. Il lui sembla que leur ton n'était pas complétement respectueux, et comme elle leur répondit avec froideur, ils s'éloignèrent.

Cependant cet isolement commençait à l'embarrasser. Elle aperçut à l'autre bout de la salle madame Bonnet et sa fille. Elle se leva pour aller les rejoindre.

Herminie, vêtue d'une simple robe blanche de tarlatane montante jusqu'au cou, se tenait modestement derrière sa mère, qui s'était affublée d'une robe couleur feu, constellée de diamants. L'éclat de sa robe rivalisait avec le pourpre de son teint. Madame Bonnet ressemblait à un vaste soleil, et éclipsait totalement son modeste satellite, la blanche et pudique Herminie.

Richon tournait autour de ces deux astres d'un air inquiet et agité, comme une comète qui cherche à s'implaner.

Herminie vit arriver Gastonne et ne bougea pas. Madame Bonnet tourna la tête d'un autre côté. Gastonne avança néanmoins et les salua amicalement ; mais comme elle adressait la parole à Herminie, madame Bonnet se retourna brusquement, et, d'un air magnifique :

— Mademoiselle, dit-elle, croyant frapper un grand coup, vous avez reçu, j'espère, la romance que nous vous avons renvoyée ?

— Oui, madame, et je regrette...

— C'est bien, mademoiselle, c'est tout ce que nous désirions savoir, interrompit l'auguste madame Bonnet.

Elle se leva majestueusement et s'éloigna, entraînant après elle la docile Herminie.

Gastonne demeura un instant interdite. Qu'avait-elle fait pour provoquer un tel courroux? Elle chercha à se rappeler si par hasard elle avait omis, — immense grief, — de leur rendre une visite. Elle se souvint qu'au contraire ces dames lui en devaient une.

— Allons, pensa-t-elle en souriant, j'ai démérité de madame Bonnet.

Et elle ne s'en inquiéta pas davantage.

Alors elle voulut s'asseoir; mais les rangs se resserrèrent, et les robes s'étalèrent sur les banquettes.

Elle salua en passant plusieurs dames, qui ne lui rendirent pas son salut.

Elle regarda enfin, et elle écouta. Dans tous ces yeux dirigés sur elle, elle vit une expression insolente et moqueuse, et elle entendit à ses côtés une dame qui disait :

— Bientôt elle viendra au bal toute nue. C'est un véritable péché de la regarder. Voyez comme tous ces hommes se la montrent au doigt. Elle n'a vraiment que ce qu'elle mérite.

Gastonne alors commença à comprendre que toute cette salle lui était hostile ; mais pourquoi? Dans son ignorance complète de tout ce qui s'était fait et dit à son égard, elle ne pouvait le deviner.

Malgré son habitude du monde et sa fierté, elle se trouvait donc mal à l'aise. Elle était alors au fond de la salle, et pour sortir il fallait la traverser de nouveau tout entière. Le baron ne se trouvait pas là pour lui prêter son bras. Dans son embarras, elle jeta les yeux autour d'elle. Elle vit Octave qui venait d'apprendre ce qui se passait et accourait l'avertir. Mais elle le fit reculer par un regard accablant de mépris et de froideur.

En même temps, s'avançait de l'autre côté, tout de noir habillé, Grasset, qui lui offrit son bras. Elle l'accepta héroïquement ; elle ne se détourna même pas du côté de Montarbey, qui s'était rapproché d'elle malgré son foudroyant regard.

Ce fut pour Grasset un beau triomphe que de traverser cette salle, ayant au bras la plus jolie femme du bal et la plus enviée. Dans le premier moment, son trouble fut extrême, et il ne put parler.

— Ah! mademoiselle, dit-il enfin, vous n'avez donc pas lu le billet caché dans mon bouquet?

— Si, vraiment, répondit-elle en souriant, mais vous savez que je suis brave. J'étais curieuse de savoir quel danger me menaçait.

— Un complot infernal, reprit Grasset.

En les voyant passer on faisait silence, et l'on se poussait du coude en ricanant.

— Un complot infernal? dit Gastonne à haute voix. C'est flatter beaucoup ceux qui l'ont conçu. Sot, à la bonne heure; méchant, oui; maladroit surtout, car il ne m'atteint pas. C'est d'ailleurs, ajouta-t-elle gaiement, une assez piquante étude de mœurs provinciales. Si vous avez des détails, mon cher monsieur Grasset, je vous serai obligée de me les donner.

— Voulez-vous me permettre d'aller vous voir demain?

— Je vous recevrai avec plaisir.

— Vous ne m'en voulez donc pas? demanda Grasset, en tournant vers elle un regard langoureux.

— Moi! pourquoi vous en voudrais-je? répliqua Gastonne avec étonnement.

En ce moment, ils étaient arrivés près de la porte, et le baron rentrait dans la salle.

— Mon père, dit-elle, je désire quitter le bal.

— Déjà!... souffres tu?

— Pas le moins du monde, répondit-elle, mais il se trame, à ce qu'il paraît, un complot contre moi.

— Qu'est-ce que cela signifie? demanda le colonel en fronçant le sourcil.

— M. Grasset nous contera cela demain.

Et elle tendit la main à son vaillant chevalier, qui en demeura hébété, pétrifié, cloué sur place.

Gastonne sortit au milieu de l'hilarité générale.

Tout cela se passa en moins de temps qu'il n'en a fallu pour l'écrire, dans l'intervalle de deux quadrilles.


## XXVII


Le lendemain, Grasset accourut à Persange, le cœur palpitant de nouvelles espérances.

Gastonne apprit de lui tout ce qu'elle souhaitait savoir.

Il lui raconta son désespoir et son suicide, en omettant, bien entendu, les détails qui pouvaient le rendre ridicule. Il lui signala la présence, si méchamment interprêtée, de Richon à cinq heures du matin, au château de Persange. Il lui rapporta l'effet produit par l'altercation de Montarbey et d'Ernest Richon au Casino, sur les habitants de la ville, et lui répéta quelques-unes des calomnies dirigées contre elle. Il lui dévoila enfin le complot qu'avaient tramé les bigotes de la ville, et à leur tête mademoiselle Séche-relle pour la bannir de leur société.

Les révélations de Grasset furent nécessairement in-complètes. Néanmoins, Gastonne entrevit la vérité.

Elle s'expliqua la disparition de Rosette qui, à l'instiga-tion de Richon sans doute, l'avait indignement trompée.

Elle crut comprendre aussi la véritable cause de la re-traite d'Octave. Il l'avait sacrifiée à l'opinion.

— Peut-être, se dit-elle, croit-il à mon innocence, et il doit me connaître assez pour y croire; mais c'est un ca-ractère indécis et pusillanime, dont la dignité ne procède que de l'amour-propre, et qui est incapable de braver ré-solûment la calomnie, si sa vanité doit en souffrir.

Dès cet instant tout regret fut éteint dans son cœur.

Elle vit aussi qu'elle ne pourrait jamais se réhabiliter dans l'esprit des habitants de la ville, lesquels saisissaient avec empressement l'occasion qui s'était offerte de tirer vengeance de sa supériorité. Elle comprit que, la vérité leur fût-elle démontrée, ils refuseraient d'y croire. Elle, qui avait failli mourir en perdant l'amour d'Octave, elle accepta dédaigneusement le jugement en dernier ressort prononcé contre elle par la société Sécherelle.

— Monsieur Grasset, dit-elle en lui tendant la main, je vous remercie doublement de votre visite; sans vous, j'aurais pu ignorer longtemps encore la pitoyable intri-gue dont j'ai été l'objet. Il est évident pour moi que cette malveillance a pour but de me faire quitter le pays. Pour y vivre désormais, il faudrait me résoudre à un isolement complet ou chercher à me réhabiliter vis-à-vis de l'opi-nion. Or, j'ai trop de franchise et de fierté pour lutter

contre l'intrigue et le mensonge. Je suis d'ailleurs convaincue que je succomberais dans la lutte.

— Comment! vous partiriez? s'écria l'ex-suicidé d'un
air consterné.

— C'est probable.

— Mais, mademoiselle, je vous en conjure, restez. Je
me charge, moi, de faire triompher la vérité, quand je
devrais encore, pour vous, exposer ma vie.

— C'est déjà trop d'une fois, dit Gastonne en souriant.
Merci, mon cher monsieur Grasset, je vous sais gré de
votre dévouement; mais, quoique j'habite depuis fort peu
de temps le pays, il se pourrait que je le connusse mieux
que vous; votre héroïsme me serait inutile.

Grasset quitta mademoiselle de Persange, le cœur désespéré; mais il se consola en pensant que, si ce dénoûment ne lui était pas favorable, ses rivaux n'étaient pas
mieux partagés, et que lui du moins avait encore le plus
beau rôle.

Lorsque Gastonne répéta à son père ce que lui avait
appris Grasset, il entra dans une violente colère, et me-
naça d'exterminer en duel tous les hommes de Lons-le-
Saulnier capables de tenir un pistolet ou une épée. Mais
Gastonne parvint à le calmer, en lui démontrant que les
femmes étaient ses plus cruelles ennemies, et qu'un com-
bat en champ clos contre elles était impossible. M. de
Persange, comme toujours, se rendit aux raisons de Gastonne, et finit par accepter ses décisions. Leur départ fut
en conséquence arrêté.

A la fin de décembre de la même année, Gastonne et
son père quittèrent Persange pour aller habiter Paris.

Le château et ses dépendances furent mis en vente.

Six mois après, Octave, indifférent à l'amour, harcelé

par sa mère et par ses créanciers, épousa mademoiselle Bonnet, laquelle lui apporta par contrat huit cent mille francs de dot.

La comtesse, Octave et sa femme allèrent s'établir à Paris.

# DEUXIEME PARTIE

---

## I

Deux ans se sont écoulés.

Pendant ces deux ans, Gastonne n'a pas aimé. Après l'amour élevé, idéal, que lui avait inspiré Montarbey, comment eût-elle pu se contenter d'un amour vulgaire ?

Dans l'incohérence d'un milieu social où l'étude des lois qui régissent les sympathies est entièrement négligée, rien n'est plus rare qu'un amour complet.

Tous les amours, quel qu'en soit le degré, sont bien de l'amour ; mais un sentiment qui nous absorbe le cœur tout entier, qui exalte à la fois toutes nos facultés, qui féconde l'esprit, qui ennoblisse l'âme, c'est là une ivresse sans égale qui nous ouvre une des portes de l'infini, et, qu'une fois ressentie, on ne peut oublier.

11.

Gastonne, qui avait trempé ses lèvres à la coupe de
cette suprême félicité, n'éprouvait que du dégoût pour les
frivoles hommages qu'on lui adressait. Un amour incom-
plet ne pouvait satisfaire cette âme riche et passionnée,
altérée d'idéal.

Elle avait recouvré son calme et même un peu de sa
gaieté; mais elle était prise parfois de profondes tristesses
que rien ne pouvait distraire. C'était le regret de son
amour. Son cœur s'ennuyait.

Elle n'avait pas revu Octave, et de plus elle savait son
mariage avec mademoiselle Bonnet, ce qui avait achevé
de le lui faire mépriser.

— Il a fait un mariage d'argent, se disait-elle; c'était
donc une âme vile. Il en voulait peut-être à ma dot! Il
me trompait avec tout cet étalage de beaux sentiments.
Comment ai-je pu me méprendre à ce point!

Ce n'était donc pas Octave qu'elle regrettait, c'étaient
ces beaux jours pleins de lumière et de splendeur où elle
avait aimé.

Du reste, ces deux années n'avaient nullement modifié
son caractère, ni soumis sa nature indépendante et fière
à l'hypocrisie de certaines conventions. Au lieu de s'as-
souplir, son indomptable dignité était devenue plus rigide
encore.

Les préjugés absurdes ou injustes la révoltaient. Ainsi,
elle ne pouvait admettre qu'une jeune fille de vingt ans
ne dût point sortir sans être accompagnée, tandis qu'une
femme mariée du même âge ne commet aucune inconve-
nance à paraître seule en public. C'était là un de ces non-
sens de l'étiquette contre lesquels elle tenait à honneur
de protester.

— Pourquoi, disait-elle, montrer aux jeunes filles une

telle défiance? N'est-ce pas reconnaître leur faiblesse, et justifier d'avance en quelque sorte les fautes qu'elles pourraient commettre?

Le monde à Paris n'a pas, à beaucoup près, les susceptibilités provinciales; et, à moins qu'on ne lui fournisse des preuves irrécusables de légèreté dans les mœurs, il pratique assez volontiers, comme disent les économistes, le *laissez faire, laissez passer*.

Le caractère hors ligne de Gastonne étant admis dans la société qu'elle fréquentait, on n'était ni scandalisé ni effarouché de ses principes et de ses façons d'agir.

Depuis son retour à Paris, n'ayant aimé personne, elle n'avait donné aucune prise à la médisance, à la calomnie même, et, bien qu'elle eût évincé tous les soupirants, comme elle n'en préférait aucun, elle ne s'était pas fait un seul ennemi. A Paris d'ailleurs les hommes repoussés ne ressentent pas aussi profondément qu'en province la blessure d'un refus; d'abord parce que ce refus y est plus facilement ignoré; et puis, là, une passion en emporte une autre. Au milieu de ce tourbillon d'affaires et de sentiments, il est difficile d'avoir une préoccupation forte de longue durée.


II


C'était une splendide matinée de printemps.

Le bois de Boulogne, un vrai bois alors, avec de mystérieux ombrages et de tortueux sentiers, était baigné de lumière, de rosée et d'enivrantes senteurs.

Gastonne se promenait seule à cheval, aspirant avec

délices ce parfum de sève qui enivre, ces effluves vivi-
fiantes que dégagent les bois dans la saison de l'amour.
Son groom ne la suivait qu'à une grande distance. Elle
l'exigeait ainsi, afin d'être plus seule et de pouvoir se li-
vrer en toute liberté à sa fougue ou à sa rêverie.

Ce jour-là elle se sentait un impérieux besoin d'expansion ; tantôt elle courait dans le bois à perdre haleine et
s'enfonçait dans les fourrés, évitant avec une rare adresse
les branches qui lui barraient le passage ; tantôt, modérant
le pas de son cheval, elle s'arrêtait devant un oiseau, devant un arbre, dont elle admirait en artiste la structure
ou le riche feuillage, ou bien elle rêvait.

— Sentir en son âme, pensait-elle, tant de sève, tant
de vie, tant de jeunesse, et pas d'amour ! Que de vaines
aspirations ! que de facultés perdues pour le bonheur ! la
moindre fleur qui s'épanouit au soleil n'est-elle pas plus
heureuse que moi ? Son attraction du moins est propor-
tionnelle à sa destinée.

Comme elle cheminait lentement, deux jeunes cavaliers,
en passant auprès d'elle, la regardèrent avec affectation,
et puis firent d'inconvenantes remarques sur sa grâce et
sur sa beauté.

Gastonne s'aperçut alors que son domestique l'avait
perdue de vue, et pour éviter les deux importuns, elle
lança son cheval au galop. Mais ceux-ci, croyant à un
manége de coquetterie, s'obstinèrent à sa poursuite.

Bientôt, fatiguée de cette fuite qui l'humiliait, elle ralentit le pas de son cheval. Alors les deux cavaliers se
rapprochèrent d'elle, et, comme ils se trouvaient au détour d'une allée, dans un endroit désert, l'un d'eux étendit le bras pour lui saisir la taille. Gastonne fit faire à son

cheval un écart brusque, et cingla de sa cravache le visage de l'insolent.

En ce moment, ils débouchaient dans une allée principale, et un troisième personnage, que Gastonne ne vit
pas, put remarquer l'obsession dont elle était l'objet.
Les deux promeneurs, en effet, continuaient à la suivre
de très-près. et, lui adressant des galanteries de mauvais
goût, la forçaient à chaque instant à traverser l'avenue.

Cependant le troisième cavalier s'était aussi rapproché,
et paraissait regarder attentivement Gastonne.

— C'est elle! ce doit être elle! disait-il. Quelle autre
femme monte un cheval avec cette élégance?

Comme il pressa le pas pour la devancer et voir son visage, il entendit en passant les propos insolents des deux
acharnés promeneurs.

— Quelle que soit cette femme, se dit-il, je ne la laisserai pas insulter ainsi.

En ce moment, Gastonne, pour éviter ses persécuteurs,
rebroussa chemin, mais si vivement, que son cheval fit
un faux pas en tournant sur lui-même et s'abattit.

Le survenant put donc la rejoindre. Il sauta à bas de
son cheval, mais la jeune fille était déjà sur pied.

— Madame…, dit-il en la saluant.

Gastonne, au son de cette voix, tressaillit et se retourna
vivement.

— Octave! s'écria-t-elle.

— Gastonne! dit Montarbey.

Après ce premier cri arraché par la surprise, et peut-
être par une joie instinctive de se retrouver enfin, ils re-
prirent un ton cérémonieux.

— Mademoiselle, continua Montarbey d'une voix encore émue, je suis heureux de venir aussi à propos vous débarrasser de l'obsession de ces impertinents.

Et, se retournant vers les deux jeunes gens qui les rejoignaient en ce moment en ricanant :

— Messieurs, leur dit-il indigné, vous êtes des lâches d'insulter ainsi une femme seule, et, si vous ne vous retirez à l'instant, vous me rendrez raison de votre inconvenante poursuite.

Au ton que prenait Octave, les jeunes étourdis jugèrent qu'ils s'étaient fourvoyés. Ils adressèrent des excuses à Gastonne et s'empressèrent de se retirer.

— Me permettrez-vous, mademoiselle, reprit Montarbey, puisque vous êtes seule, de vous suivre à quelque distance, afin de prévenir de nouvelles importunités.

— Pourquoi pas à côté de moi, monsieur, ne sommes-nous pas d'anciens amis? répondit gracieusement Gastonne.

Montarbey l'aida à se remettre en selle, car elle s'était légèrement foulé le pied en sautant à bas de son cheval.

Pendant le trajet, qui fut court, ils se montrèrent tous deux contraints, embarrassés. A peine échangèrent-ils quelques froides paroles sur la beauté du jour, sur le charme de cette promenade matinale.

Montarbey ne pouvait dissimuler son trouble, tandis que Gastonne conservait, au contraire, une grande liberté d'esprit.

Il comprit qu'elle n'avait rien gardé de son amour.

— Il serait curieux, pensait Gastonne de son côté, aujourd'hui que je ne l'aime plus, que je ne puis plus l'aimer, d'étudier cette nature-là. Peut-être ai-je été singulièrement aveuglée par l'amour, par la jeunesse, par l'isolement intellectuel où je me trouvais alors. Maintenant, peut-être, ne découvrirais-je en lui aucune des qualités qui m'avaient séduite. Un homme qu'on a cessé d'aimer, et qu'on retrouve après une séparation, doit causer le même désenchantement qu'un morceau de poésie dont la lecture vous ravissait aux heures de la jeunesse et de l'inexpérience, et qu'on relit avec ennui dans un âge plus mûr. On sourit alors du candide enthousiasme qu'on éprouvait jadis.

A la sortie du bois, Gastonne retrouva son domestique, qui l'y attendait.

Se tournant alors vers Montarbey :

— Monsieur, lui dit-elle, je vous remercie de votre obligeante intervention.

Et, l'ayant salué, elle s'éloigna rapidement sans attendre sa réponse.


### III


Mademoiselle de Persange, en rentrant chez elle, parla à son père de la rencontre qu'elle avait faite, et du service très-réel qu'Octave venait de lui rendre.

Le baron, depuis que Montarbey était marié, ne le redoutait plus. D'après ses idées chevaleresques, un duel d'ailleurs effaçait tout. Il se rappelait qu'Octave s'était très-bien conduit sur le terrain, et qu'il avait tenu religieusement sa promesse de ne faire aucune tentative pour regagner l'affection de Gastonne. Il se promit de lui faire oublier par son bon accueil son hostilité passée, si, comme cela était probable, Montarbey venait prendre des nou-

velles de Gastonne au sujet de l'accident qu'elle avait
éprouvé.

Octave envoya, en effet, s'informer des suites de la
chute de Gastonne, mais il ne vint pas tout d'abord lui-
même. Il avait ressenti une si vive émotion en revoyant
mademoiselle de Persange, qu'il redoutait de se retrouver en sa présence. La revoir, n'était-ce pas se préparer
de grandes souffrances?

Il n'était pas heureux. Herminie Bonnet ne répondait
nullement aux exigences de son esprit et de son cœur.
Chaque jour, au contraire, se révélait une incompatibi-
lité de plus, quelque aspect nouveau de cette nature
froide, hypocrite et méchante ; chaque jour il regrettait
plus amèrement le passé. Était-il donc prudent, était-il
sage, dans l'intérêt de son repos, de se mettre en face
d'un bonheur perdu pour toujours, et par sa faute?

Mais enfin la passion ne calcule pas longtemps. Octave
trouva toutes sortes de sophismes pour se persuader à
lui-même qu'il devait une visite à Gastonne et à son père,
après ce qui venait d'arriver. Au bout de quelques jours
de luttes, d'hésitations, il se décida à faire cette visite,
qu'exigeait la plus simple politesse.

Gastonne, qui avait cru remarquer son émotion, l'avait
attendu plus tôt. Ce retard piqua son amour-propre.

— Il ne tient pas même à ma reconnaissance! se dit-
elle. Quel souvenir a-t-il donc gardé de moi? Oh! si je
me vengeais!... si je lui apprenais ce que je vaux!... si,
à mon tour, je le faisais souffrir!... N'aurais-je pas compris l'amour?... Peut-être l'amour, tel que je le conçois,
n'existe-t-il que dans les fictions et dans ma tête de jeune
fille... La coquetterie, c'est là peut-être tout l'amour!....
En amour, la sincérité ne serait-elle pas de la duperie?...

Probablement je ne suis ni assez femme, ni assez faible,
ni assez menteuse pour captiver sérieusement un homme.
Les hommes aiment le mensonge : leur mentir, n'est-ce
pas reconnaître leur supériorité? Octave ressemblait
sans doute à tous les autres. Je le grandissais pour l'é-
lever jusqu'à moi; mais c'était une âme vulgaire, incapable de comprendre la noblesse de mes principes. Avec
un peu plus de coquetterie, je l'aurais subjugué. Malheureusement, j'étais alors trop aimante pour être coquette!... Mais si, aujourd'hui que je n'aime plus, je me
faisais aimer de lui pour le dédaigner ensuite comme il
m'a dédaignée!... Oui, cette étude m'amuserait; ce serait
une distraction dans la pauvre vie qu'il m'a faite. Il a
douté de moi... eh bien! je lui apprendrai que Gastonne
de Persange ne peut faillir : je tâcherai d'être un instant
femme et coquette; je saurai le fasciner, l'enivrer, et puis
je le renverrai froidement à son Herminie Bonnet!

Gastonne, nous l'avons dit, était généreuse et bonne,
mais vindicative comme toutes les natures passionnées.
Ce projet de vengeance lui plut, et elle attendit son ancien prétendant avec une véritable fièvre d'impatience.

Cette première visite d'Octave fut courte.

Le baron était présent. On parla de choses générales;
non pas précisément de la pluie et du beau temps, mais
sport, littérature, théâtre, musique.

L'art suprême de la coquetterie, c'est d'être coquette
sans le paraître. Gastonne le comprit. Cette première
, elle fut tout simplement affable. Elle apporta dans
la conversation beaucoup de naturel, de grâce et de présence d'esprit, et, comme le colonel lui-même, un air de
bienveillance qui toucha profondément le cœur d'Octave.

En prenant congé, il demanda au colonel et à Gastonne

la permission de revenir. Elle lui fut gracieusement accordée.

Il était venu le cœur plein de trouble et d'appréhensions ; il s'en alla heureux, calmé, attendri.

Il revint trois jours après. Gastonne l'attendait. Elle était seule ce jour-là.

Dans cette seconde entrevue, elle se proposa de découvrir quel genre et quel degré d'affection Octave lui avait conservés. Elle voulut, à cet effet, évoquer les souvenirs du passé.

Elle le reçut dans un petit salon de travail. Ce salon, situé au premier étage, ouvrait sur un jardin. De grands arbres, placés devant les fenêtres, y répandaient une agréable fraîcheur. Les croisées étaient ouvertes, et il arrivait du jardin le suave parfum des lilas. On eût pu aisément se croire à la campagne, à Persange.

Gastonne, pour aider à l'illusion, avait disposé les meubles de son appartement comme ils étaient autrefois : les mêmes tableaux étaient à la même place ; même profusion de fleurs, même désordre artistique, même esprit, même grâce dans les plus petits détails, avec plus de coquetterie toutefois. Enfin, la partition de *Lucie* était ouverte sur le piano.

En entrant, Octave éprouva un tressaillement qui n'échappa point à Gastonne.

Elle était au piano et chantait. Sa mise lui séyait à ravir. Elle portait une robe de soie bleu-ciel, garnie de velours noir. Le corsage était une petite casaque flottante, sous laquelle se dessinait sa taille mignonne et souple. Les bras, ornés de cercles d'or, sortaient à demi d'un flot de dentelles. Ses cheveux noirs, naturellement bouclés,

étaient retenus par une résille de soie bleue et de perles
fines avec des glands d'or.

— Je vous dérange sans doute, mademoiselle, dit
Octave, qui dans son trouble n'imagina rien de plus
spirituel. Ne suis-je pas indiscret de revenir si tôt ?

— Oh! du tout, répondit Gastonne qui parut contente
de le revoir ; je vous en remercie au contraire.

Elle tendit à Octave une cigarette parfumée, et en
alluma une pour elle-même.

La cigarette était le seul défaut de Gastonne ; encore
eût-on dit qu'elle cherchait à se le faire pardonner par la
grâce toute féminine qu'elle déployait dans ce délasse-
ment masculin.

Montarbey n'osait la regarder.

— Monsieur Octave, dit-elle du ton le plus naturel et
le plus dégagé, je crois que nous ferons bien tout d'abord
de nous entendre franchement sur le sens des visites que
vous voulez bien faire à d'anciens amis. Ce que je vous
demande donc, avant tout, c'est une entière sincérité.
Sans sincérité, il n'y a pas de relations amicales durables.

— C'est aussi mon avis.

Gastonne reprit :

— L'amitié entre un homme jeune et une jeune femme
est généralement regardée comme impossible. Or, je crois
que nous devons mettre notre honneur à démontrer le
contraire.

— Moi-même, je n'y croyais pas avant de vous avoir
revue.

— Et depuis, fit Gastonne, en attachant sur lui ce long
regard voilé et profond qui le troublait autrefois?

— Depuis, répondit-il, en tressaillant sous son regard,
sans vous trouver moins de charmes qu'autrefois, le désir

d'obtenir votre affection à un titre quelconque me donne le courage d'essayer. Mais je ne vous cache pas que c'est de ma part un acte d'héroïsme; car il faut être brave pour exposer son cœur de la sorte, alors qu'il est encore mal guéri d'une ancienne passion.

— Monsieur le comte, dit Gastonne avec dignité, cette galanterie n'est pas de mon goût. La première condition que je voulais poser pour établir nos relations amicales sur des bases durables, c'était de ne jamais revenir sur le passé. Le passé ne doit plus exister; l'idée d'amour ne doit jamais être évoquée entre nous. Vous savez mes principes; ils sont inflexibles : je ne veux pas d'un amant. Si vous redoutez le moindre danger, c'est que ce danger vous menace. En ce cas, il vaudrait mieux nous séparer tout de suite, car je ne veux ni votre malheur ni le mien.

— Soit! dit-il, ne parlons jamais de ce passé. Je saurai si bien l'ensevelir en moi, que vous n'en verrez plus la moindre trace.

— Merci, reprit-elle d'une voix attendrie; je vous sais loyal, et je crois à cette promesse. Pourtant je serais fâchée qu'avant de faire les funérailles de notre amour, nous n'eussions pas, sur ce passé précisément, quelques mots d'explication, afin que vous soyez bien convaincu que je ne conserve contre vous aucun ressentiment. Je sais le véritable motif qui vous a fait renoncer à moi. Je vous avoue que ce motif alors ne me paraissait point suffisant, et que maintenant encore...

— Oh! vous ne saurez jamais, reprit-il, ce qu'il m'en a coûté...

— J'en suis bien persuadée, interrompit Gastonne avec une nuance d'ironie; mais enfin aujourd'hui vous devez en être consolé, vous avez fait un très-beau mariage, sous le rapport pécuniaire du moins.

— Ah! mademoiselle, pourriez-vous croire que la question d'argent fût entrée de ma part pour quelque chose dans ce mariage! Il est des circonstances si impérieuses!...J'ai cédé aux supplications de ma mère. Et puis, après vous avoir perdue, je n'espérais plus le bonheur; toutes les femmes m'étaient également indifférentes.

— Pauvre sacrifié! fit Gastonne en souriant. Mais ne parlons plus de cela.

Elle lui tendit la main en signe de pardon et d'oubli.

Octave la prit et la porta respectueusement à ses lèvres.

Gastonne sentit tomber sur sa main deux larmes brûlantes. Il l'aimait donc encore! Elle éprouva une émotion étrange; mais elle se remit promptement et crut n'avoir ressenti que le contre-coup de l'émotion d'Octave.

Elle retira sa main sans paraître s'apercevoir qu'Octave eût pleuré. Pour le laisser se remettre, elle alla s'asseoir au piano, et s'abandonna à une improvisation pleine d'originalité et de verve joyeuse.

Octave prolongea sa visite beaucoup plus que la première fois, et, comme la première fois, il sortit heureux et enivré. Elle l'avait ému, puis calmé. Elle connaissait maintenant le secret de le faire vibrer à son gré. Elle avait voulu savoir s'il l'aimait encore, maintenant elle n'en pouvait douter. Elle avait voulu lui prouver qu'elle pardonnait le passé, et éloigner de lui toute idée qu'elle pensât à se venger; elle avait complétement réussi.

Toutefois, quand il fut parti, elle se sentit prise d'hésitation pour le rôle qu'elle jouait; mais, au souvenir de ses souffrances, au souvenir du mariage d'Octave, qui, en fin de compte, lui avait préféré Herminie Bonnet, elle persista dans son projet de vengeance.

Et puis elle se disait :

— C'est une nature faible ; si la souffrance est vive, elle sera de courte durée.

Quant à elle, malgré l'émotion qu'elle avait ressentie, elle ne redoutait rien. Elle n'aimerait jamais un homme dont elle ne pouvait estimer entièrement le caractère.

## IV

Pendant que cette scène se passait chez Gastonne, une scène à peu près analogue, mais vulgaire et déclamatoire comme les personnages qui y figuraient, avait lieu chez Montarbey.

Dans un riche salon, Herminie Bonnet, aujourd'hui comtesse de Montarbey, est nonchalamment assise sur une ottomane.

Il s'est fait en elle une complète transformation, et l'on a peine à reconnaître, dans cette femme élégante, la modeste héroïne de Lons-le-Saulnier. Son teint a perdu ce qu'il avait de trop vif ; ses mains sont devenues blanches et effilées ; ses yeux ont plus d'éclat ; des boucles luxuriantes ont remplacé les courts bandeaux de la jeune fille ; sa taille ronde et souple est gracieusement emprisonnée dans une robe de soie mauve. Malgré la réserve du regard, malgré la froideur affectée des manières et le ton ascétique du langage, tout en elle respire la coquetterie. Elle paraît avoir pris avec beaucoup de tact et d'esprit la toilette et les habitudes du monde où elle vit ; il ne lui reste de son origine commune que son grand pied plat, certaines locutions vulgaires et quelque peu de cet accent franc-comtois qu'il est si difficile de perdre entièrement.

Ce qu'elle a surtout admirablement compris, c'est l'amalgame que certaines femmes de ce monde-là font du bigotisme et de la coquetterie : mysticisme affecté, coquetterie sournoise, dont l'un sert à déguiser l'autre.

Ainsi, l'on eût trouvé dans la chambre d'Herminie un scapulaire au-dessus d'une toilette *duchesse*, un livre de cantiques sur la *Physiologie du mariage*. Elle portait au même cordon des médailles saintes et un cachet représentant un amour armé de son carquois.

Au moment où nous la retrouvons, son directeur est auprès d'elle, c'est le commensal de la maison. La présence fréquente d'un tel convive est la plus haute expression du grand luxe nobiliaire. C'est presque un chapelain.

Herminie se souciait assez peu en ce moment des dissertations de son directeur. Elle était distraite ; elle l'écoutait sans l'entendre ; elle avait les yeux fixés sur la pendule, et frappait avec le bout de ses doigts de petits coups secs sur le bras de son fauteuil. Elle paraissait attendre quelqu'un.

On annonça Ernest Richon. C'était toujours le même joli fat. On devinait, à la coupe de ses habits, qu'il se faisait habiller chez Humann, et l'art de sa coiffure révélait la main exercée de l'illustre Galabert.

Son père était mort en lui laissant une belle fortune, qu'il était venu dissiper en compagnie de Rosette, la seule femme qui l'eût jamais aimé. Mais cette liaison quasi-conjugale ne satisfaisait point sa vanité. Il poursuivait toujours ce rêve tant caressé, l'amour d'une grande dame.

Il avait plusieurs fois rencontré madame de Montarbey dans le monde. La nouvelle position d'Herminie, sa beauté, son titre de comtesse, c'était plus qu'il n'en fallait pour inspirer à Richon le désir d'une conquête que leurs anciens rapports semblaient devoir rendre facile. Quelques tendres regards lui avaient donné de grandes espérances. Il avait obtenu d'Herminie la permission de lui rendre visite. C'était lui qu'elle attendait.

Elle le reçut avec froideur. Elle continua à parler quelque temps encore d'œuvres pies, sans faire grande attention à Ernest. Puis se levant :

— Je vais vous remettre, dit-elle à son directeur, quelque argent pour nos pauvres ; car je ne pourrai vous accompagner aujourd'hui.

Celui-ci reçut l'offrande de sa pénitente et se retira.

Aussitôt qu'ils furent seuls, Ernest se jeta aux genoux d'Herminie. Il croyait ce mouvement théâtral du meilleur effet. ·

— Oh ! merci, chère comtesse, de m'avoir accordé cette entrevue si ardemment souhaitée !

— Que faites-vous, grand Dieu ! s'écria Herminie avec effroi. Où croyez-vous être ? Un domestique, ma belle-mère, mon mari ne peuvent-ils entrer ? Relevez-vous, monsieur, ou je sonne.

Ernest se releva.

— Allez-vous déjà, reprit-elle sévèrement, troubler par vos extravagances le plaisir que j'éprouve à revoir un ancien ami ? Je suis mariée, l'oubliez-vous ?

— Comment pourrais-je l'oublier, répliqua Richon d'un ton pathétique, ce mariage maudit qui m'a plongé dans le désespoir ?

— J'aime à croire pourtant que vous êtes un peu consolé, dit ironiquement la comtesse.

— Consolé! pourrais-je l'être quand je vous vois,
quand je subis la fascination de votre beauté! Il est vrai
que j'ai cherché à m'étourdir.

— Et vous y êtes parvenu, ce me semble.

— Ignorez-vous que l'impérieux désir de vous revoir
est le seul motif qui m'ait conduit à Paris? Oh! Herminie,
que vous êtes cruelle de me parler ainsi!

— Allez-vous m'adresser des reproches, reprit la
comtesse en riant, vous qui me trompiez indignement?
Et pour qui? Pour une femme de chambre! Je me suis
mariée de dépit.

— Je vous trompais! En aviez-vous la preuve? Vous
n'avez pas seulement voulu m'entendre.

— Mon cœur était blessé au vif, et j'étais trop fière pour
demander une explication. La visite que vous fit Rosette
avant de quitter Lons-le-Saulnier n'était-elle pas une
preuve suffisante?

— Et pourtant j'étais innocent! Mais pourquoi revenir
sur un passé malheureusement irréparable? Dites-moi,
chère, comtesse, êtes-vous du moins heureuse?

Herminie leva les yeux au plafond et poussa un profond
soupir.

— Que signifie ce soupir? s'écria Ernest avec un em-
portement tragique. Il vous rendrait malheureuse, lui,
mon rival détesté! Ah! que ne puis-je!...

— Dieu! taisez-vous, de grâce! Il est mon mari, monsieur. Est-ce que je me plains? dit-elle d'un ton de douloureuse résignation.

— Non, mais j'ai tout deviné. Pourquoi me cacher vos

12

peines? Avouez le à votre meilleur ami, vous n'êtes pas heureuse.

— Une femme qui se respecte, monsieur, répondit-elle avec dignité, doit renfermer ces peines-là dans le fond de son cœur et les offrir à Dieu dans le silence de la prière; c'est ce que me disait tout à l'heure encore ce saint homme, à qui je parlais de mes chagrins.

— Vous l'avouez donc enfin! votre cœur souffre!...

— Eh bien! oui, je souffre! dit-elle, comme si cette confidence faisait explosion malgré elle. Mon mari ne m'aime pas, et je ne puis l'aimer. Mon Dieu! qu'ai-je dit?

Et elle se voila le visage de ses mains.

— Monsieur Richon, jurez-moi, reprit-elle, que cette confidence, vous ne la répéterez jamais à personne, et que ce sera entre nous un secret éternel.

— Ainsi, vous ne l'aimez pas, vous ne l'aimez pas, répétait Ernest en la contemplant avec passion.

— Ah! c'est là un grand péché dont je demande pardon à Dieu tous les jours. Si vous saviez avec quelle ferveur je prie Dieu de me faire aimer mon mari!

— Quelle admirable candeur! Si Dieu ne vous a pas exaucée, c'est donc que vous ne devez pas l'aimer.

— Il est si hautain, si dédaigneux! Devant lui je tremble comme une enfant.

— Pauvre victime!

— Jamais une parole affectueuse. Je suis aimante cependant, et si mon mari eût été bon pour moi, je l'eusse adoré!

— Assez, je vous en conjure! épargnez-moi ces cruels aveux.

En prononçant ces mots, Ernest cherchait à donner à son insignifiant visage l'expression du désespoir.

Si Herminie l'eût regardé, elle n'aurait pu s'empêcher
de rire. Mais, la tête renversée dans une attitude douloureuse, elle avait les yeux fixés sur la corniche, et deux
larmes, que, par je ne sais par quel procédé physiologique,
elle avait pu extraire de ses glandes lacrymales, deux
vraies larmes roulaient sur ses joues. Elle était belle
ainsi, avec ses longs cheveux bouclés, rejetés en arrière,
découvrant les modelés fermes et purs, les teintes na-
crées de son cou, sa petite oreille fine et rouge, et ses
tempes fraîches et veloutées. Son bras potelé et un peu
massif, d'une blancheur rosée, pendait à côté d'elle. Herminie paraissait savoir que cette pose de Madeleine l'em-
bellissait. Elle resta longtemps dans cette attitude
éplorée.

— Pauvre ange méconnu! pauvre âme incomprise!
murmurait Richon en prenant timidement entre les
siennes cette belle main qui pendait en dehors du fauteuil.

Herminie retira vivement sa main.

— Je vous en prie, supplia Ernest, donnez-moi
cette preuve d'amitié et de confiance, laissez votre main
dans la mienne.

— Non, c'est peut-être mal, dit-elle avec une ingénuité
d'enfant.

— Votre main, de grâce, insista-t-il.

Herminie laissa tomber sa main dans celle d'Ernest,
mais tout à coup elle la retira.

— J'entends quelqu'un, s'écria-t-elle, en se redressant
comme mue par un ressort. C'est ma belle-mère sans
doute. Si vous saviez quelle femme hautaine et méchante! On me surveille ici comme une petite fille. Éloi-
gnez-vous, allez vous asseoir là-bas sur cette chaise.

Ce ne fut pas la comtesse qui entra, ce fut Montarbey lui-même, qui parut étonné de trouver là Ernest Richon. Il l'avait, lui aussi, rencontré plusieurs fois dans le monde, mais il était peu charmé de le voir chez lui.

Il salua très-légèrement, et traversa l'appartement sans dire un mot.

— Il ne m'aime pas, mais il est jaloux! se dit Herminie. Tant mieux! la jalousie peut vaincre l'indifférence.

La perspective d'une nouvelle querelle, encore plus sérieuse que la première, avec Montarbey, calma singulièrement l'enthousiasme d'Ernest. Il réitéra néanmoins ses protestations de dévouement, et sortit en faisant la réflexion qu'avant de se lancer davantage dans cette intrigue, il ferait bien de prendre des leçons d'escrime.

Restée seule, Herminie se plaça devant une glace, répéta toutes les poses qu'elle avait prises, et fut satisfaite de sa beauté.

— Et celui-là, m'aime-t-il réellement? pensa-t-elle: je ne sais trop si c'est là de l'amour. Quand j'étais à marier, c'était simplement peut-être de l'ambition ; maintenant, ce n'est probablement que de la vanité. Quant à moi, je le sens bien, ce n'est pas de l'amour : oh! non, ce n'est que du dépit... du ressentiment... de la colère...

Voici quelle était alors la position d'Octave à Paris. Il était attaché au ministère des affaires étrangères. Ses émoluments, joints à la fortune de sa femme, lui permettaient de tenir rang dans l'élite de la société parisienne. Les salons les plus aristocratiques lui étaient ouverts. Il se voyait appelé à une carrière brillante. L'amour d'Herminie pouvait donc satisfaire des vanités plus exigeantes que celle d'Ernest Richon.

Afin d'inspirer de la jalousie à son mari et de se venger

de la froideur qu'il lui témoignait, elle avait feint déjà d'ébaucher plusieurs intrigues. Bien qu'elle fût d'une circonspection extrême, et qu'elle affichât une grande dévotion, la duplicité de sa conduite n'avait point échappé à Octave. La promptitude avec laquelle elle s'était initiée aux stratagèmes de la galanterie lui causait un pénible étonnement. Malgré la bonté et la douceur de son caractère, il n'avait pu toujours dissimuler l'éloignement et le mépris que lui inspiraient les petits manéges de cette coquette hypocrite.

Il régnait donc entre eux une excessive froideur ; et cette union, que de prime abord le monde pouvait juger heureuse, offrait une des plus grandes misères morales du mariage : l'absence totale de sympathie.

Qu'il y avait loin de cette existence terne, froide, privée des splendeurs de l'amour, à celle qu'il avait rêvée avec Gastonne !

Quand il parlait devant sa mère de ses regrets :

— Bah ! répondait-elle, tu serais marié avec mademoiselle de Persange, qu'aujourd'hui vous en seriez peut-être au même point, et tu aurais la fortune de moins.

Toutefois la comtesse ne parlait ainsi que pour consoler son fils, car elle commençait elle-même à entrevoir qu'Herminie n'était pas précisément la jeune fille vertueuse et soumise que lui avait vantée mademoiselle Sécherelle.

En découvrant les penchants funestes de sa belle-fille, et les amers regrets de son fils, elle appréhendait vaguement quelque malheur.

Ce jour-là, le repas fut plus silencieux et plus contraint que de coutume. Octave était absorbé par le souvenir

12,

des moments délicieux qu'il venait de passer auprès de Gastonne. Herminie pensait à Ernest.

— Madame, dit-il à sa femme vers la fin du dîner, oserais-je vous prier, si toutefois la société de M. Richon ne vous est pas indispensable, de ne plus le recevoir ici. La vue de cet homme m'est particulièrement désagréable.

— Mon ami, répondit Herminie d'un ton de victime, vos désirs sont pour moi des ordres.

— Allons, pensa la comtesse, ce pauvre Octave vient de faire une sottise. La soumission empressée d'Herminie m'est suspecte. Avec les femmes de ce caractère l'obéissance apparente est presque toujours le signe d'une secrète révolte.

Aussitôt qu'elle fut rentrée dans son appartement, Herminie écrivit à Ernest :

« Monsieur,

» Mon mari me défend de vous recevoir chez moi, Dieu sait pourtant si mes intentions étaient pures! Mais je suis esclave de mon devoir, et mon devoir est de lui obéir, quels que soient ses torts envers moi.

» Je veux même outrepasser ses ordres. Quoi qu'il ne m'ait pas défendu de vous voir autre part, je vous supplie d'éviter ma présence en tous lieux. Le mardi, par exemple, je vais au théâtre Italien, le vendredi à l'Opéra, le samedi aux soirées de l'ambassade d'Espagne, où nous nous sommes rencontrés. Faites tout votre possible pour être ailleurs ces jours-là, je vous en conjure.

» HERMINIE. »

— A merveille! se dit Richon en recevant cette lettre.

Elle peut compter sur mon exactitude... à lui déso-
béir.


## V


Cependant Gastonne poursuivait aussi sa propre vengeance.

Pendant le premier mois, elle fut charmante, bonne,
attentive, enjouée. Ce premier mois se passa pour le cœur
d'Octave sans souffrance et sans orage. Si Gastonne soulevait en lui quelque agitation passagère, elle le calmait
l'instant d'après par quelque bonne et amicale parole. Ce
furent pour lui de beaux jours qui lui rappelaient le bonheur d'autrefois. Ils se voyaient fréquemment, soit au
bois, soit au théâtre, soit dans le monde.

— Je crois, pensait Gastonne, qu'il se contentera de
mon amitié.

Elle-même trouvait, bien qu'elle n'osât se l'avouer, un
très-grand charme à cette paisible intimité, et par instant
elle oubliait son ressentiment. Mais la curiosité que lui
inspirait cette étude, faite au vif sur le cœur d'un homme
qu'elle avait aimé, aussi bien que les réminiscences du
passé, la poussaient à persévérer.

Alors elle changea de système. Elle introduisit dans ce
calme plat le mouvement, les péripéties, les perplexités.
Elle n'épargna à Octave aucun de ces petits raffinements
de cruauté à l'usage des coquettes. Son humeur devint
très-irrégulière. La torture commença.

Lui avait-elle annoncé qu'elle se promènerait au bois,
ou qu'elle irait à tel ou tel spectacle, elle se faisait atten-

dre ou même s'abstenait d'y paraître. Tantôt elle se montrait avec lui d'une humeur glaciale, réservant pour d'autres ses gracieux sourires, ses spirituelles réparties ; tantôt, d'une grande gaieté, mais de cette gaieté caustique
qui heurte si péniblement les âmes tendres. D'autres fois,
sous prétexte que le temps était pluvieux ou couvert, elle
s'abandonnait à une tristesse profonde, ou bien elle chantait avec lui de sa voix la plus émue des paroles d'amour,
et lui adressait des phrases inachevées, entrecoupées de
soupirs, qui lui remuaient le cœur; et quand elle le voyait
troublé, palpitant, prêt à se jeter à ses pieds, elle l'arrê-.
tait par un mot sec, par un sarcasme qui tombait sur son
émotion comme une douche glacée.

Le passé n'était jamais directement rappelé ; mais Gastonne y faisait fréquemment de malignes allusions, et s'il
voulait y répondre pour se justifier, elle l'accusait de manquer à leurs conventions. Et avec tout cela, charmante à
ses heures, elle déployait quelquefois pour lui tant de
grâce, tant de bonté, que pour retrouver de pareils moments, Octave se fût condamné à plusieurs mois de tortures.

Il ne pouvait supposer qu'elle jouât un rôle préparé.

A quoi donc attribuer ces inégalités d'humeur et de
caractère? Ne révélaient-elles pas les luttes, les
agitations d'une passion mal éteinte? Il crut ce que
Gastonne voulait lui faire croire, il crut qu'elle l'aimait
encore.

Peut-être les obstacles avaient-ils accru l'amour d'Octave. Il se peut aussi que les grâces nouvelles que déployait Gastonne dans ce jeu de coquetterie augmen-
tassent sa passion. Jamais, sans doute, il n'avait aimé
ainsi. Il en était arrivé à ce degré d'ivresse, d'exaltation

où l'on passerait à travers les flammes pour aller voir la
femme aimée.

Gastonne n'appréhendait pas le danger qui pouvait la
menacer. Elle ne savait pas qu'on ne peut vivre sous les
tropiques d'un tel amour, sans en ressentir la brûlante atmosphère. Elle ne savait pas quel magnétisme irrésistible
dégage une passion arrivée à ce paroxisme. Elle ne s'alar-
mait donc pas de quelques émotions passagères qu'elle
éprouvait en présence d'Octave. Ce n'étaient, pensait-elle,
que des surprises, qu'avec un peu plus d'énergie elle
saurait réprimer. Parfois aussi, quand elle venait de lui
causer volontairement quelque douleur, elle sentait son
cœur se gonfler et des larmes lui monter aux yeux; mais
elle attribuait cette impression à sa bonté naturelle qui
l'emportait sur le ressentiment.

Toutefois pour refouler plus sûrement ces mouvements d'attendrissement et pour mieux compléter sa
vengeance, elle imagina d'introduire un tiers dans leur
intimité.

Ce troisième personnage s'appelait Charles Maubert.

C'était un jeune homme d'une élégance raffinée, riche,
brillant, spirituel, incrédule et railleur, surtout en ce qui
touchait la vertu des femmes. Il affectait des manières
de gentilhomme et des airs d'homme blasé.

Gastonne appréciait sa conversation, pleine de finesse
de saillies, parfois même de sagacité.

On rencontre assez fréquemment dans la société parisienne ces héros de la conversation, lesquels touchent
dans une soirée à vingt sujets divers avec une apparence
de science et de profondeur. A ne les entendre qu'une
fois, on les prendrait pour des esprits universels. Ce sont
généralement des hommes très-superficiels qui n'ont

jamais rien approfondi; mais qui, doués de beaucoup de mémoire et d'une grande facilité d'assimilation, recueillent et répètent sous une forme agréable, ce qui se dit de banal autour d'eux. Tel était Maubert.

Dans son extrême jeunesse, il avait, disait-il, commis un poème et un roman qui avaient eu un certain succès, et depuis lors, satisfait de sa gloire, il ne s'était plus occupé qu'à dépenser ses revenus le plus spirituellement possible.

Il avait rencontré Gastonne dans le monde. L'idée du mariage n'était jamais entrée dans sa frivole cervelle; mais le caractère exceptionnel de Gastonne l'avait séduit. Il avait adopté avec elle un ton de plaisanterie qui faisait croire à Gastonne que son amour n'avait rien de sérieux, et qu'elle pouvait impunément se servir de lui pour infliger à Octave les tourments de la jalousie.

Elle voulait, tout en poursuivant sa vengeance, soumettre Montarbey à une épreuve, et savoir s'il la soupçonnerait une seconde fois.

Blesser l'amour-propre de Maubert, irriter le désespoir d'Octave, tel était le double danger de cette combinaison. Elle ne le prévit pas.

Montarbey, en acceptant l'amitié de Gastonne, n'avait jamais pensé qu'elle pût lui en préférer un autre, et qu'il dût se trouver témoin de cet amour.

La première fois que l'idée lui en vint, il fut désespéré. Maubert était séduisant; pourquoi ne l'aimerait-elle pas? Toutefois, Maubert affectait une telle frivolité de sentiment, qu'il lui semblait impossible qu'elle conçût une affection sérieuse pour un homme de ce caractère. Mais, en admettant que cela fût, il n'avait aucun droit de le trouver mauvais. Ou il fallait se contenter de l'amitié

qui lui était généreusement offerte, ou il fallait se retirer. Mais se retirer pour laisser le champ libre à Maubert, et ne plus la voir ! Il le voulait et ne le pouvait pas.
Il l'essaya pendant un jour, mais le lendemain il était à
la porte de mademoiselle de Persange, sans savoir comment il y avait été conduit, entraîné par une force irrésistible.

Plutôt que de cesser de la voir, il préféra subir les
souffrances que lui causait la vue d'un rival aimé.

Gastonne, en effet, semblait lui préférer Maubert, mais
par moments, par boutades. D'autres fois, c'était lui. Octave, qu'elle paraissait aimer.

— Serait-elle coquette ? se demandait-il.

Alors ses doutes, ses incertitudes d'autrefois lui revenaient à l'esprit.

— Ne voit-elle pas que je souffre ? Serait-ce une
femme méchante ?

Un instant après, il l'excusait. En admirant les lignes
pures de son visage, la sérénité, la candeur répandues
sur ses traits, il ne pouvait croire à la méchanceté, à la
dissimulation dont il l'accusait.

— Qu'elle soit coquette, se disait-il alors, n'est-elle pas
dans son droit ? Comment d'ailleurs saurait-elle que je
souffre ? Me suis-je jamais plaint ? lui laissé-je voir mon
amour ?

Alors il formait le projet de lui ouvrir son cœur, de lui
confier ses souffrances : mais la crainte qu'elle ne le con-
gédiât l'arrêtait.

Un jour il la quittait, le cœur désolé. Gastonne l'avait
exaspéré par les préférences qu'elle semblait accorder à
Maubert. Mais, le lendemain, elle paraissait au bal avec

le bouquet qu'il lui avait envoyé. Il était attendri, heureux, désarmé.

Gastonne observait chez Octave toutes ces perplexités, et elle se trouvait suffisamment vengée. Elle attendait qu'il lui déclarât son amour pour rompre avec lui, car ce rôle la fatiguait; elle avait hâte d'y mettre un terme. Parfois, quand elle venait à penser de quelle manière elle employait les dons de sensibilité que la nature lui avait départis, elle était saisie de découragements profonds; la vie lui semblait une amère raillerie, et elle pleurait le bonheur perdu avec les larmes d'un véritable désespoir.

Chez Octave, cet état d'émotion violente ne pouvait non plus durer. Sa santé en était visiblement altérée. Cet amour sans espoir le consumait.

Il lui vint enfin à la pensée que Gastonne, peut-être, désirait épouser Maubert, et que ses coquetteries n'avaient d'autre but que de pousser ce dernier à se déclarer.

Mais ce mariage de Gastonne avec un autre semblait à Octave une monstruosité, une profanation, une chose impossible qu'il ne devait point tolérer, que le ciel ne pouvait permettre. Il voulut toutefois en avoir le cœur net. La vérité, quelle qu'elle fût, lui semblait moins pénible que l'incertitude. Il se résolut donc à questionner indirectement Maubert sur ses intentions.

## VI

Un jour que Gastonne devait faire, sous leur escorte, une promenade matinale au bois, Octave et Maubert s'y rencontrèrent seuls.

Octave se servit, pour connaître la vérité sur les intentions conjugales de Maubert, d'un moyen vulgaire, mais toujours sûr.

— Les amis, dit-il, sont ordinairement les derniers instruits. Le bruit court, monsieur Maubert, que vous épousez mademoiselle de Persange.

— Ah! la plaisanterie est bonne, répondit négligemment Maubert. Qui est-ce qui dit cela? ce doit être mon plus mortel ennemi.

Maubert, à l'exemple de beaucoup de gens qui croient faire preuve d'esprit en répétant les plaisanteries que le théâtre a mises en circulation contre le mariage, Maubert, disons-nous, ne manquait jamais d'affecter un banal scepticisme sur ce sujet.

— Comment donc? reprit Octave, qui, bien que soulagé d'un poids énorme, ne pouvait entendre parler aussi légèrement quand il s'agissait de Gastonne.

— Vous aussi, vous m'auriez jugé capable de me marier? Me marier! moi! moi! moi! Il gradua ces trois *moi*, depuis l'accent de l'étonnement jusqu'à celui de l'épouvante.

— Il me semble pourtant, dit Octave, que mademoiselle de Persange n'a rien de si terrifiant.

— Chez moi, interrompit Maubert, l'horreur du mariage n'est pas une question de femme, c'est une question de principes. Si j'étais ruiné, je ne dis pas; encore mademoiselle de Persange ne serait pas assez riche.

— La fortune, ce me semble, n'est pas tout dans le mariage.

— Pourquoi n'ajoutez-vous pas que le mariage doit consacrer l'union des âmes, la fusion des cœurs?

13

— C'est mon avis, répondit héroïquement Montarbey.
Maubert ôta son chapeau et salua très-bas.

— Respect aux opinions, dit-il railleusement. Il est
possible que les miennes se modifient, que vers la quarantaine, par exemple, lorsque je prendrai du ventre, le mi-
notaure réclame impérieusement ma tête grisonnante,
comme une proie sur laquelle il aura des droits ; que mon
cœur usé, flétri, raccorni, préfère à l'indépendance et aux
plaisirs fiévreux de la vie de garçon, les douceurs émol-
lientes de la famille. Mais aujourd'hui que j'ai, Dieu
merci ! un bon estomac, mes trente-deux dents et cinquante
mille livres de rente, me marier ! Mais j'aimerais mieux être
enterré vif. Dites-moi, je vous prie, qui a pu me calomnier ainsi, afin que je porte plainte en diffamation.

— Vos assiduités auprès de mademoiselle de Persange
légitiment pourtant cette rumeur.

— Que je sois épris de mademoiselle de Persange,
c'est possible ; mais raison de plus pour ne pas l'épouser,
continua Maubert, qui se plaisait à entasser sophismes sur
sophismes en pareille matière. Épouser une femme qu'on
aime, quelle sottise ! Écoutez : on aime, c'est-à-dire on
s'est fait une idole qu'on a parée de toutes les grâces, de
tous les prestiges ; elle vous apparaît au milieu d'un
rayon de lumière ; son visage resplendit, son regard brûle,
son sourire fascine, sa main délicate en touchant la vôtre
vous produit l'effet d'une bouteille de Leyde ; et vous
voulez qu'on ensevelisse ce poétique amour dans le pro-
saïsme d'un ménage ; vous voulez qu'on s'enchaîne pour
la vie à une si dangereuse sirène ! Quelle imprudence !
De deux choses l'une : ou le charme cesse, et alors on a
fait une sottise ; ou le charme dure toujours, et alors la
sottise est encore bien plus grande. Vous voilà condamné

à subir indéfiniment tous les caprices de l'idole, et Dieu sait si elle vous les épargnera, ne fût-ce que pour bien constater son pouvoir ! C'est de l'esclavage à perpétuité.

— Permettez-moi de vous dire que c'est là du paradoxe, et pas autre chose. Il n'y a ni maître, ni esclave dans une pareille union. Quand l'amour est réciproque, quand deux caractères se sont appréciés et connus...

— Connu ! connu ! Est-ce qu'une femme à qui l'on fait la cour se montre jamais sous son vrai caractère ? Il faut que vous soyez terriblement heureux en ménage pour parler ainsi de la sainte institution.

— Il ne s'agit pas d'une application particulière, il s'agit d'un principe général.

— Ah bon ! d'un principe ! nous y voilà, reprit Maubert. A mon sens, la principale utilité du mariage est d'émanciper la jeune fille, de former la femme. Oui, n'en déplaise à quelques bas-bleus socialistes, le mariage est le véritable affranchissement de la femme et l'école de l'amour. Qu'est-ce que l'amour d'une jeune fille ? quelque chose de fade et d'insipide comme une idylle de Florian. Une femme n'a réellement d'esprit, de manières, de parfum, de saveur, qu'après un an ou deux de mariage.

— Mademoiselle de Persange pourtant... objecta Octave.

— Mademoiselle de Persange est une femme hors ligne, et si je suis épris d'elle, c'est que je suppose qu'elle a déjà aimé plusieurs fois.

—Monsieur, dit Octave en pâlissant, vous calomniez indignement mademoiselle Gastonne et vous méconnaissez son caractère.

— Bah ! s'écria Maubert avec stupéfaction, vous espériez donc être le seul ? Pardonnez-moi si j'ai pu vous

causer une déception. Mon jugement, il est vrai, ne repose sur aucune preuve palpable; mais il est déduit de
la force des choses. Je n'en sais rien; mais j'en suis sûr.

— Monsieur ! s'écria Octave avec indignation, ne répétez jamais ce que vous venez de dire ! Je ne suis point
l'amant de mademoiselle de Persange, et je ne le serai
jamais. Je l'ai aimé, c'est vrai, mais dans l'intention de
l'épouser.

— Mille pardons, dit ironiquement Maubert, je ne
croyais pas vous faire une injure personnelle en supposant une grande sensibilité chez cette aimable personne.
Je n'avais d'ailleurs aucunement l'intention de lui nuire ;
je croyais au contraire faire son éloge, car mademoiselle
de Persange insensible, c'est quelque chose de monstrueux, d'invraisemblable.

En cet instant, Gastonne, accompagnée de son père, les
rejoignit.

Pendant cette promenade, elle redoubla de coquetterie
à l'égard de Maubert.

Octave se demandait avec anxiété si réellement cette
femme était sincère ; si Maubert, qui était moins épris,
ne la jugeait pas mieux que lui ; si enfin il n'avait pas été
dupe jusqu'à ce jour des manéges d'une coquette.

Cependant il se crut obligé, dans l'intérêt de Gastonne,
de la prévenir de la légèreté avec laquelle Maubert la
jugeait. De la conduite qu'elle tiendrait dans cette circonstance, il espérait tirer quelques lumières pour apprécier
son véritable caractère.

Le baron et Maubert se trouvant en arrière, il s'approcha d'elle.

— Pourrais-je, lui demanda-t-il, vous voir un instant
demain, dans l'après-midi, sans M. Maubert ?

— Il m'est assez difficile, répondit-elle, si M. Maubert vient me voir, de lui refuser ma porte. D'ailleurs, demain je ne serai pas chez moi; ma journée est promise.

Cela fut dit d'un ton si bref, que Montarbey n'osa tout d'abord insister.

Que signifiaient ces mots : « Ma journée est promise.» A qui était-elle promise? A Maubert, sans doute, avec lequel elle venait de s'entretenir.

Il garda quelque temps le silence ; Gastonne devina ce qui se passait en lui, et, bien qu'elle ressentît une véritable douleur en le voyant souffrir, elle persista dans son refus.

— Puis-je savoir du moins, reprit Octave, si vous pourrez prochainement disposer d'un instant en ma faveur?

— Mais aujourd'hui même ; si vous avez quelque chose à me dire, ne pouvez-vous me le dire tout de suite?

— J'ai précisément à vous parler de M. Maubert. Je ne puis le faire maintenant. A chaque instant il peut se rapprocher de nous et nous entendre.

— Ce n'est donc pas du bien que vous avez à m'en dire? répliqua Gastonne avec la même froideur. Je vous préviens que je n'aime pas qu'on parle mal devant moi de mes amis.

— Si pourtant vous vous trompiez sur son compte?

— Raison de plus : je ne veux pas être détrompée.

— Cependant vous devriez avoir quelque confiance en moi. Je suis un plus vieil ami que M. Maubert.

— En amitié comme en amour, répondit Gastonne en riant, l'ancienneté n'est pas toujours le meilleur titre à invoquer.

— Vous aurais-je offensée, mademoiselle, pour que vous me traitiez avec cette dureté? Croyez que j'en souffre beaucoup. Il me semble que vous êtes moins bonne pour moi qu'autrefois.

C'était la première fois qu'il lui échappait une plainte. Encore prononça-t-il ces mots d'un ton si humble et si triste, que Gastonne en fut douloureusement impressionnée. Elle aurait voulu lui répondre avec bonté; mais, entraînée par le tour qu'avait pris la conversation, soit dépit de se sentir émue, soit désir de dissimuler cette émotion, elle répliqua :

— Mais, monsieur, si vous avez à vous plaindre de moi, si nos relations vous causent la moindre souffrance, pourquoi les continuer? Si cela était nécessaire à votre repos, j'en ferais le sacrifice, malgré le regret que je pourrais en éprouver.

Montarbey fut étourdi de cette réponse. Il devint très-pâle.

Il lui sembla que la terre se dérobait sous lui. Il crut comprendre qu'elle lui donnait son congé.

Quant à Gastonne, dès qu'elle s'aperçut de l'impression que venaient de produire ses paroles, elle les regretta. Elle pensa d'abord à pallier cette réponse par quelques mots affectueux; mais elle ne le fit point, résolue qu'elle était, comme nous l'avons dit, à mettre un terme à des relations qui commençaient à troubler son propre repos.

Octave ne répondit pas, et Gastonne, pour échapper à un silence embarrassant, mit son cheval au galop.

Pendant tout le reste de la promenade, elle ne fut occupée que de Maubert, et affecta beaucoup de calme et de gaieté.

En la quittant, Montarbey l'implora par un regard plein d'angoisse. Gastonne y répondit par un froid salut.

## VII

Octave rentra chez lui, le cœur navré. Il s'enferma dans sa chambre et n'en sortit pas le reste de la journée. Mille pensées orageuses s'élevaient en lui.

Les discours de Maubert ne prouvaient-ils pas qu'il se croyait aimé?

D'un autre côté, Gastonne n'avait-elle pas voulu lui faire entendre que lui, Octave, était de trop dans leur intimité.

Le passé lui revint en mémoire.

La jalousie le tortura de nouveau. Il lui semblait pourtant qu'une preuve de la duplicité de Gastonne suffirait à le détacher d'elle, à le guérir à jamais de son amour. Pour obtenir cette preuve, il formait mille projets extravagants. Un instant il songea à l'épier, à observer toutes ses démarches. Mais ce moyen répugnait à la noblesse de son caractère; il y renonça.

Le lendemain, il n'alla pas chez Gastonne; d'ailleurs il était malade. Cette vie d'agitations fébriles, d'émotions continuelles avait altéré sa santé.

Il resta plusieurs jours alité. Pendant ce temps, il résolut de ne plus revoir Gastonne. Cette passion obstinée et sans espoir lui paraissait alors une sorte de démence.

— Ou c'est une femme menteuse et coquette, se dit-il, et dans ce cas elle ne mérite pas mon amour, ou c'est une âme fière et inflexible, et alors qu'espéré-je retirer de mes assiduités? D'ailleurs, depuis quelque temps, ne me

fait-elle pas sentir qu'elles lui sont à charge? Peut-être
a-t-elle découvert ma passion, et veut-elle me faire comprendre par sa froideur combien grande est ma folie.

Et, quoi qu'il lui en coûtât, quoi qu'il dût souffrir de ne
plus la revoir, il se roidit contre son entraînement. Pour
guérir à tout prix de son amour insensé, il forma le projet
de s'éloigner. Il proposa à sa femme d'aller passer quelque
temps à l'Étoile. Mais Herminie, qui préférait le plaisir
des Italiens, de l'Opéra et des soirées de l'ambassade
d'Espagne au plaisir des champs, trouva tant d'empêche-
ments à ce voyage, qu'Octave dut y renoncer. Cette
absence ne pouvait être d'ailleurs que momentanée, et,
en définitive, se retrouver dans les lieux où il avait aimé,
en présence de tous les souvenirs de son amour, lui parut
un mauvais remède.

Il tenta alors dans sa détresse de se rapprocher de sa
femme, il espéra qu'elle ne serait pas inaccessible à toute
affection. Sa froideur et sa dissimulation pouvaient être
le résultat de son éducation plutôt que de son caractère.
Il voulut essayer d'amollir ce cœur de marbre, d'attendrir
cette statue, de développer en elle de bons sentiments. Il
s'accusa d'avoir méconnu peut-être une âme aimante et
bonne. Avide de tendresse et de bonheur, il désira vivement gagner le cœur de sa femme, oublier Gastonne.

Ce qui lui donna cette pensée, c'est que, pendant sa
courte maladie, Herminie lui avait prodigué ses soins et
montré plus d'affection qu'elle ne lui en avait encore
témoigné. Elle renonça même momentanément aux Italiens, à l'Opéra et aux soirées de l'ambassadeur d'Espagne.
Pouvait-il supposer que ces démonstrations de tendresse
n'étaient chez elle qu'une hypocrisie de plus?

Mais il fallait rompre la glace, et, depuis deux ans que

subsistait leur froideur, c'était difficile. Plusieurs fois il le tenta; mais, au moment de parler, les paroles s'arrêtaient sur ses lèvres. Un jour pourtant, il résolut d'avoir avec elle une explication décisive.

Au moment de commencer, il sentit comme toujours, entre elle et lui, cette barrière de glace qu'il ne pouvait surmonter; mais il fit un violent effort sur lui-même et lui prit la main. Cette main ne lui dit absolument rien, la peau en était froide et sèche, le pouls calme et régulier. A ce contact, il désespéra.

— Je vous remercie, chère amie, lui dit-il, des attentions que vous avez pour moi.

— Mais, mon ami, je ne fais que mon devoir, répondit-elle.

Octave ne se découragea point.

— Cette réponse est bien froide, reprit-il; mais je la mérite sans doute. Peut-être ne me suis-je pas toujours conduit avec vous comme je l'aurais dû. Toutes les jeunes filles se sont fait un idéal, souvent fort difficile à rencontrer. Mon tort a été de ne pas chercher à deviner vos aspirations, afin de tâcher de les réaliser autant que possible. De là sans doute la froideur qui règne entre nous; mais peut-être n'est-ce qu'un malentendu, et pourrionsnous encore être heureux.

Herminie, en entendant son mari parler ainsi, le regarda avec surprise d'abord, puis avec défiance. Elle devina ce qui était vrai, qu'un désespoir d'amour avait seul causé la maladie de son mari et le poussait à ce retour de tendresse conjugale. Une femme bonne et vraiment vertueuse eût accepté avec joie une semblable résipiscence; mais Herminie en fut blessée, et sentit redoubler sa haine pour Octave. Toutefois elle n'en témoigna rien.

13.

— Je ne sais, mon ami, répondit-elle en prenant son air extatique, pourquoi vous me parlez ainsi; je ne me suis jamais formé d'idéal en dehors de Dieu; je suis parfaitement heureuse. Vous m'avez toujours traitée avec bonté. Votre tendresse n'a rien, il est vrai, d'exalté ni de romanesque; mais le ciel défend ces sentiments extrêmes qui nous détournent de lui.

Cette réponse serra péniblement le cœur d'Octave. Néanmoins il persévéra.

— Ainsi cette vie vous suffit; vous n'avez jamais rêvé un bonheur autre que celui que vous avez?

— Jamais, je vous assure. Parfois vous semblez me dédaigner: mais je me dis que peut-être je mérite vos dédains. J'accepte avec résignation cette souffrance d'amour-propre, et je cherche, pour vous plaire, à prendre les habitudes et les manières de la société dans laquelle nous vivons.

— Si vous cherchez à me plaire, vous m'aimez donc? dit Octave encouragé par une lueur d'espoir.

— J'ai pour vous, mon ami, une très-profonde affection, une affection qui ne faillira jamais, car elle est basée sur le devoir.

Octave poussa un profond soupir, et pendant quelques instants resta comme accablé.

— Mais vous n'avez donc jamais pensé, Herminie, que je pusse avoir besoin d'une affection plus tendre?

— Non, mon ami, repartit-elle en affectant une grande surprise, et je me félicitais de voir nos caractères s'harmonier aussi complétement.

— Mais si je vous disais, moi, que vous avez méconnu mon cœur, que ma nature est essentiellement aimante; si je vous demandais de changer pour moi, de me faire la charité d'un peu plus de tendresse, d'être à mon égard plus expansive ?

— Voudriez-vous donc, répondit-elle avec un air de dignité blessée, me forcer à jouer la comédie ?

— Oh! nous ne nous entendons pas, et je vois bien, hélas! que nous ne nous entendrons jamais, fit Octave en retombant accablé sur son oreiller.

— Je crois, mon ami, dit Herminie d'un ton très-calme, que vous avez encore la fièvre; vous ne devriez pas vous émouvoir ainsi. Avez-vous besoin de quelque chose?

— Oui, dit-il, j'ai besoin de repos.

Herminie sortit. Montarbey était désespéré. Ce moyen de salut lui échappait. Il conçut alors la pensée, pour oublier Gastonne, de quitter la France. Il se rétablit assez promptement, et se hâta de faire des démarches pour obtenir un poste dans une ambassade quelconque. Il ne consulta point sa femme. Elle le suivrait ou resterait à Paris, que lui importait! Il ressentait pour elle plus d'éloignement que jamais. Toutefois, il ne la connaissait pas encore tout entière; sa conduite hypocrite allait bientôt lui être complétement dévoilée.

## VIII

Cependant, dès le troisième jour qui suivit leur rencontre au bois, Gastonne, ne voyant point reparaître Octave, se surprit à l'attendre avec une véritable anxiété.

— Il paraît, pensa-t-elle, que je commence à prendre un singulier plaisir à ce jeu-là. Je pourrais donc devenir coquette pour tout de bon, c'est-à-dire menteuse et fausse comme toutes ces femmes que je méprise? De toutes manières, aussi bien pour lui, qui paraît souffrir sérieusement, que dans l'intérêt de ma dignité, il est temps que cette comédie finisse.

Elle résolut donc, la première fois qu'il reviendrait, de provoquer une rupture. Pourtant, huit jours se passèrent et Octave ne reparut point. Elle ne le vit nulle part, ni au bois, ni au théâtre, ni dans le monde où ils avaient l'habitude de se rencontrer. Elle pensa alors qu'il avait pris au sérieux sa boutade.

— Oh! se dit-elle, cette rancune ne durera pas. Arrivé à ce degré de passion, on n'est pas si susceptible; dans quelques jours il me reviendra plus épris que jamais.

Au bout de ces quelques jours, elle commença à devenir sérieusement inquiète. Une maladie seule pouvait le retenir aussi longtemps éloigné. Elle pensa alors à aller voir Herminie, qui lui avait fait déjà plusieurs visites. Elle s'y rendit, poussée par la fièvre de la curiosité, et peut-être par un autre sentiment qu'elle n'osait s'avouer; mais, au moment de franchir le seuil de la porte, elle s'arrêta. Il lui vint à l'esprit que sans doute Octave cessait de la voir, comme autrefois à Persange, parce qu'il avait entendu sur son compte quelque nouvelle calomnie. Sa fièvre tomba. Elle revint sur ses pas.

— Allons, pensa-t-elle, il ne m'aime pas mieux que la première fois.

A l'amertume que lui causa cette réflexion, elle comprit que son cœur n'était pas entièrement détaché de Montarbey. Elle résolut alors, quelque tentative qu'il pût faire, de ne plus le recevoir.

Un instant, pour s'étourdir, elle eut l'idée de se faire aimer de Maubert. Elle pensa aussi à s'enfermer dans la solitude, puis à voyager; en fin de compte, elle ne se décida à rien. Seulement, malgré elle, elle était sans cesse préoccupée d'Octave. Maubert l'ennuyait, et comme il ne servait plus à son jeu de coquetterie, plusieurs fois elle lui ferma sa porte.

Elle devenait misanthrope. Elle était dégoûtée du monde et complétement désillusionnée sur l'amour, l'amour qui lui avait toujours semblé être toute la destinée de la femme.

— Qu'as-tu donc, chère enfant? lui dit un jour son père; depuis quelque temps tu m'inquiètes, tu parais triste, tu ne sors plus. As-tu du chagrin? souffres-tu?

— Mais non, mon père, je t'assure, je me porte à ravir et je suis très-heureuse.

Elle ne put s'empêcher de soupirer.

— Il me semble que tes amis te délaissent. Ce Maubert, à vrai dire, me paraît bien léger; il me plaît assez peu, et je ne suis pas fâché de ne plus le voir; mais je regrette M. de Montarbey. Voilà plus de quinze jours que nous ne l'avons vu.

— Il est peut-être en voyage, répondit Gastonne avec distraction.

— N'est-tu pas allée l'autre jour voir sa femme?

— Elle n'était pas chez elle.

— Et tu n'as pas demandé des nouvelles de son mari?

— Non.

— Que ne le disais-tu? Je serais allé le voir moi-même; car c'est un homme que j'aime et que j'estime beaucoup.

— Tu es donc bien changé à son égard? dit Gastonne avec un triste sourire.

— Autrefois, en effet, j'étais prévenu contre lui : je le
regardais un peu comme un voleur qui voulait me prendre ma fille; mais depuis j'ai appris à mieux le connaître.
C'est un fort galant homme, et, de plus, un homme sérieux, instruit et agréable.

— Je ne partage plus maintenant ton enthousiasme,
et je reconnais que tu avais grandement raison de t'opposer à notre mariage; je n'eusse pas été heureuse avec
lui. C'est un homme assez aimable, j'en conviens, mais je
ne puis l'estimer. Je ne suis point revenue comme toi sur
son compte. A mon avis, c'est un caractère lâche.

— Oh! cela n'est pas! s'écria le colonel avec véhémence. Tu ne lui as pas encore pardonné, je le vois bien,
l'injure qu'il t'a faite en se retirant; mais tu es injuste, ou
plutôt tu ignores de quelle manière les choses se sont
passées.

— C'est vrai, dit Gastonne d'une voix grave et émue, je
ne lui ai pas encore pardonné, et je ne lui pardonnerai
jamais. Il est possible que je ne sache pas exactement
tout ce qui s'est passé; mais le fait existe, et pour moi il
est sans excuse.

— Eh bien! mon enfant, tu es trop sévère, et je crois
qu'il y va de mon honneur de rétablir dans ton esprit le
véritable caractère de M. de Montarbey. Tu l'accuses de
lâcheté; non, Gastonne, c'est un cœur courageux et bon.
Il a été coupable envers toi, c'est vrai, car il n'aurait
jamais dû te soupçonner un instant.

— Un instant! reprit Gastonne avec amertume et en
s'animant; mais il n'a pas cessé de me soupçonner, et
peut-être me soupçonne-t-il encore. S'il m'eût réellement
aimée, si le préjugé ne l'eût point emporté sur son affection, après la lettre que je lui écrivais pour me disculper,

n'aurait-il pas tout fait pour arriver jusqu'à moi, pour implorer son pardon et me faire révoquer mon arrêt? Au lieu de cela, que fait-il? Il m'écrit un mois après une lettre, une simple lettre. Ah! je n'avais pas besoin de la lire; je savais qu'il ne me convaincrait pas de son amour, à supposer qu'il l'essayât. Aussi l'ai-je renvoyée, cette lettre, sans daigner l'ouvrir. Et tu dis que c'est un cœur noble et courageux? Non, non! il était indigne de moi.

—En effet, tu ne peux pas le juger autrement. Je crois bien aussi, comme toi, que vous n'étiez pas fait l'un pour l'autre. Il est trop systématique pour une nature bouillante comme la tienne, et je crois qu'en tout cas tu as eu raison de lui répondre comme tu l'as fait. Néanmoins, il s'est conduit convenablement, et a réparé comme il le devait ses torts envers toi.

— Comment? fit Gastonne étonnée.

— Jusqu'à présent je n'ai pas cru devoir te le dire, parce que je n'étais pas bien sûr que tu ne regrettasses pas ce mariage; mais puisque aujourd'hui tu t'applaudis de l'avoir rompu, je te dirai les choses telles qu'elles se sont passées, afin de réhabiliter M. de Montarbey dans ton esprit.

Le baron raconta donc à Gastonne les instances d'Octave pour parvenir jusqu'à elle, sa généreuse conduite dans leur rencontre, enfin la promesse qu'il avait exigée de lui, promesse qu'Octave avait loyalement gardée.

A mesure que son père parlait, Gastonne changeait de visage. Elle l'écouta dans un morne silence.

Quand il lui demanda si elle approuvait sa conduite, elle lui répondit machinalement qu'il avait bien fait.

Elle était trop généreuse pour lui faire sentir l'égoïsme de son affection.

Le baron la quitta pour aller faire une visite à Octave. Restée seule, elle fondit en larmes.

Elle retrouvait celui qu'elle avait aimé encore digne; elle l'aimait encore, et ils étaient à jamais séparés! Il avait voulu mourir parce qu'il la perdait, et il avait épargné les jours de son père, de son père, le principal obstacle à leur union! Il était noble et grand comme elle l'avait rêvé. Son amour se réveilla avec toute l'âpreté d'une passion sans espoir. En faisant un retour sur elle-même, elle reconnut qu'elle n'avait pas un seul instant cessé de l'aimer; que sa coquetterie, son désir de vengeance, n'avaient été que des subterfuges de l'amour. Elle trouva même que cette affection avait grandi, s'était fortifiée par la difficulté de rencontrer un homme qui égalât Octave. Son désespoir fut sans bornes, et la première explosion en fut déchirante.

Cependant sa nature énergique savait réagir contre les grandes douleurs, surtout lorsqu'elles étaient sans remède. Elle commanda à son chagrin, et réfléchit avec calme sur ce qu'elle devait faire.

Le baron, qui rentra, lui apporta la nouvelle que Montarbey avait été malade. D'après les détails qu'il lui donna sur sa maladie, Gastonne put comprendre que le moral avait été plus atteint que le physique. Elle put deviner qu'elle seule avait causé ses souffrances. Cette nouvelle la frappa au cœur. Il souffrait par elle, à cause d'elle! Que n'eût-elle pas donné pour le voir, pour le consoler! Un instant, elle fut sur le point de courir chez Octave pour lui demander pardon. Puis elle pensa à lui écrire, mais le remède ne serait-il pas pire que le mal? Elle résolut, après de fiévreuses perplexités, de ne pas écrire,

de le laisser se guérir et oublier; et s'il revenait la voir,
de l'éloigner par la froideur de son accueil.


## IX


Octave, bien décidé à quitter la France, fit aussitôt
d'actives démarches pour obtenir un emploi à l'étranger.
Sa mère, à laquelle il confia ses peines et son projet, entra
dans ses vues et les seconda.

Sur ces entrefaites, il reçut une lettre signée Rosette,
et ainsi conçue :

« Monsieur le comte,

» J'ai à vous communiquer un secret de la plus haute
importance. Si vous voulez bien m'accorder quelques
moments d'entretien, vous ne regretterez pas de vous
être dérangé. »

Suivaient l'adresse et l'heure.

Rosette! se dit-il après la lecture de ce billet.
Comment n'y avais-je point pensé? Rosette est la seule
personne qui puisse me donner sur le passé de Gastonne
les renseignements que je désire.

A l'heure indiquée, Octave était chez Rosette.

Elle habitait un luxueux appartement. Par ostentation,
Richon avait bien fait les choses. L'ancienne soubrette
était alors une grande dame du quartier Bréda.

Vêtue avec une élégance exagérée, elle avait voulu,
par une vanité de parvenue, paraître dans toute sa gloire
devant Montarbey, qui l'avait connue dans sa position

subalterne. Octave remarqua qu'elle s'étudiait à copier la coiffure et certains airs de mademoiselle de Persange.

— Monsieur le comte, lui dit Rosette, j'ai été la cause involontaire de la rupture de votre mariage avec mademoiselle de Persange ; je veux réparer le mal que je vous ai fait alors, en vous rendant un service. Il est vrai que j'y suis un peu intéressée moi-même. Tenez, lisez.

Et elle lui tendit un billet ainsi conçu :

« Soit ! puisque vous ne pouvez plus m'adresser la parole aux Italiens, à l'Opéra, à l'ambassade d'Espagne, à cause de la présence plus assidue de ma belle-mère, et que vous assurez avoir d'importantes communications à me faire, je veux bien vous accorder quelques instants de promenade pour les entendre.

» Attendez-moi demain, à trois heures, à la sortie de l'église de Saint-Sulpice qui donne sur la petite rue Garancière. »

L'écriture de ce billet était évidemment déguisée, et il n'était pas signé. Mais Octave ne pouvait s'y tromper, et sa figure s'altéra sensiblement.

— Je sais de qui est cette lettre, dit Rosette, et je sais aussi à qui elle était adressée ; c'était à Ernest Richon. J'étais allée chez lui ; il n'y était pas ; je trouvai ce billet tout ouvert sur sa table. J'eus la curiosité de connaître ma rivale. Il n'était que deux heures, j'avais le temps de me rendre rue Garancière. Une voiture m'y conduisit, et, ayant baissé les stores, j'attendis. Je ne tardai pas à voir paraître mon infidèle, et peu après une dame voilée sortit de l'église. Je crus la reconnaître. Cependant je pouvais me tromper. Comme ils montèrent ensemble dans un remise qui stationnait tout près, j'ordonnai à mon cocher de les suivre. La voiture se rendit au bois de Boulogne, et au retour s'arrêta à l'entrée de la rue de Bellechasse. Là, descendit la dame voilée. Elle alla à pied jusqu'au n° 17, y entra. Je descendis à mon tour et demandai si c'était là que demeurait madame de Montarbey. « Elle rentre à l'instant, me répondit-on. » Je ne pouvais plus en douter : cette femme était la vôtre. Vous comprenez maintenant, monsieur le comte, pourquoi j'ai pris la liberté de vous inviter à venir chez moi. Notre intérêt est commun : il s'agit pour vous de rompre ce commencement d'intrigue ; il s'agit pour moi de retenir un perfide qui a promis de m'épouser.

— Donnez-moi ce billet ? dit Octave.

— De grand cœur. En apprenant que c'est de moi que vous le tenez, votre femme rompra nécessairement toute relation avec un homme capable d'une telle indiscrétion.

— Laissons cela, interrompit Octave qui ne voulait pas entrer en explication sur ce sujet avec une femme telle que Rosette. J'ai à vous demander quelques éclaircissements sur cette lettre qui, écrite en votre nom par mademoiselle de Persange, me fut adressée par la poste, sous enveloppe, au lieu d'aller à sa vraie destination.

Rosette ne se fit pas prier. Elle savait que cette lettre, remise par Ernest Richon à Herminie Bonnet, avait été envoyée par cette dernière à Montarbey dans le dessein de le brouiller avec Gastonne. Rosette raconta tout à Octave, et s'accusa elle-même avec beaucoup de bonne foi et de repentir.

Il la questionna encore sur les antécédents de mademoiselle de Persange. Rosette défendit sa maîtresse avec tant de chaleur et de vérité, fit un tel éloge de la bonté et de la noblesse de son caractère, qu'il ne fut plus permis à Octave de conserver le moindre doute sur le passé.

Octave quitta Rosette agité par deux sentiments bien opposés : d'un côté, l'indignation que lui inspirait la conduite au moins imprudente de sa femme ; de l'autre, un enthousiasme exalté pour Gastonne, pour Gastonne indignement calomniée.

En rentrant chez lui, il se rendit dans l'appartement d'Herminie.

Elle était en toilette de bal et l'attendait.

— Madame, dit-il, nous n'irons pas au bal ce soir.

— Comme vous voudrez, mon ami, répondit humblement Herminie ; je suis à vos ordres. Seulement, permettez moi de vous faire observer que vous deviez parler ce soir à l'ambassadeur d'Espagne.

— Et vous sans doute à M. Richon ? repartit Octave.

— Je ne sais, mon ami, ce que vous voulez dire, répliqua Herminie en levant sur son mari un regard plein de candeur.

— Et ce billet, madame, savez-vous ce qu'il veut dire? s'écria Octave exaspéré de tant de calme hypocrite.

Herminie prit le billet, le lut, et ne sourcilla point ; puis le rendit à son mari.

— Non, pas davantage, répondit-elle avec un imperturbable sang-froid.

— Ce billet, madame, c'est vous qui l'avez écrit, et c'est à M. Richon qu'il était adressé.

— Ce billet n'est pas de moi, continua la comtesse avec une dignité hautaine. On a contrefait mon écriture pour me perdre dans votre esprit.

— Il n'est pas de vous! Pouvez-vous mentir avec une telle audace!

— Il n'est pas de moi, monsieur: malheureusement je ne puis vous donner aucune preuve; mais Dieu voit le fond de mon cœur.

— Trève d'astuce! s'écria Octave hors de lui, et n'invoquez pas Dieu pour le prendre à témoin de vos mensonges! Au moins, devriez-vous, ajouta-t il avec sarcasme, un peu mieux choisir les amis auxquels vous daignez accorder la faveur de vous accompagner dans vos promenades. Vous devriez les choisir surtout discrets et sans maîtresse. Savez-vous quelle est votre rivale? c'est Rosette, l'ancienne femme de chambre de mademoiselle de Persange! Elle a trouvé ce billet chez son amant. Elle était au rendez-vous et vous a reconnue.

Herminie pâlit, mais recouvrant immédiatement sa présence d'esprit :

— Elle s'est trompée, voilà tout.

— Elle ne s'est pas trompée, madame, insista Octave d'une voix altérée par la colère. Elle vous a suivie jusque chez vous. Voilà, madame, entre quelles mains vous avez mis votre honneur et le mien !

Herminie ne répondit pas.

— Ah! vous gardez le silence, maintenant! reprit Octave.

— Si je me tais, monsieur, c'est par respect pour moi-même. Je ne me défends pas devant de tels soupçons. Sur quels témoignages vous basez-vous pour m'accuser? Sur celui d'une femme de mauvaise vie.

— Ainsi, vous n'avez revu cet homme nulle part, madame. Oserez-vous le soutenir?

— Je l'ai revu dans le monde. Me l'aviez-vous défendu, monsieur ?

— Quoi qu'il en soit, madame, vous voilà compromise aux yeux de la maîtresse de M. Richon, et peut-être de beaucoup d'autres personnes, à qui vos imprudences fourniront le texte, je veux bien ne pas dire encore de médisances, mais du moins de calomnies. Or, comme il ne me plaît pas que mon nom soit mêlé à de pareilles histoires, je vous préviens de ceci : c'est que, si pareille chose me revenait aux oreilles, nous nous séparerions.

— Ah ! enfin, je commence à comprendre, s'écria Herminie en attachant sur son mari un regard vipérin ; voilà où vous vouliez en venir ! à une séparation ! afin, sans doute, de vivre plus à votre aise avec mademoiselle de Persange. C'est elle peut-être qui a demandé cet éclat, et vous cherchez des prétextes.

Octave devint blême de colère.

— Taisez-vous, madame, car je ne souffrirai pas qu'on attaque devant moi mademoiselle de Persange, vous surtout qui nous avez séparés. Rosette, instruite par son amant, m'a raconté votre odieuse supercherie.

— Vraiment, monsieur, je ne comprends pas un mot à ce que vous dites ce soir, répondit Herminie en levant au ciel des yeux de victime. Je ne vous demanderai pas compte de votre conduite, moi. Notre rôle, à nous autres femmes, est de tout souffrir, sans avoir le droit de nous plaindre, de la part de l'homme auquel nous avons juré d'obéir. Cependant, monsieur, croyez que depuis longtemps mon cœur saigne de me voir dédaignée pour...

— N'achevez pas, madame...

— Pour une fille perdue, déshonorée, pour mademoiselle de Persange, enfin ! poursuivit Herminie.

Octave demeura un instant atterré devant tant d'audace ; puis il sentit rugir en lui une indignation si vio·
lente, que pour résister au désir de pulvériser cette
femme hypocrite, il sortit sans ajouter un mot.

X

Octave ne savait à quoi se résoudre. Afin de reprendre
du calme, il sortit ; et un souvenir encore vibrant en lui
l'entraîna aux Italiens. On jouait *Lucia.*

Quand il entra, on chantait ce duo des *Adieux,* qui lui
rappelait une des plus profondes émotions de sa vie.

Cette suave musique apaisa ses agitations. Il l'écouta
avec recueillement.

Vers la fin de la pièce, il se retourna comme sollicité
par un invincible attrait, et aperçut à peu de distance
Gastonne, dont le visage était baigné de larmes.

Au même moment, le colonel, se penchant vers sa fille,
lui disait :

— Vois donc, n'est-ce pas M. de Montarbey qui nous
regarde ?

Gastonne tressaillit, et son premier mouvement fut
d'essuyer ses yeux.

Octave remarqua ce mouvement.

— Que signifient ces larmes ? se demanda-t-il, et
pourquoi cet empressement à me les cacher ? Comme moi,
sans doute, elle se souvient. Elle m'aime donc encore !

Cette pensée s'épanouit dans son âme avec l'éclat d'un
rayon de soleil.

Alors il crut comprendre toute la conduite de Gastonne : l'irrégularité de son humeur, la froideur de ses manières, ses retours de tendre amitié, et jusqu'à sa coquetterie pour Maubert, il l'expliqua par la crainte de lui laisser voir ses véritables sentiments.

Octave remarqua également que Maubert n'était pas auprès d'elle. Elle avait donc voulu venir seule afin de n'être pas troublée dans ses souvenirs.

Pendant le dernier entr'acte, le baron sortit de sa loge.

— Où vas-tu? lui demanda sa fille.

— Je vais serrer la main de M. de Montarbey et savoir de ses nouvelles.

Gastonne voulut le retenir, mais il était déjà loin.

Le baron fit grande fête à Octave.

— Puis-je me permettre d'aller saluer mademoiselle Gastonne? demanda Montarbey.

— Oui, sans doute, répondit le colonel.

Gastonne, en voyant son père lui présenter Octave, pressentit que, pour la seconde fois, sa tendresse aveugle lui porterait malheur. Toutefois elle parvint à dominer l'émotion que lui causait la présence de Montarbey ; et celui-ci lui ayant demandé la permission de lui faire le lendemain sa visite de convalescence, elle y consentit, mais avec une grâce sérieuse qui lui fit penser que de cette entrevue allait dépendre son sort.

Le lendemain venu, pour mettre fin à toutes ses angoisses, Octave résolut de lui avouer son amour, malgré la promesse qu'il avait faite ; il lui confierait sa destinée, et, selon qu'elle en déciderait, il s'éloignerait ou resterait.

De son côté, Gastonne, pour prévenir de grandes souf-

frances, comprit qu'ils devaient se séparer ; mais afin de
remédier autant que possible au mal qu'avait causé sa
coquetterie, et au risque de se perdre dans l'estime d'Octave, elle résolut, pour le guérir, de frapper un grand
coup. Elle lui dirait qu'elle aimait Maubert.

Chacun de son côté, ils préparèrent leurs arguments,
Gastonne pour lui faire accepter courageusement cette
séparation, Octave pour attendrir Gastonne et obtenir
qu'elle tolérât sa présence. Mais qu'y a-t-il de plus chimérique que ces discours combinés à l'avance? La passion ne prépare pas, elle improvise.

## XI

Octave arriva chez Gastonne le cœur troublé et plein
d'appréhension. En la revoyant, il sentit ses genoux fléchir et la parole lui manquer. Gastonne, de son côté, fit
des efforts surhumains pour donner à sa voix des into-
nations calmes et gaies, et pour fixer son esprit sur des
banalités. Trois fois elle lui demanda comment il se portait. Octave répondait sans savoir ce qu'il disait. Il avait
un voile devant les yeux, et, pour se donner une contenance, il se mit à tisonner un feu complétement éteint.
Les extrêmes se touchent, on l'a dit bien souvent, et cela
explique comment les grandes émotions, les grandes
douleurs atteignent parfois au ridicule.

L'arrivée du colonel leur permit de se remettre.
Quand il se retira, Gastonne avait recouvré sa présence
d'esprit. Toutefois, au lieu de suivre le plan qu'elle s'é-
tait tracé, elle en suivit un tout opposé. Elle n'eut pas le

14

courage de frapper le cœur d'Octave pour le guérir. Elle
fut entraînée par sa bonne et franche nature.

— Mon ami, lui dit-elle, j'avais décidé de me montrer
à vous dure et cruelle, afin de vous guérir à jamais de
mon souvenir. Je voulais me calomnier à vos yeux afin
d'expier toutes mes méchancetés.

— Vous avez donc deviné que je vous aimais encore?
s'écria Octave enivré.

Gastonne sourit avec tristesse.

— Croyez-vous donc, répondit-elle, qu'on puisse cacher son amour à la personne aimée ? Quel sentiment est
plus naïf dans ses expansions ? Malgré le soin que vous
preniez à me le dissimuler, il éclatait pour moi dans vo-
vre voix, dans vos regards. Je l'ai deviné dès le premier
jour où je vous ai rencontré. Dès cet instant, un sentiment de vengeance, de haine, — oui, Octave, je croyais
vous haïr; j'avais tant souffert ! — m'inspira un infernal projet : je résolus d'être coquette, de faire renaître votre amour mal éteint, de jouer avec votre
cœur, de savourer vos souffrances. Je l'ai fait, Octave. Je
ne vous dirai pas que de fois je me suis révoltée contre
moi-même, que de larmes j'ai versées à la pensée de
vous faire souffrir ; mais le ressentiment l'emportait bientôt sur ces bons instincts ; ma fierté blessée ne pouvait
pardonner. Je vous croyais alors plus coupable envers
moi que vous ne l'étiez réellement. Vous m'avez fait injure en doutant de moi, il est vrai, mais, ce moment de
doute passé, vous êtes revenu plein de confiance. Si alors
je l'avais su, j'aurais sans doute pardonné ; mais la fatalité était contre nous. Aujourd'hui j'ai tout su de mon
père ; je suis désabusée et vous rends toute mon estime,
Aujourd'hui c'est moi qui suis coupable envers vous et

j'ai besoin de votre pardon. Octave, me pardonnez-vous?

— Gastonne, ne me parlez pas ainsi! s'écria Octave.

— Hé bien! soit, continua Gastonne. Ne revenons donc plus sur le passé, qui est irréparable; avisons au présent. Il s'agit du repos de toute notre vie; soyons donc vis-à-vis l'un de l'autre d'une entière sincérité.

Elle hésita un instant.

— Vous n'espérez point, n'est-ce pas, poursuivit-elle, que je consente jamais à devenir votre maîtresse?

— Je ne l'espère pas, je vous en donne ma parole d'honnête homme.

— Je vous crois; mais, en ce cas, le parti le plus sage est de nous séparer. Le temps et l'éloignement sont les meilleurs remèdes aux blessures du cœur.

— Je ne le pense pas, dit simplement Octave; deux années passées loin de vous n'avaient qu'augmenté mon amour et m'avaient fait sentir plus vivement le prix du bonheur perdu.

Gastonne ne le contredit pas : elle savait par elle-même qu'il disait vrai.

— Cependant, reprit-elle avec énergie, il faut nous séparer, il le faut! Nous ne pouvons vivre ainsi.

A ces mots, Octave éprouva comme une faiblesse; il s'assit et cacha sa tête dans ses mains.

— M'entendez-vous? il faut nous séparer, répéta Gastonne avec un effort suprême.

Montarbey releva son visage : il avait les yeux pleins de larmes.

A cette vue, Gastonne perdit tout son courage.

— Oh! ne pleurez pas, ne pleurez pas! s'écria-t-elle : voulez-vous donc me rendre folle? Moi aussi, je vous aime, ne le savez-vous pas?

Et des sanglots gonflèrent sa poitrine. Pour cacher son émotion, elle voulut s'enfuir, mais Octave tomba à ses genoux.

En cet instant, la porte s'ouvrit. Gastonne ne put retenir un cri de surprise.

C'était Maubert.

Depuis plusieurs jours Gastonne lui fermait sa porte. N'ayant trouvé personne dans l'antichambre, il entrait sans se faire annoncer. Le bruit de ses pas avait été amorti par le tapis.

Octave s'était promptement relevé; mais Maubert avait eu le temps de le voir aux genoux de Gastonne.

— Je suis peut-être indiscret, dit-il avec un sourire railleur.

— Nullement, reprit Octave assez gauchement. Je suppliais mademoiselle Gastonne de me jouer un morceau qu'elle a composé hier. Vous allez joindre vos instances aux miennes; peut-être serez-vous plus heureux que moi.

— J'en doute. Néanmoins, je vous supplie, Mademoiselle, d'exaucer la prière si pressante de M. de Montarbey.

Gastonne, qui avait besoin d'une contenance, se mit au piano.

— C'est, dit-elle, un morceau d'une facture bizarre et qui attaque les nerfs; et comme M. de Montarbey relève à peine de maladie, je redoutais pour lui une impression trop vive; mais, devant une telle insistance, je suis forcée de céder.

Elle improvisa alors, avec un rare talent, une harmonie fantastique, étrange, remplie d'effets imprévus. C'étaient les pleurs, les cris, les emportements de la passion sans espoir, à côté des suaves mélodies qu'inspire un amour heureux. C'était le contraste entre l'extase et la souf-france, l'aspiration et la réalité.

Quand elle eut fini de jouer, Maubert, qui comprit que cette musique s'adressait à Octave, la complimenta d'un ton ironique, et peu après se retira, évidemment blessé, car il croyait céder la place à un rival heureux.

— M. Maubert vous a vu à mes genoux; notre embar-ras ne lui a point échappé; il est probable qu'à l'heure qu'il est j'ai un ennemi de plus, dit Gastonne avec tris-tesse.

— Voulez-vous dire, Gastonne, que c'est aussi une raison de plus pour que nous nous séparions?

— Il n'en est pas besoin, mon ami. L'opinion de M. Maubert, pas plus que celle du monde, n'influe sur ma décision, qui est irrévocable. Vous savez bien ma ma-nière de voir à cet égard. Quoique j'eusse été peut-être beaucoup plus heureuse en ployant mon caractère et mon esprit aux idées reçues, ma nature l'emporte, l'emportera toujours: je suis née révoltée, et par cela même destinée au malheur.

Malgré l'énergie avec laquelle Gastonne s'efforça de maintenir la décision qu'elle avait prise de se séparer d'Octave, il supplia tant, il déploya une éloquence si per-suasive, qu'il finit par vaincre cette résolution.

Il l'aimait assez, lui persuada-t-il, pour se contenter à jamais de son amitié. Maintenant que tout était expliqué, ne pouvaient-ils vivre heureux et calmes l'un auprès de l'autre?

Gastonne consentit à cette épreuve, mais à la condition qu'aussitôt que cette amitié viendrait à prendre un ca-ractère plus tendre, ils auraient le courage de se séparer.

14.

## XII

Ce fut alors une belle vie pour les deux amants, une union calme, heureuse et pure. Ils se voyaient presque chaque jour, sans que la pensée d'une intimité plus grande effleurât leur cœur.

Les grandes passions sont chastes. Pour des cœurs fortement épris, l'échange seul du regard, ce baiser de l'âme, est une félicité suprême. L'amour platonique n'est peut-être qu'un raffinement de sensualité. Il est généralement tourné en ridicule comme une duperie, comme une affection chimérique. Cet amour ne peut être compris et ressenti que par des natures exquises. Comment, en effet, la plèbe passionnelle saurait-elle en apprécier les aspirations élevées, les voluptés poétiques?

La passion y gagne en intensité et en durée. Elle est exempte de jalousie, de remords et de soucis, car l'opinion ne saurait atteindre la liberté de l'âme.

Mais là n'était point seulement le mobile de la conduite de Gastonne. Elle obéissait à un sentiment et non pas à un raisonnement. Ce sentiment était celui de sa dignité, et elle le poussait jusqu'au fanatisme. Peut-être craignait-elle aussi d'avoir quelque chose à cacher, car sa franche nature ne pouvait admettre le mensonge? Ou bien encore avait-elle porté si haut cet amour, qu'elle craignait de le faire descendre au rang d'une réalité vulgaire? Était-ce enfin une manière de protester par la pureté de ses mœurs, contre l'hypocrisie générale, elle qui jouissait de la plus entière indépendance, et qui professait, même en faveur de la liberté de la femme, les opinions les plus har dies ? Si grand que fût son amour pour Octave, elle eût préféré la mort à la moindre déchéance dans sa propre estime. Elle éprouvait un noble orgueil à sentir sa conscience s'élever et planer au-dessus des faiblesses humaines. Elle s'était fait de ces principes une sorte de religion, et rien au monde n'eût pu la faire apostasier.

Pendant la belle saison, ils vécurent à Paris comme au milieu d'une solitude. Personne ne s'occupait d'eux, et ils ne s'occupaient de personne. Ils se rencontraient presque tous les matins au bois. Ils confiaient leurs chevaux au domestique de Gastonne, et faisaient à pied de délicieuses promenades. Le soir, ils se retrouvaient encore. Octave venait chez Gastonne. Ils faisaient ensemble de l'art, de la science, de la philosophie. D'autres fois, ils restaient sans parler, les mains unies, les regards confondus, le cœur débordant de tendresse, l'âme abîmée dans une douce et pieuse extase. Hélas! ce bonheur, comme tous les bonheurs, devait être de bien courte durée!

## XIII

L'hiver de 1843 s'ouvrait brillant et animé. Octave, par sa position, était obligé de paraître dans la haute société. Il eût voulu faire à Gastonne le sacrifice de ses relations, mais elle s'y refusa.

Elle commençait à appréhender les dangers de la solitude! Elle avait plusieurs fois remarqué chez Octave une violence d'émotion qui l'avait alarmée. « Les distractions du monde, pensait-elle, produiraient une diversion nécessaire. » Elle redoutait pour lui, comme pour elle, la concentration de toutes leurs facultés sur un sentiment unique. Quoi qu'il lui en coûtât de renoncer à la vie délicieuse qu'ils s'étaient faite, elle imposa à Octave le devoir d'en changer, « ne voulant à aucun prix, lui dit-elle, nuire à son avenir. »

Octave céda. Ils se rencontrèrent alors presque chaque jour, soit dans les salons, soit au théâtre. Mais, dès ce moment, leur amour changea de caractère.

Gastonne apparut dans le monde avec un éclat qui éclipsait toutes les autres femmes ; sa beauté avait pris une expression nouvelle. Elle avait vingt-cinq ans : la jeune fille, avec son enjouement, avec ses grâces naïves, la jeune fille s'effaçait ; la jeune femme, au contraire, brillait dans toute sa splendeur. On lisait sur son front candide, dans l'éclat voilé de son regard, dans son tendre et calme sourire, son grand et noble amour. Ses goûts artistiques, son esprit, son originalité de bon goût, sa beauté sympathique, sa bonne et franche nature lui attiraient tous les hommages.

Octave devint jaloux, non pas qu'il lui fît encore l'injure de la soupçonner de coquetterie ; mais ne pouvait-elle, parmi tous les hommes brillants qui l'entouraient, en rencontrer un qui le surpassât en mérite ? Aucun lien ne les unissait, et ils étaient séparés à jamais. Pourrait-il lui faire un crime de ne pas l'aimer toujours ?

Bientôt sa jalousie, ses agitations, l'atmosphère énervante du monde et de ses fêtes, les succès de Gastonne (quel amour est sans vanité ?) enfin les entraves que lui imposaient les convenances irritèrent son amour et changèrent en passion fiévreuse la noble tendresse, la douce amitié, qu'il lui avait jurée. Toutefois, il mit un soin extrême à lui dissimuler l'état de son cœur ; il craignait

qu'elle n'y vît un retour de ses défiances. Il savait Gastonne inflexible ; il redoutait une rupture.

Mais, quand on s'aime ainsi, la dissimulation est-elle
possible ? Gastonne ne tarda pas à s'apercevoir d'un
changement dans les manières d'Octave et dans l'expression de sa tendresse. Craignant de se trahir, il était devenu plus froid, plus circonspect. Elle découvrit bientôt
la cause de cette froideur et de ces réticences ; elle en
fut sérieusement alarmée.

Revenir à la solitude n'était plus possible sans danger.
Avoir avec lui une explication franche, c'était provoquer
une séparation. Elle n'en eut pas le courage. Il était
jaloux ; mais, n'y avait-il pas un moyen de prévenir sa
jalousie ? Elle se montra dès lors d'une extrême réserve
vis-à-vis des hommes qui lui adressaient leurs hommages,
et, forte de la pureté de sa conscience et de sa conduite,
elle ne craignit point de témoigner devant le monde la
préférence qu'elle accordait à Octave. Au théâtre, elle
le recevait dans sa loge ; au bal, ils cherchaient à se rejoindre ; partout, on devinait leur amour au rayonnement
de leur visage. Il n'en fallait pas tant pour que la réputation de Gastonne fût gravement compromise.

Elle eut surtout trois ennemis implacables, trois détracteurs acharnés : Richon, Maubert et madame de
Montarbey.

Richon, introduit précédemment par Herminie dans
les salons qu'elle fréquentait, s'était souvent trouvé en
face de Gastonne, qui n'avait pas même daigné le reconnaître.

Maubert croyait avoir joué entre Montarbey et Gastonne un rôle ridicule, et ne pouvait le leur pardonner. Il
regrettait surtout, d'après ses idées sur la valeur de la

vie, les trois mois qu'il avait perdus à faire inutilement sa cour, tout l'esprit et toutes les toilettes qu'il avait gaspillés en pure perte.

Herminie, enfin, haïssait doublement Gastonne et comme rivale et comme coquette.

Ces trois personnages s'allièrent pour la perdre. Bientôt il circula contre elle de sourdes rumeurs. On se raconta tout bas l'histoire qui l'avait obligée de quitter Lons-le-Saulnier, et, par suite des révélations de Maubert, son intimité avec Montarbey fut calomnieusement interprétée.

Herminie eut alors un beau rôle. Elle posa en victime, et, grâce à son affectation de pruderie, elle devint pour tout le monde un objet d'intérêt et d'admiration. Elle eut cet hiver-là un véritable succès. On la compara à Gastonne, et, le favoritisme aidant, on la trouva plus belle. On exalta sa vertu, sa modestie, sa dignité froide, tandis qu'ici, comme à Lons-le-Saulnier, on flétrissait la conduite, les manières et jusqu'à la supériorité de Gastonne.

Herminie triomphait enfin de sa rivale, et cela à Paris, au milieu d'une société d'élite. Son rêve était accompli.

Elle avait rompu avec Richon, mais avec beaucoup d'adresse, car elle le savait peu discret Elle avait feint des remords, et, tout en imposant silence à ses hommages, avait eu l'art de se faire de lui un ami dévoué.

Cependant, il lui fallait une autre préoccupation ; Maubert se trouva là fort à propos pour être le second volume de ses mémoires. Maubert avait à cœur de réparer son échec auprès de Gastonne, et de se venger de Montarbey qui l'avait supplanté. Il trouva piquant de courtiser la femme de son rival.

Herminie, d'ailleurs, était assez belle pour inspirer

une passion. Quoique dépourvue d'éducation première,
elle avait acquis un certain vernis de bonnes manières,
et elle dirigeait une conversation avec beaucoup de tact
et de finesse. On citait son esprit. C'était donc, à tout
prendre, une conquête très-flatteuse. La réputation de
haute piété, de vertu farouche, qu'on accordait à Herminie, ne l'effraya point. Il ne croyait pas à la vertu
d'une femme jeune et jolie. Et puis les obstacles lui
semblaient un attrait de plus. Il devina bien vite que la
pruderie de madame de Montarbey était quelque peu affectée. Au bout de quinze jours passés à l'étudier, il connaissait à fond son caractère de coquette circonspecte.
Il pensa donc qu'il devait procéder avec la plus grande
discrétion.

Herminie, flattée des hommages de Maubert, le fut
plus encore de sa prudence ; elle l'accueillit néanmoins
avec froideur et mit un art infini pour amener Maubert
à être épris autant que pouvait l'être cette frivole nature, et pour faire un humble esclave de son sceptique
adorateur.


XIV


Malgré les efforts que fit Gastonne pour ramener le
calme chez Octave, elle n'y parvint pas. L'amour s'était
élevé en lui jusqu'à l'âpre véhémence d'une passion comprimée et sans espoir. Autrefois il avait aimé Gastonne
avec le respect et la tendresse patiente d'un amour qui
devait se dénouer par le mariage.

Puis, quand il l'avait retrouvée, il avait essayé de l'amitié, puis de l'amour platonique ; mais les passions suivent une progression inflexible, et, vers la fin de cet hiver, celle d'Octave avait pris l'intensité maladive de l'idée fixe. Auprès de Gastonne, il était calme, heureux ; loin d'elle, il restait des journées entières plongé dans de fiévreuses rêveries. Sa santé s'altérait visiblement.

Madame de Montarbey, en voyant son fils dans cet état, en devina aisément la cause. Du reste, il ne lui faisait pas un mystère de son amour pour Gastonne. D'un autre côté, elle soupçonnait les manéges d'Herminie à l'égard de Maubert, et, afin de prévenir les malheurs qui pourraient résulter pour son fils de cette double intimité, elle résolut de l'éloigner.

Un jour, elle entra dans sa chambre, il avait les pieds posés sur ses chenets, dans une attitude immobile et rêveuse, comme un homme perdu dans une autre existence. Les yeux fixés sur la pendule, il attendait l'heure de se rendre chez Gastonne. Il ne s'aperçut pas de l'arrivée de sa mère.

La comtesse le tira de sa méditation, et lui apprit sans autre préambule qu'il allait être nommé secrétaire à l'ambassade de Naples.

Octave tressaillit.

— Secrétaire d'ambassade ? dit-il, d'où savez-vous cela ? Je n'ai rien demandé.

— D'autres ont demandé pour toi, répondit la comtesse avec tendresse.

— Ils se sont donné une peine inutile, reprit sèchement Octave. Je ne quitterai point Paris. Avant de faire des démarches, on aurait dû me consulter, ce me semble.

— Ainsi, tu refuserais ?

— Je refuse.

— Mais, malheureux enfant, si tu ne profites pas de la faveur du ministre, c'est une occasion que tu ne retrouveras pas ; tu perds ton avenir.

— Il y a longtemps qu'il est perdu, mon avenir ; il faut en faire le sacrifice.

— Mais il y a d'autres intérêts que l'amour, objecta la comtesse. Il viendra un âge où l'ambition prendra le dessus, et alors tu regretteras amèrement la folie que tu fais aujourd'hui. L'amour est passager. L'ambition, au contraire, ne s'éteint qu'avec la vie. Ses résultats s'étendent à plusieurs générations. Tu es malheureux, je le vois ; pourquoi ne pas chercher des distractions dans les calculs de l'ambition, et des joies dans la famille ?

— Je n'aurai jamais de famille, interrompit Octave avec impatience. Pour *elle*, j'aurais été ambitieux, j'aurais voulu lui donner le rang et la position que lui assignent sa beauté et son grand caractère ; mais aujourd'hui ma vie est à jamais brisée. Aussi, croyez-moi, ma mère, laissez-moi prendre mon bonheur où je le trouve. Il n'y a rien de malencontreux, selon moi, comme ces parents ou ces amis dont l'affection veut vous imposer telle ou telle manière de voir sur le bonheur. Il est possible qu'à votre point de vue l'ambition soit la première des passions ; quant à moi, mon seul but, c'est d'aimer et d'être aimé. N'avez-vous pas une fois déjà, par vos conseils, contribué à mon malheur ? Ainsi, je vous en conjure, permettez-moi d'être heureux à ma façon.

Cela fut dit d'un ton sec et amer qui n'admettait pas l'insistance. La comtesse se tut, et il y eut entre eux un silence assez prolongé.

— Tu es bien dur pour moi, Octave, reprit-elle tendrement. Il est possible qu'autrefois je me sois trompée

15

en te conseillant de rompre avec mademoiselle de Persange ; mais tu devrais me pardonner, car je n'ai jamais
été guidée que par l'intérêt de ton bonheur. Aujourd'hui
encore, sois bien persuadé que c'est moins l'ambition qui
m'a dirigée en sollicitant pour toi un poste à l'étranger,
que le désir de t'arracher à ce malheureux amour. Mais
elle ne t'aime donc pas ?

— Elle m'aime autant que je puis l'aimer.

La comtesse regarda son fils avec stupéfaction.

— Vous ne la connaissez absolument pas, ma mère :
c'est une sainte.

Il y a deux ans, en entendant son fils parler ainsi, madame de Montarbey n'aurait pu s'empêcher de sourire ;
mais en ce moment elle fut effrayée, car elle commençait à croire à la vertu de Gastonne; elle reconnaissait
que le malheur de son fils était irréparable, et qu'il s'a-
gissait là d'une passion exceptionnelle, devant laquelle
échouaient son expérience du monde et tous ses calculs
en matière de galanterie.

Elle quitta Octave, désespérée.

Huit jours se passèrent encore sans qu'elle pût le persuader. Elle conçut alors la pensée de s'adresser à Gastonne, qui seule pourrait le décider à s'éloigner. Elle alla
donc la trouver.

Gastonne fut assez désagréablement surprise de la visite de madame de Montarbey, car elle n'éprouvait aucune sympathie pour son caractère. Néanmoins elle la
reçut gracieusement; c'était la mère d'Octave.

L'entrée en matière était difficile. La comtesse s'en tira
en femme d'esprit, et aborda le sujet avec tact et franchise.

— Mademoiselle, dit-elle, si j'étais moins convaincue
de la noblesse de vos sentiments et de la profonde affec-

tion que vous avez pour mon fils, je n'aurais point tenté la démarche que je fais aujourd'hui.

A ce début solennel, Gastonne éprouva un frisson. Elle comprit le but de cette visite.

A voir l'émotion de Gastonne, la comtesse devina toute l'étendue de son amour ; elle espéra.

— Mais je devais vous révéler ce que vous ignorez sans aucun doute, reprit-elle. Il est malheureux autant qu'on peut l'être. Quand il est loin de vous, il n'existe plus pour ceux qui l'entourent ; il semble qu'il vous ait laissé son âme tout entière. Il reste des journées plongé dans la torpeur, et souvent je l'ai trouvé le visage baigné de larmes.

Gastonne écoutait la comtesse avec anxiété. Elle se défiait de cette femme qu'elle savait adroite et dissimulée. Que fallait-il croire de ce qu'elle lui disait ? Il se pouvait cependant qu'Octave souffrît réellement, et ce que lui apprenait madame de Montarbey s'accordait avec divers souvenirs qui lui revenaient à l'esprit. Mais où la comtesse voulait-elle en venir ?

La mère d'Octave devina la pensée de Gastonne.

— Ecoutez, mon enfant, reprit-elle en lui prenant la main et la serrant affectueusement ; je viens m'adresser à vous comme à la meilleure amie d'Octave. Si vous saviez comme une mère chérit ceux qui aiment ses enfants! Autrefois, je le confesse, je vous ai méconnue et j'ai contribué peut-être à la rupture de votre mariage avec Octave ; mais aujourd'hui, soyez-en bien convaincue, je donnerais de grand cœur le reste de mes jours pour que vous fussiez unis. Le malheur de mon fils est pour moi un remords et un chagrin de tous les instants.

Elle versa quelques larmes. Ces larmes étaient sincères. Gastonne en fut attendrie.

— Je suis son amie et je ne serai jamais que son amie, dit-elle ; mais s'il fallait sacrifier mon bonheur pour lui épargner une souffrance, je n'hésiterais pas.

— Généreuse enfant, répondit la comtesse, je n'ai donc pas trop présumé de votre cœur.

Gastonne attacha sur elle un regard plein d'angoisse, et sembla pressentir ce qu'elle allait demander.

La passion que mon fils a conçue pour vous, reprit madame de Montarbey, ne peut durer sans avoir pour son repos, pour sa raison même, les conséquences les plus funestes. C'est une passion insensée, puisqu'elle est sans espoir.

— Ah ! c'est une séparation que vous voulez, s'écria Gastonne que tous ces préambules mettaient à la torture.

— J'hésitais à vous le dire, car je craignais que vous ne l'aimassiez point assez pour avoir le courage de le guérir.

Gastonne éprouva comme une défaillance et fut quelques instants sans parler.

— Nous séparer ! Mais, madame, c'est ma vie que vous venez me demander, car je ne pourrais pas plus vivre sans lui qu'il ne pourrait exister loin de moi. D'ailleurs, il n'y consentira jamais. Comment l'y décider ? Le détacher de moi en jouant un rôle de coquette ? je l'ai essayé déjà et n'ai fait qu'irriter son amour. Rompre brusquement avec lui ? mais ce serait le tuer.

— Voici ce que j'avais pensé, reprit la comtesse. Il est nommé secrétaire de l'ambassade de Naples ; il refuse, et ce refus compromet gravement son avenir. Ne pourriez-vous user de votre influence pour le décider à partir, mais cela sans rompre en apparence avec lui? Vous lui feriez espérer que vous iriez le rejoindre. La distraction du voyage, l'éloignement, ses occupations nouvelles feront une diversion à son amour. Je le sens bien, c'est de l'héroïsme que je vous demande; mais j'ai assez de confiance dans la noblesse de vos sentiments pour penser que vous consentirez à ce sacrifice.

Gastonne réfléchit quelques instants. Elle semblait indécise. Il se faisait en elle une lutte violente.

— Soit, dit-elle enfin, je vous promets d'essayer.

— Oh! merci! s'écria la comtesse, qui, dans un élan de reconnaissance, porta à ses lèvres la main de Gastonne. Merci, merci! vous sauvez la vie de mon fils.

Puis elle déploya tant de charme, tant de grâce, tant de sentiment réel ou feint, qu'elle finit par gagner le cœur de Gastonne, qui s'abandonna sans réserve et unit ses larmes à celles de la comtesse.

— Ah! que n'êtes-vous ma fille! lui dit madame de Montarbey en la quittant. Comme je vous eusse aimée!

Elle le pensait, alors.


## XV


Quand madame de Montarbey l'eut quittée, Gastonne tomba dans un morne désespoir. Il fallait éloigner Octave, elle l'avait promis.

— Mais nous séparer, se disait-elle, cela est-il possible? Pourtant, où nous conduira cet amour? Cette femme aurait-elle raison, avec sa froide sagesse? Ne sommes-nous pas deux insensés de nous aimer ainsi sans espoir d'être jamais unis? Oh! quelle amère dérision que notre vie!

Il y avait en effet dans leur existence une bien douloureuse fatalité. Autrefois, quand ils étaient libres, Octave ne l'avait point assez aimée pour lui sacrifier l'opinion du monde, et même il avait douté d'elle. Aujourd'hui qu'il l'aimait à lui tout sacrifier, le devoir les séparait. C'était là un de ces malheurs sans issue qui parfois inspirent la pensée du suicide.

Cependant le temps s'écoulait. Octave allait venir. Elle se sentait si indécise encore sur ce qu'elle devait faire, qu'elle appréhenda de le voir. Elle ne pourrait lui dissimuler l'état de perplexité où elle se trouvait. Elle donna l'ordre de lui répondre qu'elle était absente.

Octave vint à son heure habituelle. Elle reconnut son pas, sa voix dans l'antichambre. Elle entendit qu'on le congédiait. Le cœur lui faillit. Elle ne put supporter l'idée qu'elle lui causait une souffrance peut-être horrible en ne le recevant pas. Elle ouvrit sa porte et se précipita au-devant de lui.

— On a mal compris mes ordres, dit-elle ; venez.

Elle le fit entrer dans son cabinet. Octave, lui aussi, paraissait ému, agité. Que se passait-il en lui? Ils se regardèrent sans pouvoir prononcer une parole.

En voyant la pâleur maladive d'Octave, Gastonne pensa que madame de Montarbey pouvait avoir raison : une séparation était le seul remède possible. Du moins c'était un devoir pour elle de le tenter. Dès lors, sa résolution fut arrêtée. Bien qu'elle sentît à l'état de son propre cœur qu'une guérison complète était impossible, elle espéra que l'absence, l'éloignement, les distractions et le temps adouciraient chez Octave la véhémence de son amour.

Elle saurait le tromper pour le guérir ; elle saurait, par sa tendresse, adoucir les déchirements du premier moment. Quant à elle, elle ne se compta pas. Elle se crut assez forte pour supporter cette épreuve.

Octave était venu avec son projet. Il avait pris, lui aussi, une résolution.

— Pardonnez-moi, mon amie, la violence de mon émotion, dit-il, lorsqu'il eut recouvré un peu de calme, je venais à vous, le cœur troublé. Depuis quelques jours, mille pensées folles ont traversé mon pauvre cerveau malade ; mais quand je vous vois, je suis ramené comme par enchantement à la raison, et je n'ose plus vous parler des pensées délirantes qui m'ont assailli loin de vous.

— Pourquoi me les cacher ? Ne dissimulez pas, Octave ; la dissimulation est si pénible.

— M'aimez-vous donc assez, Gastonne, pour me pardonner toutes mes extravagances ?

— Parlez, mon ami, je vous en prie.

Montarbey se recueillit un instant. Il craignait d'alarmer Gastonne en laissant déborder sa passion.

— Gastonne, dit-il enfin avec simplicité, mais d'une voix pénétrée, j'ai souffert longtemps sans me plaindre, mais aujourd'hui je ne peux plus vivre séparé de vous. Si je vous voyais sans cesse comme je vous vois maintenant, si je pouvais m'enivrer toujours du magnétisme de vos regards, du son de votre voix, je crois que je ne souffrirais pas, puisqu'en cet instant je suis complétement heureux. Mais aussitôt que je vous ai quittée, la fièvre me saisit, et par instants je me sens devenir fou. Tout à l'heure, j'en rougis maintenant, je pensais au suicide.

— Au suicide ? répéta Gastonne ; eh bien ! moi aussi j'en ai eu un instant la coupable pensée.

— Vous aussi !... Mais pourquoi mourir, reprit Octave, puisque nous nous aimons ? Pourquoi plutôt ne pas quitter ce monde qui s'oppose à notre bonheur, et nous enfuir sur quelque terre libre, dans quelque solitude lointaine, où notre amour n'offensera personne ? N'avez-vous jamais pensé, dites-moi, à la vie délicieuse que nous pourrions avoir dans quelque retraite charmante, en Suisse, en Italie, où nous nous aimerions sans autres témoins que Dieu, les oiseaux et les fleurs ?

— Je pensais à cela tout à l'heure, dit Gastonne avec un effort pénible, car elle mentait.

Un tel transport de joie éclata sur le visage d'Octave, que Gastonne sentit son cœur se serrer. Il se jeta à ses pieds, embrassa ses genoux, le bonheur le suffoquait. Il ne pouvait parler.

— Alors vous consentez ! s'écria-t-il au milieu de sa folle ivresse. Quand partons-nous ? où irons-nous ? Oh ! partons sans retard, je vous en supplie.

— Pauvre fou ! répondit Gastonne en s'efforçant de sourire ; nous partirons, oui, car ce Paris m'étouffe. Nous y sommes trop connus, et notre liaison, je le vois, commence à offusquer tout le monde. Mais aller nous ensevelir seuls au milieu des bois ou d'un vallon désert, voilà où serait la folie. Pourquoi renoncer à vos relations, à votre avenir ? Vous le regretteriez certainement un jour. Notre amour, nous le croyons, sera éternel ; mais il paraît que tous les amoureux pensent de même. Et si un jour vous alliez ne plus m'aimer, que sais-je, moi ?

— Oh ! taisez-vous ! dit Octave. En parlant ainsi, vous me feriez croire que vous-même ne m'aimez plus. Cesser de vous aimer ! pourquoi ne dites-vous pas qu'un jour le soleil cessera de paraître ?

— Enfin, reprit Gastonne, pensez-vous donc, Octave, que je consente jamais à abandonner mon père? Que deviendrait-il si je le quittais? Non, je ne peux pas me charger la conscience de ce remords, qui troublerait toutes les fêtes de notre amour.

— Mais alors? demanda-t-il.

— J'ai su tout à l'heure par votre mère, qui m'a fait une visite, que vous étiez nommé secrétaire de l'ambassade de Naples. Elle est venue me supplier de vous engager à partir.

— Comment! elle est venue ici? s'écria Octave que cette démarche remplissait d'appréhensions.

— Qu'y a-t-il donc d'étonnant à cela? répondit Gastonne avec calme. Elle a compris que moi seule, je pouvais vous décider à accepter, et elle a eu raison. Depuis longtemps je désire voir l'Italie. Mon père consentira, je n'en doute pas, à ce voyage. Partez donc, mon ami, et bientôt, dans un mois au plus tard, nous nous rejoindrons. Nous ne pouvons partir ensemble. Pourquoi heurter le monde, ainsi que vous le proposez? Quand on le peut, ne vaut-il pas mieux avoir pour lui quelque condescendance?

— Vos idées se sont donc bien modifiées, dit Octave avec une certaine amertume.

— C'est possible. Parfois, je me demande si je n'eusse pas mieux fait de suivre le torrent et de me soumettre aux lois, aux idées, aux préjugés de ce monde; j'aurais été plus heureuse peut-être. Dans le milieu actuel, les natures droites et sincères sont vouées fatalement au malheur. A quoi servent, dites moi, pour l'avancement social les protestations isolées? Si j'ai protesté, moi, par ma conduite en faveur de la liberté et de la dignité de la femme, j'y étais poussée plus encore par mon caractère

15.

que par mes convictions. Aujourd'hui, non·seulement
j'en suis victime, mais je vous entraîne encore dans ma
funeste destinée.

— J'aime mieux être malheureux ainsi qu'heureux
sans votre amour. Mais revenons, je vous prie, à votre
projet. Pourquoi alors quitter Paris? En quoi notre
vie à Naples différera-t-elle de celle que nous avons ici?

— A Naples, je n'irai pas dans le monde; je ne ferai
pas de connaissances. Nous pourrons donc nous voir
toutes les fois que votre travail ne vous retiendra pas à
l'ambassade... Et comptez-vous pour rien de s'aimer sous
le ciel splendide de l'Italie, sur cette terre d'amour et des
beaux souvenirs?.

— Mais il faudra nous séparer d'abord, dit Octave, que
cette perspective, auprès de celle qu'il avait rêvée, était
loin de satisfaire.

— Soyez tranquille, dit Gastonne avec une coquetterie
charmante, et comptez sur moi pour abréger la séparation.
Quand devez-vous partir?

— Le départ de l'ambassade est fixé dans quinze jours
au plus tard.

— Soit, nous partirons très-peu de temps après vous.
Oh! comme je me réjouis de ce voyage! Quel séjour délicieux! quelle existence heureuse nous allons mener là-bas!

La joie de Gastonne parut si sincère, qu'Octave n'eut
pas un instant de défiance. La tendresse de ses regards
le plongeait dans une sorte d'ivresse. Il consentit à partir. Lorsqu'il le promit, Gastonne, qui s'était contenue
jusque-là, se leva pour cacher son émotion. Elle alla
prendre un atlas, et, le mettant sous les yeux d'Octave :

— Tenez, dit-elle, j'étudiais tout à l'heure le plan de
Naples. Nous nous logerons ici à·l'ouest. Nous aurons

devant nous la mer et à gauche le Vésuve. Nous irons
ensemble voir le cratère.

Gastonne, en posant son doigt sur le point noir qui repré-
sentait le Vésuve, ajouta d'un air qu'elle s'efforça de rendre
gai, pour donner à l'entretien un ton moins passionné :

— Tout à l'heure, je lisais justement dans le journal
qu'un Anglais s'y était précipité dernièrement, persuadé
sans doute que c'était la manière la plus douce d'en finir
avec la vie.

— Ce n'est pas, en effet, un genre de mort vulgaire, dit
Octave cédant lui-même à l'enjouement qu'affectait Gastonne.

— Il est vrai, reprit-elle en souriant, que lorsqu'on a
envie de mourir, on n'a pas toujours un volcan sous la
main. Il serait difficile d'inventer un genre de mort plus
parfait. Celui-là consume le corps en même temps qu'il
le tue. La transformation complète s'opère en une minute,
sans convulsion, sans trace. On peut même dire qu'à
l'heure qu'il est, c'est la seule manière de mourir avec un
peu d'originalité et de poésie. Tous les autres moyens sont
usés ; aussi ferait-on bien d'y renoncer. Le réchaud appar-
tient à la grisette, le poison et le poignard au mélodrame, la
corde à l'ivrogne, la rivière à la fièvre chaude, et le pistolet à la banqueroute. Mais le volcan ! bien peu y ont
encore songé. Il fallait être Anglais pour imaginer cela.

— Ainsi nous partons pour Naples, dit Octave, reve-
nant à la question qui l'intéressait, mais pour vivre en
nous aimant, et non pas certes pour mourir.

Gastonne retint Octave toute la soirée. Elle joua si bien
le rôle qu'elle s'était imposé, que Montarbey n'eut pas un
instant de doute. Jamais elle ne s'était montrée aussi
bonne, aussi gaie, aussi tendre ; il la quitta enivré.

Quant à Gastonne, à peine fut-il parti, qu'elle fondit en larmes.

Octave, en rentrant chez lui, ne se mit pas immédiatement au lit, quoiqu'il fût déjà tard. Pour la première fois, depuis si longtemps, il était heureux ; son cœur débordait. Il sentit le besoin de respirer le grand air. Il s'assit à la fenêtre de son cabinet, qui n'était pas éclairé, car il avait laissé la lampe dans sa chambre pour n'être pas distrait de ses douces rêveries.

C'était une nuit tiède et embaumée.

Octave habitait, au premier étage, l'extrémité opposée du pavillon qu'occupait sa femme, et qui donnait sur le jardin de l'hôtel.

Il pensait à Gastonne, repassant dans son esprit les tendres souvenirs de la soirée, et savourant d'avance la vie calme et poétique que devait leur assurer le beau ciel de Naples.

Tout à coup, au milieu du silence de la nuit, il entendit ouvrir une porte avec précaution. Il regarda dans la direction de ce léger bruit, et aperçut, à la pâle clarté des étoiles, deux personnes, un homme et une femme, qui se dirigèrent vers une petite porte du jardin s'ouvrant sur une ruelle déserte. Il entendit le murmure de leurs paroles sans pouvoir reconnaître leurs voix. Peu à peu, cependant, ses yeux, à force d'attention, étant devenus plus clairvoyants, il crut distinguer Herminie à ses vêtements blancs, à sa tournure, à sa démarche. Quant à l'homme qui l'accompagnait, était-ce Richon? était-ce Maubert? Crier : Qui va là? c'était éveiller l'attention des domestiques et des voisins. Il toussa bruyamment. Les amoureux surpris se retournèrent avec une vivacité pleine d'effroi. L'homme s'esquiva promptement par la petite porte. Quant à la femme, elle ferma cette porte, en retira la clef, et se déroba à travers un massif. Mais pour arriver jusqu'au perron de la maison, elle dut traverser une pelouse. Montarbey eut le temps de la reconnaître. C'était bien Herminie.

Ainsi, elle le trompait encore. Il ressentit une indignation violente. Qu'une femme conçoive une affection en dehors du mariage lorsque son mari la délaisse, il reconnaissait à cela une certaine justice. Ce n'était donc pas qu'il prétendit réclamer pour lui seul le privilège de l'infidélité.

Ce qui l'indignait en cette circonstance, c'était surtout l'hypocrisie de cette femme qui posait en victime devant le monde et lui faisait jouer, ainsi qu'à Gastonne, un rôle odieux.

Entraîné par la colère, il se rendit dans l'appartement d'Herminie.

— Elle ne pourra pas nier cette fois, pensa-t-il, puisque je l'ai vue moi-même !

Il la trouva tout habillée, assise dans une causeuse devant sa table à ouvrage, et plongée dans un paisible sommeil. Un livre de piété était posé sur cette table, et l'une de ses mains le tenait encore entr'ouvert.

Devant l'ordre et le calme qui régnaient dans cette chambre, Octave crut un instant s'être trompé. Il s'apprêtait à sortir, mais il se ravisa. Pour venir de sa chambre à celle de sa femme, il avait fait du bruit, ouvert plusieurs portes ; elle avait donc dû l'entendre. Enfin, il était entré avec une telle violence que, si elle eût été réellement endormie, elle se fût éveillée. Évidemment, ce sommeil était feint.

— Madame ! dit-il avec force.

— Ah ! mon Dieu ! s'écria Herminie qui parut s'éveiller en sursaut.

— C'est moi, madame; pas de comédie! je vous ai
vus tous deux. Quel est l'homme qui sort à l'instant du
jardin?

Herminie parut regarder son mari avec effroi.

— Un homme dans le jardin à cette heure, dites-vous?
mais c'est un malfaiteur sans doute.

Si Montarbey eût moins bien connu sa femme, au ton
calme et sincère dont elle parlait, il aurait cru peut-être
qu'il venait d'éprouver une hallucination. Mais ce sang-
froid l'exaspéra.

— Je vous dis que je vous ai vus tous deux dans le
jardin, il n'y a qu'un instant, m'entendez-vous? Et la
preuve que je suis bien éveillé, à qui est ce gant?

Il lui jeta au visage un gant d'homme qu'il venait de
ramasser sur un fauteuil.

— Ce gant?... dit Herminie qui le prit sans sourciller,
l'examina et le garda; ce gant est sans doute à quelque
visiteur qui l'aura oublié ici dans la journée.

— Vous avez réponse à tout, madame; mais je vous
ai dit, à l'occasion de M. Richon, qu'à la première circonstance de ce genre qui me serait révélée, nous nous
séparerions. Nous nous séparerons donc, sans bruit, sans
scandale. Je suis nommé secrétaire de l'ambassade de
Naples; je partirai seul, nous ne nous reverrons jamais.
Vous retournerez chez vos parents.

— Ah! vraiment, monsieur, cela vous plaît à dire! s'é-
cria Herminie que son calme abandonnait. Pendant que
vous iriez à Naples, avec mademoiselle de Persange probablement, moi, je retournerais à Lons-le-Saulnier! Ce
serait commode, en vérité! Vous renvoyez la femme,
qui vous embarrasse, mais vous gardez la fortune. Je
vous préviens que cela ne se passera pas ainsi.

— Je n'avais pas pensé à la question d'argent, madame ; je ne garderai rien de vous, soyez tranquille ; pas même un souvenir, si c'est possible. Vous reprendrez votre fortune, elle est intacte, et vous irez habiter où bon vous semblera. Que je ne vous voie plus, que je n'aie plus à m'occuper de vous, c'est là tout ce qu'il me faut.

Et il sortit.

Le lendemain, Octave apprit à sa mère, en même temps que son départ pour Naples, cette rupture avec sa femme. La comtesse fut atterrée de cette dernière nouvelle. Le fruit de tous ses calculs, la fortune, lui échappait ; la fortune à laquelle elle avait sacrifié le bonheur de son fils. Elle fut au désespoir. Elle supplia Octave de revenir sur une semblable décision, qui les replongeait dans les embarras de la pauvreté, et qui pouvait sérieusement compromettre sa carrière diplomatique. Montarbey fut inflexible.

Alors elle alla trouver Herminie, et essaya de la ramener à son mari.

Herminie se montra hautaine et obstinée. Dans le premier moment, cette séparation l'avait effrayée, à cause des conséquences qu'elle pouvait avoir dans l'opinion du monde ; mais pendant la nuit elle avait réfléchi. Elle allait être libre, à la tête d'une grande fortune. La liaison d'Octave avec Gastonne était assez connue. Au besoin, d'ailleurs, elle saurait la faire connaître. Le monde imputerait tous les torts à son mari ; elle aurait le beau rôle ; sa position de femme abandonnée la rendrait d'autant plus intéressante. Aussi, quand la comtesse lui conseilla d'aller implorer Octave pour le fléchir, se dressa-t-elle dans sa fierté blessée et repoussa-t-elle avec indignation les accusations de son mari.

— Maintenant, ajouta-t-elle, c'est à M. de Montarbey à me faire des excuses, et je ne consentirai désormais qu'à cette condition à habiter avec lui.

Madame de Montarbey n'espéra point fléchir Octave. Elle n'eut donc d'autre perspective, pendant l'absence de son fils, que de s'enfermer solitairement dans le château de l'Étoile, qui avait été dégrevé et restauré, et d'y vivre d'une modique pension que lui ferait le secrétaire d'ambassade sur ses appointements. Mais un bien plus grand malheur devait la punir encore de l'ambition qui lui avait fait sacrifier le bonheur d'Octave.

## XVI

Herminie, quand madame de Montarbey l'eût quittée, courut chez Maubert lui raconter ce qui se passait.

En l'abordant, elle fondit en larmes, se dit perdue, déshonorée ; puis elle peignit à Maubert sa tendresse, une tendresse exaltée, sans bornes, disait-elle, et qui ne finirait qu'avec la vie. Elle joua enfin une de ces scènes de haute comédie dans lesquelles elle excellait.

Maubert, malgré une grande finesse de pénétration, ne devina point son jeu ; il crut à son amour et à sa douleur : ils paraissaient si sincères, et l'amour-propre est si facile à abuser !

— Dans quinze jours, ajouta-t-elle, c'est à-dire avant le départ de mon mari, il faut que mademoiselle de Persange soit perdue de réputation. Le monde est prévenu contre elle ; il faut lui donner le coup de grâce ; il faut que ses relations avec M. de Montarbey soient tellement connues qu'on ne puisse attribuer à une autre cause notre séparation ; qu'on ne puisse me soupçonner enfin.

Ce que vous avez vu, ce que vous connaissez de leur intimité, en le dénaturant un peu, suffit de reste pour les
perdre. Quelques spirituelles indiscrétions réussiront à
les démasquer. Il y va de mon honneur et de l'intérêt de
toute ma vie. Mon affection est à ce prix.

Maubert, dans l'espoir de devenir le consolateur en
titre d'Herminie, accéda d'autant plus facilement à ses
projets qu'il y vit une occasion de se venger en même
temps de Gastonne. Il promit donc de faire tout le scandale nécessaire.

Quelques jours avant le départ d'Octave, les principaux
personnages de cette histoire se trouvaient réunis chez
la baronne de L.., qui donnait un grand bal.

Octave et Gastonne y étaient venus chacun de leur côté.

Gastonne l'avait voulu. Plus le moment de se séparer d'Octave approchait, moins elle se sentait de force
pour jouer en tête à tête le rôle héroïque qu'elle s'était
imposé. Devant le monde, elle était plus maîtresse d'elle-
même.

Herminie se trouvait également à ce bal, Montarbey
l'y avait conduite; il avait eu pour l'opinion cette dernière condescendance, ajournant leur séparation définitive jusqu'au moment de son départ pour Naples.

Entre une valse et un quadrille, Maubert, accompagné
d'un jeune homme, entra dans le salon où se tenaient les
joueurs. Les portes en étaient ouvertes, et, de l'endroit
où ils se placèrent, on avait la vue du bal. Le baron de
Persange était assis près de la porte, à une table de jeu.
Maubert ne l'avait pas aperçu, et lui tournait le dos.

— Ainsi, dit Maubert au jeune homme qui l'accompagnait, mais de manière à être entendu de ses voisins,
vous êtes amoureux de cette jeune fille?

— Ah ! c'est une jeune fille ?

— Oui, mais une jeune fille très-émancipée.

— Il y a pourtant une grande pureté dans l'expression de son visage.

— Cela ne l'empêche pas d'avoir été l'héroïne d'aventures on ne peut plus romanesques. Questionnez plutôt ce jeune homme brun, qui paraît si content de son habit et de ses bottes vernies. (Il désignait Richon.) Il passe pour avoir été le premier adorateur de la jeune personne. Je n'en pourrais jurer, mais il est de fait qu'elle a dû quitter Lons-le-Saulnier, où s'était retiré son père, pour échapper au scandale causé par ses intrigues.

Le baron de Persange, en entendant nommer Lons-le-Saulnier, prêta l'oreille.

— Et ce jeune homme l'a suivie à Paris ? demanda l'interlocuteur de Maubert.

— Pas précisément. La rupture avait été complète. Mais voyez-vous ce monsieur blond à qui elle parle en cet instant ? Hé bien ! c'est là votre rival, pour le moment du moins.

— Doit-il l'épouser ?

— Impossible ; M. de Montarbey est marié. Tenez, regardez, près de l'orchestre ces longues anglaises et ces ravissantes épaules ; c'est sa femme, à lui, un ange de patience et de vertu. Il la rend très-malheureuse, car il est fort épris de mademoiselle de Persange.

Le baron, en entendant nommer sa fille, laissa tomber ses cartes et écouta plus attentivement.

— Ah ! Et croyez-vous donc qu'elle réponde à l'amour de M. de Montarbey ?

— En ces sortes de matières, je ne suis pas précisément un saint Thomas, répondit Maubert ; je crois vo-

lontiers sans avoir vu. Mais pour ceux-là, — je vous
parle confidentiellement et pour votre gouverne, — j'ai
des preuves oculaires de leur mutuelle tendresse.

Le baron bondit sur sa chaise, et, saisissant avec force
le bras de Maubert :

— Vous en avez menti ! s'écria-t-il, et vous me rendrez raison du propos que je viens d'entendre.

Maubert s'excusa.

— Pas d'excuse ! dit le vieux colonel avec emporte-
ment; c'est une réparation qu'il me faut : je ne souffrirai pas qu'on calomnie ma fille !

Cette altercation attira l'attention, et bientôt les détails s'en répétèrent de bouche en bouche.

Le baron, après être convenu pour le lendemain de
l'heure du rendez-vous, prétexta un malaise subit et
emmena sa fille. Il ne lui parla point de ce qui s'était
passé : il était sûr de son innocence. A quoi bon, d'ailleurs, l'inquiéter des calomnies que Maubert répandait
contre elle, puisque Montarbey allait partir ?

Rentré chez lui, il s'enferma dans son cabinet, mit ordre à ses affaires, et écrivit une lettre à Gastonne, en cas
de malheur.

Le lendemain matin, à six heures, il sortait de chez
lui, et à neuf, on le rapportait mortellement blessé.

Vers le soir de la même journée, il expira, après avoir
révélé à sa fille, au milieu de son délire, la cause de ce
duel. Elle put donc s'attribuer la mort de son père.

Elle resta plusieurs jours plongée dans une sorte
de torpeur, de stupidité. C'était une de ces douleurs qui
n'ont pas de larmes, pas d'explosion, qui accablent, qui
pétrifient. Ce qu'elle éprouvait, c'était un profond désespoir, un amer dégoût de la vie. Octave passait à côté

d'elle des journées entières, et elle lui parlait à peine.
Cette mort soudaine, qu'elle s'accusait d'avoir causée,
semblait avoir paralysé ses facultés et anéanti son amour.

Elle retrouva dans sa chambre, quelques jours après
la mort de son père, une lettre qui lui était arrivée le
jour même de cette mort, et qu'au milieu de sa douleur
elle avait oublié de lire.

Cette lettre, conçue en ces termes, lui venait de sa
meilleure amie, la baronne de L...

« Ma chère Gastonne,

» Je suis au désespoir de ce qui s'est passé hier chez
moi. Ta liaison avec M. de Montarbey y a été l'objet de
toutes les conversations. Je t'ai courageusement défen-
due, car je suis convaincue de la pureté de vos relations;
mais le monde a été plus fort que moi. Il pardonne plus
volontiers une faute qu'on prend soin de lui cacher,
qu'une simple infraction aux convenances, dont on ne lui
fait pas mystère. Depuis longtemps déjà, tes innocentes
bravades l'offusquaient, et il n'attendait qu'un prétexte
pour se venger. Je ne te répéterai pas tout ce qui s'est
dit contre toi, tu peux le deviner sans peine. Quelques
prudes m'ont menacée de ne pas revenir chez moi, si je
continuais à te recevoir. Tu sais que je suis le torrent
comme une vraie bourgeoise. Me voici donc obligée, si
je veux conserver mon monde, de rompre avec toi, en
apparence du moins, car j'espère bien que nous continue-
rons à nous voir à huis clos. Tu ne saurais croire combien je déplore ces injustes et sottes exigences qui vont
me priver de recevoir à mes soirées l'une de mes plus
chères amies et l'une de nos plus aimables danseuses.

» Si j'ai un conseil à te donner, débarrasse-toi au plus

tôt de ce Montarbey, qui est un homme fort compro-
mettant, et qui a le tort d'être marié à une femme vraiment parfaite. Tout le monde la plaint et te blâme, d'autant plus que sa vertu est universellement reconnue·
Médite sur ces conseils et deviens raisonnable, ou marie-
toi, ce qui serait encore la meilleure solution. Une fois
mariée, personne ne trouvera mauvais que M. de Montarbey soit ton ami. C'est absurde, j'en conviens, mais
ainsi va le monde. Si je te parle avec cette franchise, c'est
que je te sais assez intelligente pour comprendre que je
reste quand même ta meilleure amie.

> » Baronne de L***. »

Ainsi, à Paris, comme à Lons-le-Saulnier, le monde la
bannissait; l'hypocrisie passait pour de la vertu, et l'innocente sincérité, pour du vice.

Dans la situation d'esprit où Gastonne se trouvait,
cette lettre ne lui fit que très-peu d'impression; elle
semblait avoir pris un parti, et se montrait complètement détachée des choses de ce monde.

Un seul mobile semblait la diriger encore : elle
comprit qu'elle avait un dernier devoir à remplir : il fallait éloigner Octave et le guérir, s'il était possible, de ce
malheureux amour. Elle surmonta donc sa douleur et reprit assez promptement sa sérénité: mais il y avait dans
sa gaieté, comme dans sa tendresse, quelque chose de
fiévreux et de factice qui inquiétait Octave. Il sentait
entre eux, sans se rendre compte de ce qu'il éprouvait,
comme une barrière fatale. Pourtant, quand il la ques-
tionnait sur ses projets d'avenir, elle répondait que
maintenant elle n'avait plus que lui à aimer, qu'aussitôt
après son départ elle se mettrait en route pour le rejoin-

dre, et que, si elle ne partait pas avec lui, c'était afin de
ne pas donner une apparence de raison aux calomnies
du monde.

## XVII

L'heure du départ d'Octave arriva enfin. Gastonne
avait réuni toutes ses forces pour ce moment suprême.
Elle trouva le courage d'être gaie et de former avec lui
de riants projets d'avenir. Mais, au moment de la quitter, Montarbey fut pris d'une appréhension indéfinissable qu'il ne put surmonter. Il supplia de nouveau Gastonne de ne pas exiger qu'ils se séparassent. Maintenant
que le devoir filial ne l'enchaînait plus, et que la société
la repoussait, ne pouvaient-ils aller vivre ignorés au fond
de quelque retraite.

Gastonne fut inébranlable.

— Mon ami, dit-elle d'un ton qui n'admettait pas l'insistance, je vous en prie, ne me demandez pas de semblables choses; je ne serai jamais votre maîtresse; je
ne le veux pas, ce serait renier toute ma vie. Croyez-
vous que l'existence heureuse que vous me faites entrevoir ne me tente pas? Je la désire autant que vous, mais
je ne puis accepter à aucun prix un bonheur qui me ferait descendre dans ma propre estime, et dans la vôtre
sans doute. La logique inflexible de mon caractère s'y
oppose. J'aimerais mieux mourir que de faillir à mes
principes et à ma dignité.

Octave, devant cette résolution irrévocable, n'insista
point.

Ils passèrent ensemble le reste de la soirée. Gastonne
se montra constamment héroïque. Cependant, à mesure

que le moment de la séparation approchait, elle devint
fiévreuse; une agitation croissante semblait dominer sa
volonté ; de soudaines pâleurs se répandaient sur ses
traits ; elle sentait le cœur lui manquer.

Au moment de le quitter, elle essaya de sourire, mais
un sanglot déchirant brisa sa poitrine. Ce fut au tour
d'Octave de lui donner du courage. Elle surmonta son
émotion ; mais lorsque Montarbey passa le seuil de la
porte, elle poussa un cri, s'élança vers lui, l'étreignit
avec force. Cet amour, c'était toute sa vie ; en le perdant,
elle sentait la vie l'abandonner.

— Ne voyez-vous pas que je vous trompe ? s'écria-
t-elle dans le délire du désespoir; ne pressentez-vous
pas que cet adieu sera éternel ?

Puis elle s'évanouit.

Quand elle reprit ses sens, elle vit devant elle Octave
pâle, mais calme et résigné.

— Gastonne, dit-il, exigez-vous encore que je parte?

— Oui, dit-elle d'une voix étouffée ; oui, car je ne
vois pas d'autre issue à notre fatal amour.

— Et vous pourrez vivre sans moi ?

— J'essaierai, répondit elle faiblement.

— Je partirai donc, fit Octave avec un soupir. Je vous
ai confié ma vie, c'est à vous d'en disposer.

Il déposa sur la main de Gastonne un baiser respectueux et recueilli, et sortit très-calme ; mais ce calme
cachait un désespoir arrivé à son paroxysme.

Il était alors deux heures du matin, il devait partir à
six.

Gastonne resta tout habillée sur son divan.

Depuis la mort de son père, elle avait peine à repousser la funeste pensée de quitter volontairement la

vie ; elle attendait, pour prendre une résolution à ce sujet, qu'Octave fût loin d'elle et qu'il se fût accoutumé à
leur séparation.

— Pourquoi eût-elle vécu? se disait-elle dans l'égare-
ment de son esprit. Allait-elle se condamner à languir
sans affection, sans bonheur, au milieu de ce monde qui
la méprisait. Comment pourrait-elle se plier à cette
existence végétative, surtout après avoir vécu au milieu
des enivrements de la passion? La mort d'ailleurs ne
l'effrayait point. Mourir à vingt-cinq ans, dans tout l'éclat
de la beauté et de la jeunesse, pleine d'enthousiasme et
d'illusion ; mourir aimée, avec une grande passion au
cœur, une passion à son apogée, n'était-ce pas mourir
quand il le fallait? Qui sait ce qui l'attendait? le désenchantement, la souffrance qui flétrit, une mort lente et
sans poésie, une mort de tous les instants.

Elle demeura quatre heures ainsi, plongée dans une
sorte d'imbécillité, et pensant vaguement aux félicités
probables d'une autre vie.

Vers six heures, elle fut réveillée de cette torpeur par
sa femme de chambre, qui lui remit une lettre d'Octave
ne contenant que ces lignes :

« Adieu, Gastonne, je ne puis vivre sans vous. Je
pars, vous l'avez voulu, et je vous l'ai promis.

» Je vous recommande ma mère ; je suis sûr que vous
remplirez comme un devoir ma dernière prière.

» Je mets toute ma vie dans une suprême étreinte.

                                        » OCTAVE. »

Gastonne courut au domestique qui avait apporté la
lettre.

— Quand vous l'a-t-il remise? demanda-t-elle.

— Tout à l'heure.

— Où est-il ?

— Monsieur est chez lui, à moins qu'il ne soit en route, car il devait partir à six heures. Gastonne n'écoutait plus; elle était dans l'escalier.

Elle se précipita dans la rue, sans chapeau, sans châle. Les rares passants la prirent pour une folle. Elle arrêta une voiture et y monta. En un quart d'heure elle fut chez Montarbey. Elle se fit indiquer son appartement; elle y courut sans se faire annoncer. Les domestiques hésitaient à la laisser passer; mais il y avait dans sa voix brève et saccadée ce ton impérieux du désespoir qui surprend et qui impose.

La porte était fermée au verrou.

— Octave, cria-t-elle.

On ne répondit pas.

Alors, avec cette force nerveuse que trouve la volonté dans les émotions violentes, elle poussa la porte, et le verrou céda.

Octave était debout. Un pistolet était sur sa table.

— Egoïste! dit Gastonne, vous vouliez mourir sans moi!

En ce moment, Herminie, prévenue par sa femme de chambre de la présence de mademoiselle de Persange, parut sur le seuil de l'appartement de son mari.

— Votre maîtresse ici! s'écria-t-elle en apercevant Gastonne. Je ne voulais pas le croire. Mais je comprends: vous partez ensemble, et c'était pour légitimer votre conduite que vous attaquiez la mienne!

— Madame, s'écria Octave avec colère, n'ajoutez pas un mot, et ne franchissez pas le seuil de cette porte, ou je ne réponds pas de ce que pourraient me faire commettre l'indignation et le dégoût que vous m'inspirez.

16

Herminie se retira, et peu après Octave reconduisit Gastonne chez elle.

Le lendemain, une chaise de poste les emportait tous deux sur la route d'Italie.

Dix jours après, ils débarquaient à Naples.

Pauvres exilés de la civilisation, est-ce le bonheur que vous allez chercher sur la terre étrangère? Non, sans doute, car vous ne l'y trouveriez pas plus que vous ne l'avez trouvé sur la terre natale. Vous avez rêvé une société idéale, une ère de justice, de vérité et de bonheur pour tous, avant que le progrès naturel de la raison générale ne l'ait rendue possible. Vous portez la peine de votre désobéissance aux règles établies, de vos aspirations prématurées vers le bien.


## XVIII


C'était une belle nuit d'Italie, une nuit transparente qui étincelait et soufflait au visage une brise fraîche, chargée d'enivrants parfums.

Vers trois heures du matin, un jeune homme et une jeune femme, accompagnés de deux guides qui portaient des flambeaux, gravissaient le Vésuve. Ils avaient calculé leur départ de manière à arriver sur la cime au moment où le soleil se lèverait.

Ils traversèrent d'abord cette ceinture de gracieuses villas qui s'étalent indolentes à la base du volcan, sans souci du péril incessant qui les menace. Puis ils montèrent à travers des champs couverts d'oliviers, de figuiers, d'orangers en fleurs qu'entrelaçaient des vignes souples et vigoureuses.

Cette promenade nocturne aux flambeaux, au milieu des enchantements de cette belle nuit et de cette riche nature, avait quelque chose d'étrange, de fantastique.

Le jeune homme et la jeune femme parlaient peu. De temps à autre ils se jetaient un regard ému, un sourire recueilli, et continuaient de monter.

Arrivés à l'ermitage de San-Salvador, posé à la limite de toute végétation, ils s'arrêtèrent.

L'aube commençait à blanchir le ciel.

Malgré les grandes difficultés qu'offrait l'ascension jusqu'au sommet, ils renvoyèrent leurs guides, se bornant à leur demander quelques indications. Le jeune homme prit de l'un d'eux une des courroies dont ils se servent pour aider les voyageurs à monter.

Il leur fallut gravir péniblement des monceaux de scories et des amas de cendre mouvante. Mais ils semblaient animés d'une vigueur surnaturelle. Tantôt le jeune homme tenait sa compagne par la main, tantôt il la soulevait avec la courroie dans les endroits difficiles.

Près du sommet, ils se reposèrent.

A côté d'eux, sur une pierre calcaire que le volcan sans doute avait vomi, une inscription fraîchement tracée attira l'attention de la jeune femme. Elle lut ces vers :

> Gastonne, ô souvenir déchirant et suave!
>  Morte pour moi, je t'évoque en ces lieux.
> Du volcan de mon cœur, comme une ardente lave,
> Vers toi montent mes pleurs, mes sanglots, mes adieux.

Le nom d'Amédée Grasset se lisait au bas.

Ces vers amoureux, écrits en pareil lieu, causèrent à nos voyageurs une impression singulière.

— Toujours la souffrance, dit la jeune femme, l'incohérence des passions, et la lutte des désirs contre la destinée !

Puis elle se leva et tendit la main à son compagnon.

— Encore un peu de courage, dit-elle.

Une bande pourpre s'étendait alors au-dessus de
l'Apennin.

— Courage ! répéta le jeune homme ; il faut que nous
soyons là-haut au lever du soleil.

Là-haut, le roc hideux, terne, désolé ; en bas, une nature riante, animée, fertile, estompée des teintes roses
de l'aurore : l'empire de la mort et celui de la vie.

Ils continuèrent à gravir.

Ils arrivèrent enfin au cratère.

Le soleil, apparaissant alors dans un ciel de feu, em-
brasait de ses rayons étincelants la côte de Pausilippe,
Naples et la mer, la mer qui reflétait dans son immensité les splendeurs et l'infini du ciel.

La jeune femme, le teint animé par le froid et la fati-
gue, la tête appuyée sur l'épaule de son compagnon,
éprouvait une poétique extase ; l'exaltation morale trans-
figurait son visage. L'infini l'étreignait, l'infini de l'a-
mour, l'infini de l'univers.

Une larme roula sur sa joue.

— Est-ce une larme de regret ? lui demanda le jeune
homme.

— Non, dit-elle ; c'est une larme d'enthousiasme ; ce
magnifique spectacle m'enivre.

Ils restèrent quelque temps encore à le contempler.
Mais la conception de l'infini, que seules peuvent em-
brasser certaines âmes d'élite, n'illumine notre esprit
borné que comme un éclair fugitif. La jeune femme ne

put la ressaisir. Ses idées prirent un autre cours en voyant à ses pieds ces villas, ces villages épars, qui lui rappelaient les misères humaines.

— Puisse bientôt, dit-elle avec un soupir, apparaître sur le monde, comme aujourd'hui le soleil sur cette péninsule, le divin flambeau de la vérité, de la raison et de la justice !

Le jeune homme répondit par un serrement de main à l'aspiration de son amie.

Alors ils se retournèrent, et comme ils firent quelques pas encore pour s'approcher du cratère, ils aperçurent, à quelque distance, par un interstice de roches, plusieurs apparences humaines couchées sur un étroit plateau que formait la lave durcie. On devait jouir d'une vue splendide du haut de cette espèce d'observatoire naturel.

C'étaient deux voyageurs accompagnés de deux guides.

Ils étaient venus là sans doute, ainsi que le jeune et beau couple dont nous avons décrit l'ascension, pour assister au lever du soleil. L'un d'eux était un tout petit homme qui dormait enveloppé dans son manteau, la tête appuyée sur une boîte de fer-blanc comme celles dont les naturalistes se servent pour herboriser. De son visage on n'apercevait que le nez, de dimension colossale et violacé par le froid.

L'autre avait la mine rubiconde de ce que Rabelais appelait un goinfre.

Des bouteilles vides pour la plupart et des débris de volaille froide et de pâtés gisaient sur une serviette étendue à terre.

— Allons, Grasset, réveille-toi donc !•s'écria Darvilé, car c'était lui Tu n'as pas grimpé sur le Vésuve, j'imagine, pour y ronfler comme un tuyau d'orgue. Laisse ce

genre de musique au volcan, qui s'en acquitte très-bien.
Voilà le soleil qui se lève; c'est le vrai moment de lui
porter un toast avec notre dernière bouteille de cham-
pagne! Mais pas de *speech*, par exemple. J'ai horreur
des *speechs !*

Grasset ouvrit les yeux, reçut machinalement le verre
que lui présenta Darvilé, et s'écria :

O soleil, grand flambeau, toi qui du haut des cieux....

— Silence donc ! interrompit Darvilé. Pas de *speech*,
je te l'ai dit, et surtout pas de vers. Ne trouble pas ce
moment solennel par du galimatias; autrement je te
mets à cinq cents francs d'amende comme perturbateur
du repos public.

Grasset rengaîna son improvisation, trinqua et but.
Puis, en levant les yeux vers le sommet du volcan, il
aperçut les deux autres voyageurs, le jeune homme et la
jeune femme.

Il poussa une exclamation de surprise.

— Avez vous vu? dit-il à ses compagnons.

— Quoi donc? fit Darvilé.

Le jeune couple avait disparu. Grasset s'élança rapidement jusqu'au bord du cratère. Il crut apercevoir, sur
le bourrelet de rochers qui entoure la cheminée du volcan, deux formes radieuses qui s'embrassaient.

Mais en cet instant, une gerbe de scories enflammées
jaillit avec force et lui déroba cette apparition. Quand la
colonne de feu retomba, tout avait disparu.

Darvilé le rejoignit.

— Quelle mouche te pique, lui dit-il, prends-tu le
mors aux dents?

— Mais c'est elle, elle...

— Qui, elle?...

— Je l'ai vue, que diable! là, sur ce rocher, je ne rêvais pas...

— Allons donc! dit Darvilé, tu as eu la berlue, tu n'es pas encore bien réveillé.

Et il entraîna Grasset.

— Voyons, ajouta-t-il, une dernière rasade et décampons. Assez de soleil comme cela! Faut du soleil, comme de la vertu, mais pas trop n'en faut.! Un bon déjeuner fera bien mieux notre affaire. Sois tranquille, je me charge de commander la carte. Puisque tu m'as pris pour ton grand sénéchal, je tiens à en remplir consciencieusement les fonctions.

La petite caravane se mit en route pour redescendre.

Depuis que nous les avions laissés à Lons-le-Saulnier, Darvilé était devenu, non pas simplement le sénéchal, le majordome, l'intendant, mais bien le souverain maître de Grasset. Ce dernier avait hérité d'un oncle une fortune assez considérable, et le pique-assiette Darvilé l'aidait à en manger convenablement le revenu. C'était donc aux frais de son crédule ami que Darvilé voyageait ainsi depuis plus d'un an à travers l'Europe. Il lui avait persuadé, au double point de vue de la gloire et de l'amour, que ces voyages, employés à herboriser et à bien vivre, augmenteraient encore sa célébrité de naturaliste, et finiraient par le guérir de la funeste passion qu'il conservait pour mademoiselle de Persange.

## CONCLUSION

On ne sut jamais ce qu'étaient devenus Octave et Gastonne.

Quant aux autres acteurs de cette histoire, voici ce que nous avons appris sur leur compte :

Madame de Montarbey mourut de chagrin et d'ennui dans sa terre de l'Étoile, peu de temps après l'inconcevable disparition de son fils et de mademoiselle de Persange.

Herminie resta toujours pour le monde un modèle de vertu. Elle devint dame patronesse d'un grand nombre d'associations pieuses. Dans l'incertitude où elle était sur le sort de son mari, elle affecta d'en porter le deuil à tout hasard. Le noir lui allait bien. On trouva cela très-beau.

Richon finit par épouser Rosette.

Maubert se maria aussi, malgré ses déclamations anti-conjugales et devint père de six enfants.

Mademoiselle Sècherelle mourut comme une sainte, dit-on.

Darvilé continua d'être le parasite de Grasset, et il inventa une nouvelle manière de jouer au billard. Enfin Grasset fit peu à peu partie de toutes les sociétés scientifiques, littéraires et agronomiques de sa province. Grâce à la mode sculpturale qui commençait alors et qui n'a fait que s'accroître depuis, il aura sans doute quelque jour les honneurs d'une statue marmoréenne dans une localité quelconque, comme étant l'un des hommes qui auront le plus contribué à la gloire de son pays natal.

FIN

VERSAILLES. — IMPRIMERIE CERF, RUE DU PLESSIS, 59.

Paris. — Imp. VALLÉE et Cⁱᵉ 15, rue Breda

www.ingramcontent.com/pod-product-compliance
Lightning Source LLC
Chambersburg PA
CBHW071802020726
47502CB00004B/978